学術選書 092

股倉からみる『ハムレット』

シェイクスピアと日本人

芦津かおり

京都大学学術出版会

KYOTO UNIVERSITY PRESS

はじめに　日本と〈異文化〉

二十一世紀の日本。周囲を見わたせば、日常生活にもメディアにも、学問の場にも、いたるところに〈異文化〉――外国起源の文物、テクノロジー、言葉や音楽、イメージなど――があふれている。どの国や文化から来たかはっきり判別できるものもあれば、出どころは不明だが、なんとなく〈異国〉の香りがするもの、外国由来だと分かっていても、今やすっかり日本文化の一部と化してしまったものなど、あれこれ入り混じっている。そもそも日本文化は長らく中国やアジア大陸から影響を受けて発達してきたわけだが、明治以降はさらに西洋圏から新たな文化がどっと流入した。見知らぬ文物や制度、思想に遭遇した日本人は、衝撃を受けたり、憧れを抱いたり、恐れをなしたり、とまどったり、反発を感じたり、競合心を掻き立てられたりしたことだろう。そっくりそのまま、手つかずの状態ですぐに採り入れられる〈異文化〉もあっただろうが、おそらくたいていの場合は、何らかの手を加えて――つまり日本人になじみのある姿に変形させたり、土着の文化と混ぜ合わせたりして――

すこしずつその未知なるものにアプローチを図り、次第に慣れ親しみ、理解を深め、自分たちの生活・文化に浸透させていった。料理を例にとるならば、日本で手に入れやすい食材を代用したり、日本人の好みを考慮に入れたり、和風料理と折衷したりすることで、独自の「洋食」を発展させていったわけだ。

その動機はさまざまである。国の命運をかけた近代化政策のなか、やむにやまれず外国の技術を採り入れたケースもあったろうし、熱烈な西洋信仰に突き動かされて、それを理解したい、そこから学びたいとすすんで導入したような場合もあったろう。金儲けのチャンス到来とばかりに、目ざとく商品化した者もいただろう。いずれにせよ、各方面・分野における多くの受容の積み重ねや試行錯誤の延長線上に、日本の現在があるのはまちがいない。

しかしながら我々はふだん、周囲にあふれかえる、そうした〈異文化〉のひとつひとつ——もちろん簡単には数えられないことも多いのだが——に目を向け、実際それがどのように日本に入り、浸透していったのかについてじっくり考えることはあまりないように思う。本書はそこに注意を向けて、とくに文学・演劇領域における異文化受容の問題を考えてみる試みである。具体的にはイギリス劇作家シェイクスピアの代表的悲劇『ハムレット』を取り上げ、この作品がどのように日本の文学や演劇の世界に入りこみ、文化全般に広がっていったのかについて考えていくことにする。

股倉からみる『ハムレット』◉目　次

目次

第Ⅰ部……近代作家と『ハムレット』

第Ⅲ部……グローバル時代と東西文化の融合

序論

1 翻案について

外国文学の受容――「翻案」という形

『ハムレット』という外国文学作品の受容を考える際には、もちろんさまざまな観点からのアプローチが可能である。戯曲であるから上演史をたどることも可能だし、これまでに生み出された多くの翻訳を比較してみるのも一手であろう。批評史をひもとくことで見えてくるものも多い。しかし、私はあえて「翻案」という角度から問題に切り込んでゆく（もちろんそこに上演や批評といった要素も重複することになる）。

そもそも「翻案」という言葉になじみのない人がいるかもしれない。ごく簡単にいえば、翻案とは先行する作品（原作）を活かしながらも、その時代設定や登場人物などを自由に変更したり、プロットを全体的、部分的に書き換えたり借用したりすることで生まれる、二次的・派生的な創作と理解してもらえればよい。翻訳とどこが違うのか？という疑問もあるだろう。ごく一般的には、翻訳とは原作を（少なくとも表向きは）「そのまま忠実に」別言語に置き換えて、原作の「等価品」を生み出す行為であると定義できる。[1] 一方、翻案においては、作り手が自分の判断や解釈により自由に原作を書き換えたり、調整したりするため、原作に対する忠実度が低くなり、作り手が創作する割合が高くなる。英語では"adaptation""appropriation"と呼ばれることが多く、日本語では「翻案」のほか「アダプテーション」「書き換え」「再話」「改作」「リメイク」などの表現が一般的である。こうした用語の概念や区分などをめぐってはさまざまな議論が展開されているが、本書ではそこにはあえて深入りせず、もっとも一般的な「翻案」「書き換え」「アダプテーション」といった表現を用いることにする。

「翻案化する」の基にある動詞"adapt"は、もともと「新たな文脈に適したもの、ふさわしいものにする」（"make fit"）という意味のラテン語に由来する。[2] つまり、ある作品を翻案化するとは、その原作を生み出した文脈や状況とはまた別の、新たな文脈に合致させるべく、ふさわしい形に書き直すということである。「新たな文脈」には、時代や場所といった大きな背景的要素だけではなく、各ケースごとの特殊な条件も含まれる。たとえば『不思議の国のアリス』を翻案映画化するという場合、制作側がターゲットとする観客の性別や年齢層、そこでの支配的イデオロギーや宗教的背景など、さまざまな要素をはらむ「文脈」に合致させるべくストーリーや映像などを作り変えるわけである。逆にいえば、いっけん「なんとなく」「気まぐれに」作られたようにしか見えないような作品でも、その翻案化のプロセスや内容を丁寧に解きほぐしてみると、そこには翻案が生まれた「文脈」――つまり時代空間のさまざまな特徴（本書の場合だと、日本社会・文化の状況、支配的価値観、流行など）や、翻案者の心のあり様（文学観や芸術観、思想・信条、心境、シェイクスピアに対する想いや批評的見解など）について驚くほど多くのことが読み取れるのである。

上でも触れたように、数々の料理人が日本的素材を代用したり、和風調理法と折衷したりしながら西洋料理を日本独自の「洋食」文化に変形させてきたのと同様に、『ハムレット』というテキストも、日本の作家たちにより自由自在に作り変えられてきた。過去の日本人作家や戯曲家たちが、本悲劇と出会ったときに、どんな意図をもって、どんな風に味つけし、変形させ、それがどのように受容されたのか。いくつかの翻案作品を選んで分析することを通じて、日本的『ハムレット』受容の特徴、日本と西洋との関係性、さらに異文化受容ということの本質の一端も浮かび上がるのではないかと信じる。

人はなぜ翻案を作るのか？

次に、翻案化するという行為についてもうすこし深く考えてみよう。人はなぜ翻案・書き換えという創作の手段を選ぶのか？便宜上、二つのパターンに分けて考えてみる。まずは対象作品が未知のもの、あるいはなじみのないものの場合。たとえば明治初期の日本人にとって、シェイクスピアをはじめ多くの西洋文学作品は未知のものであった。西洋の優れた文化や思想を知りたい、あるいは、ひろく日本に知らしめたいと考えて翻訳を手がける人が出てきたわけだが、言語的に置き換えるだけでは、なかなか十分に伝えられない、理解されない、普及しないといった場合も多々あったろう。そうした際にはさらに踏み込んで、ある種の文化的な置き換え作業としての翻案化——つまり場所や時代の設定を調整したり、なじみのある要素を混ぜ込んだりすることで、日本文化における「相当物」を作る作業——を行うことになったわけだ。もちろん、これを広義の「翻訳」だとする考え方もあるが、ここではその問題には踏み込まない。

第二のパターンとしては、翻案の対象となる作品（原作）が既知のものの場合である。世のなかにはこのタイプの翻案の方が数としては多いであろう。ディズニー映画などを例にとるとイメージしやすいかもしれないが、たいていの翻案化は、一般的によく知られた作品、たとえば神話やおとぎ話、古典の名作などを対象に行われる。その決定的な理由は、そうした作品が果たす、共通の知の基盤としての役割にあるだろう。というのも、よく知られた作品を書き換えた場合には、基本的なプロット（筋）やテーマ、キャラクターなどが多くの人に共有されているため、原作との差が引立ち、二次創作の面白みや独創性、メッセージが伝わりやすいのだ。シェイクスピア文学（とくに有名作品）がしばしばアダプトされる理由のひとつも、まさにここにあるといえよう。批評家ジュリー・サンダースも、シェイクスピア作品が神話やおとぎ話と同じく「文化や歴史を超えて共有される芸術形態」として機能することを指摘している[3]。このことは、分野は異なるがフランスの芸術家マルセル・デュシャンがモナリザの顔に髭を描き込んだ有名作 *L.H.O.O.Q.* を例に考えてみても明らかであろう。デュシャンは一九一七年、男性用便器を「泉」と題して展覧会に匿名で出品したことで広く知られる。芸術品とは芸術家が一から生み出したものであるべきだという固定観念に挑戦すべく、既製品に少しだけ手を加えた「レディ・メイド」作品群を発表した。彼のそうした挑戦は、芸術品、創作行為、オリジナリティなどの概念を大きく塗りかえることになったわけだが、*L.H.O.O.Q.* もその一つである。〈世界の名画〉に髭を描き込むとは、なんたる無礼、なんたる冒涜……と眉もひそめる人もいる

図1●マルセル・デュシャン作（1919）個人蔵。ポンピドゥー・センター国立近代美術館に貸与されている。

ことだろうが、この偶像破壊的な作品がさまざまなメッセージや効果を生み出すとすればその理由はひとえに、受容者側がダ・ヴィンチの原画とその名声を認識している——ちょうど「泉」における男性用便器が誰の目にもそれと分かる認知度を持つのと同様に——からである。

先行テキストが未知の場合と既知の場合に分けて考えてみたが、いずれにも共通点がある。それは、翻案を行う者が、その先行作に一定の敬意《レスペクト》を払い、その文化的価値を認めているということである。明治の日本人が西洋文学に憧れて翻案を試みた場合も、ディズニーが興行的成功のために「シンデレラ」を商品化した場合も、翻案者は原作のなかに何らかの価値や意義——ストーリーが面白い、文学性が高い、ブランド力や知名度といった「文化資本」を有するなど——を認め、それゆえ手間暇や金をかけて「書き換える」に値する対象として肯定的に評価しているわけである。(4)

翻案にやどる逆説《パラドックス》

しかしながら翻案の背後には、原作に対する敬意や憧れなどの肯定的な気持ちだけではなく、より敵対的・好戦的な動機——反発、競争心、批判心など——が潜んでいることも多い。どうやら人は、権威や評価を与えられた「名作」に出会ったとき、無意識にそれと張り合いたい、それを相手に力試しをして、それをしのいだり、修正したりしてみたいといった気持ちになるようだ。あるいは、その作品の享受する権威やステイタスをひやかし揶揄したい、といった願望も生まれるのだろう。つまり、翻案という創作行為には、正反対に向かう矛盾した態度が同居するということである。そもそも何かを翻案化するということは、一方においては、その対象テキストにレスペクトを払い、そうする「価値」のあるものとして認知し、権威づけを行うことであり、その意味では（上でも述べたように）原作の権威や中心性を認め、補強する動きである。しかしながらその反面、原作を書き換えて自らが新たな作者になり代わろうとする行為は、それ自体が大胆不敵で転覆的な性質を帯びてもいる。というのも、ある原作を書き換えるということは、とりもなおさず、それを「自分の」作として所有することにより原作や原作者を脇に追いやる(5)――もしくは、少なくとも共著者の立場におとしめる（これを批評家ジュリー・サンダースは「時間や文化・言語を越えた共同作業」とポジティブに捉えているが(6)）――ことに他ならず、原作や原作者に与えられている権威や中心性を脅かすことにつながるからである。つまり翻案化という行為は、原作や原作者の権威や中心性を是認する作用と、それらを破壊し覆えそうとする正反対への作用とを内包する点で、矛盾をはらむ逆説的なものなのである(7)。批評家スティーヴン・コナーが翻案化を「裏切りながら忠誠を尽くすこと(8)」と描写するのも、翻案のこうした逆説的な性質のせいであろう。興味深いことに、これら二つの作用は正反対に向かうように見えながら、じつは相補的であることも確認されている。たとえば、過去の歴史をさかのぼってみたとき、シェイクスピアを偶像化しよう、名作家として祭り上げようとする動きが強い時代ほど、彼のテキストの権威を損ねるかのような改作・翻案が増える傾向にあり、そのことがまた逆に、シェイクスピア作品の文学的な中心性や優位性を強めるという不思議な現象が起こるのだ(9)。

書き換えに宿るこのような逆説的性質もまた、先に挙げたデュシャンの作品を例に考えてみると分かりやすいかもしれない。デュシャンの意図がどのようなものであったにせよ、結果として同作品がダ・ヴィンチの名画の文化的権威やエリート性を損ねる、または茶化す効果をもつことは、髭を生やしたモナリザの顔を一瞥すれば明らかであるが、その一方で、このような二次創作に用いられているという事実自体が、ダ・ヴィンチ作品の文化的中心性や権威を逆説的に裏づけることになるからである。

翻案をめぐるいくつかの補足

翻案に関して、あとすこし補足をしておこう。これは、上で述べた正反対へ向かう二つの作用のうちの後者、つまり敵対的な要素と関連づけられるだろうが、翻案は「創作」であると同時に「批評」行為としての側面も有する。翻案が一からの創作と大きく異なる点は、それが原作テキストに対する批評的側面を持つということである。批評家フィシュリン&フォーティアも、翻案作品に宿るこの批評的側面を指摘し、「原作をはっきり改変させるということは、批評的な差違を示すことにほかならない」と述べている(10)。書き換えるということは、原作の何らかの側面を否定なり修正なりして、自分なりのバージョンに挿げかえる、上書きをするということであり、そこには自ずと批評的判断や解釈が介在することになるからだ。つまり翻案という行為は、そうした批評的見解の差の表明にほかならないわけである。本書が取り上げる、日本で生まれた『ハムレット』翻案作品においてもしばしば——翻案者がどこまでそれを意識しているかはさておき——原作のテキストや上演、批評、受容のあり方などに対する、何らかの批評的見解が提起されることが多い。

さらに、原作と翻案の関係性についても確認しておこう。少なくともある時期までは、翻案を論じる際にはややもすると、原作（先行テキスト）がオリジナルだから上位にあり優れており、逆に翻案作品は派生的・副次的だから下位にあって劣っているのだと決めてかかる風潮が強かった。とくにシェイクスピア劇のような「名作」を扱う場合には原典信仰が強くなり、シェイクスピアの翻案作品たちは長いあいだ日陰の身に甘んじてきた。〈神聖なる〉シェイクスピアの原作＝正典《キャノン》に手を加え、汚し、破壊したとして眉をひそめられたり、独創性・芸術性の点で一段下だと無視されたりする傾向が長く続いたからである。かりに論じられる場合でも、あくまで原作優位の大前提のもとに「シェイクスピアにどのくらい忠実か」ということが評価の重要な基準とされることが多かった。しかしながら、そもそもシェイクスピア自身が、ほぼ全作品において先行テキストを活用しまくる徹底的なアダプターであったことを念頭におくだけでも、原作と翻案を序列化する機械的な想定は根底から覆されることになる。むろん、文学作品や芸術作品に優劣はつけられないなどと主張するつもりは毛頭ないが、リンダ・ハッチョンも指摘するように「二番目であるからといって二流であるとか劣等であることにはならない」という点は踏まえておく必要があるだろう。[11] 近年の研究では、原作テキストに唯一無二の絶対的意味があるわけではなく、原作の宿す多様な意味可能性は、翻案化を通じてより豊かになり再活性化させられるという見解が支配的である。[12] ミハイル・バフチンやヴァルター・ベンヤミンを参照しながら文学作品の「死後の生」を論じる大橋洋一も、作品が成立時（生前）には内に秘めながらも発現させられなかった〈声〉、つまり解釈可能性を、後世（死後）の受容が豊かに解き放ち開花させる可能性を主張して、翻案研究の重要性を訴えている。「本歌取り」という二次創作の伝統をもつ日本の土壌において、『ハムレット』に宿されたさまざまな意味や解釈の〈種〉がいかに豊かな花や実をつけたのか、その一端を本書で紹介してゆきたい。しかしその本題に入る前に、序論の後半では、シェイクスピアの簡単な紹介と、この作家に付与されるさまざまな意味づけや、日本との関わりについての基本的な説明をしておこう。

2　シェイクスピアとその受容

ウィリアム・シェイクスピア

ウィリアム・シェイクスピア（William Shakespeare; 1564-1616）。英国ルネサンス期に『ロミオとジュリエット』、『ヴェニスの商人』、『マクベス』、『リア王』など、四〇近い戯曲をつぎつぎと生み出した劇作家・詩人である。ひろく英米文学、いや世界文学の白眉として君臨し、圧倒的な知名度と存在感を誇る、文句なしの「文豪」だ。代表作にして最高傑作とされる悲劇『ハムレット』は古典の名作としてゆるぎない地位を得ており、その主人公ハムレット王子も、いわば文学作品界きってのトップ・スター的な存在であるといえよう。

図2●シェイクスピアの顔　public domain

シェイクスピアが世界中に広く浸透した理由は、何にもましてまず、その文学的卓越や普遍性にある。ロマン派詩人S・T・コールリッジの「万の心をもつ」シェイクスピアという描写や、シェイクスピアと同時代の劇作家であったベン・ジョンソンの「彼は一時代をこえる万世の作家であった」という賛辞を引き合いに出すまでもなく、没後四〇〇年を過ぎて今なおシェイクスピア文学が世界中でますます愛され、文化や言葉の壁をものともせずに読まれ、演じられている現状は、彼の文学のもつ圧倒的な言葉の豊穣、そして万人の心に訴えかける人間感情の表出、世界や人間の真理を鋭く見通す洞察力などに負うところが大きい。

その一方で、シェイクスピア文学の魅力をその「玉虫色」の性質、すなわち多義性や曖昧さのなかに見出す者も少なくない。というのもこの劇作家は、作家としての自分の「声」や主張を作品の表面から消し去る傾向――これをロマン派詩人ジョン・キーツは「ネガティブ・ケイパビリティ」と名づけた――にある。[13] そして、ときに相矛盾するとも思えるさまざまな見方や解釈を、多様な角度・視点から提起するという独自の作風をもつ。[14] このようにシェイクスピア作品がひとつの見方を決めてくれず、多様な解釈や考え方を提案しつづけるからこそ、受容者がそれぞれ自分で結論を出したくなるのだ、だから翻案が多いのだと論じる者もいる。[15] また、そうした多元的視点を体現するシェイクスピアの作劇術が、多様な「声」を受け入れる包容力を持つからこそ、さまざまな立場からの翻案を促すのだともいわれる。[16]

イギリスの「国民的作家」・文化的アイコンとしてのシェイクスピア

生まれ故郷イギリスにおいてシェイクスピアは「英国的生活の生地に織り込まれている」といわれ

るほどの国民的作家として、おおいに敬われ愛されている。[17] 彼のことを「アフタヌーン・ティーと同じくらいに英国的」だと描写する批評家もいるし、[18] 映画『ラブ・アクチュアリー』（二〇〇三年）では、ヒュー・グラント演じる英国首相が記者会見中に、英国を「シェイクスピアとチャーチル首相とビートルズの国」と評して、聴衆の愛国心を鼓舞するシーンもある。

しかし、国を背負って立つかのようなこの大作家も、当初からその地位をほしいままにしていたわけではない。十八世紀中葉以降の英国ナショナリズムの高揚とともにシェイクスピア崇拝（「バードラトリー」と呼ばれる）[19] が起こり、ロマン派の時代にさらに神格化されていったこと、その後も英国の愛国精神や文化的優越と連想づけられながら崇められ、とくに大英帝国拡大のなかで、英国の「すぐれた文学」「大作家」として世界に喧伝され、教え込まれていったことなどは、研究者の間では広く知られるところである。このように文学作品や作家の人気や名声は、政治的・文化的な問題と複雑に絡みながら確立されてゆくことが多いのだ。

その一方、国を担う存在になればなるだけ、国の教育制度に取り込まれれば取り込まれるだけ、シェイクスピア作品は厳しい批判にさらされることにもなる。英国の政治や権力体制、エリート教育のシンボルとして各方面から批判や攻撃を浴びることもあれば、エリザベス朝当時の主流イデオロギー——たとえば家父長制や白人至上主義など——を反映するものだとして誹りを受けることもある。そして、シェイクスピアに付与される、こうした多様なイメージや特質は、人々の反発や批判心を刺激し、翻案化の際にも格好のターゲットになってきた。とくに社会的弱者――人種的・宗教的マイノリティ、女性、虐げられてきた者など――に目を向ける近年の批評的動向のなかでは、シェイクスピア劇を女性キャラクターや被支配階級の視点から読み直し、修正しようとするような翻案も多く生まれた。それらは「体制イデオロギーの権化」としてのシェイクスピアに対する異議申し立ての試みということである。(20)

さまざまな地域・国のシェイクスピア

イギリス以外の国や地域においても、それぞれの受容に特色があるのはいうまでもない。少しだけ周辺国の例を挙げてみよう。たとえばドイツは「シェイクスピアびいき」の強い国としてよく知られる。アウグスト・ヴィルヘルム・シュレーゲルは、シェイクスピアは「完全にわれらのもの」(“ganz Unser”)と言い放ち、詩人フェルディナント・フライリヒラートは「ドイツはハムレットだ」(“Deutschland ist Hamlet!”)と謡った。(21)シェイクスピアがゲーテとシラーに次ぐ「国民作家」だと考えられることもあるほどに、ドイツにおいてシェイクスピア作品は――なかでもとりわけ観念的な内容をもつ『ハムレット』は――愛され、その想像力を捉えたといわれる。しかし、そうしたドイツ人の「われらのシェイクスピア」神話もまた、対フランスとの関係性やナチスのプロパガンダなど、政治・文化的な背景のもとに生まれてきたものであることが研究により明らかにされている。(22)

一方、フランスにおけるシェイクスピアへの当初の反応は、ドイツほどに熱狂的なものではなかった。古典主義的な演劇美学が支配的であったフランスには、秩序や規則を無視した「野蛮な」シェイクスピア劇を評価する素地がなかったのだ。典型的な例として哲学者ヴォルテールが挙げられる。彼はシェイクスピアの天才を見出し、世に紹介し、自らその翻案化を試みるほどであったが、他方では(とくに晩年になるにつれ)批判的になっていく。「シェイクスピアの作品中には、天才よりも野蛮さの方がずっと多いのは残念なことだ」と記したり、死ぬ二年前にはシェイクスピア全集フランス語版の刊行に反応して「この糞の山から見つけた数少ない真珠をフランスに示したのは、私が最初だった」といった強烈な言葉も残している。ヴォルテールのシェイクスピアへの態度の変化にはもろもろの事情が関係しているとはいえ、「糞」と「真珠」という極端な言葉づかいには、シェイクスピアの魅力を知りつつも古典主義的演劇美学から自由になれなかった、分裂したフランス人の姿が端的に窺えよう。しかしロマン主義の時代にはようやくシェイクスピアの正当な評価が始まった。とくにヴィクトル・ユーゴーの強いシェイクスピア崇拝はよく知られるところである。[23]

東ヨーロッパ圏の受容においては、政治の影響が色濃く出た。旧ソ連支配下の共産主義体制では、シェイクスピアが体制側・反体制側のいずれによってもイデオロギー操作に利用された。さらに旧体制の崩壊後、東欧各国が新たな国のあり方やアイデンティティを模索する中でも、シェイクスピアの「玉虫色」のテキストは有用であった。[24] たとえばナチズムや共産主義、戦後の冷戦構造などに翻弄されつづけたポーランドにおいて、『ハムレット』は国の苦境や政治的不安を表現するべくしばしば利用された。一九五六年クラカウで上演された舞台（ローマン・ザヴィストフスキ演出）は、監視と恐怖、圧制、欺瞞に満ちた国家に果敢に立ち向かった若き王子が敗れ去るさまを描き、反ソ暴動のさなかにあるポーランドの現実を想起させたという。[25]世界的に有名なポーランドの批評家／演出家ヤン・コットもこの「極付きの容赦間断なき政治劇」の舞台に影響を受け、『シェイクスピアはわれらの同時代人』（一九六一年）においては、ナチズム、スターリニズム、冷戦構造をくぐりぬけた自らの実体験を重ね合わせながら、シェイクスピア劇を同時代的な社会・政治の文脈で解釈した。[26]彼の批評は世界中のシェイクスピア批評に影響を与えることになる。

ヨーロッパ以外はどうか。アジア諸国においてシェイクスピアとは、普遍的人間性の代弁者であると同時に「西洋の軍事・政治大国イギリス」そのもののシンボルであり、シェイクスピア劇は「英国文化、より広く言えば西洋文化そのものを体現する」とみなされる傾向にある。[27]また、インドや南アフリカ共和国など旧大英帝国植民地においては、植民地支配の「道具」としてシェイクスピアが利用された経緯も関係して、シェイクスピアは帝国主義的な覇権《ヘゲモニー》を体現する憎き敵——批評家マージョリー・ガーバーの言葉を借りれば「打倒すべき記念碑」——として敵対視されることも往々にしてある。[28]そうした地域の人々は、翻案のはらむ敵対的・批判的性質を利用して、シェイクスピア劇を思い思いの形に変形したり、他のものと混成したり、自分の目的のために流用したりすることで、この作家が体現する大英帝国的な権威や主流文学・主流作家としてのステイタスを混乱させ、破壊しようとしてきた。つまり彼らは過去の歴史を問い直すべく、政治やイデオロギー闘争の手段としてシェイクスピアの翻案化を行うわけである。このように、世界のいくつかの地域の例を見るだけで、文学作品の受容がいかに歴史や政治、時代のイデオロギーや感受性などと密接に結びついているかが分かるであろう。

3 日本とシェイクスピア

では、いよいよ本題に移ろう。現代日本においてもシェイクスピアという作家の名前や存在、そして『ハムレット』や『リア王』など代表作のタイトルは多くの人の知るところとなっている。大きめの書店に行けば、翻訳書や研究書のみならずシェイクスピア劇をベースにした小説やマンガ本が手に入るし、劇場ではシェイクスピアがひんぱんに上演されている。テレビやインターネットでこの劇作家が言及されるのもめずらしいことではない。クイズ番組で代表作に関する知識が問われたり、有名な場面（たとえば『ロミオとジュリエット』のバルコニー・シーンなど）のパロディがコマーシャルに用いられていたりすることもある。近年では、この文豪との仮想恋愛が楽しめるゲームソフトさえあるという。もちろんこうした現象は、必ずしもシェイクスピア作品が日本人に広く読まれ、深く理解されていることを意味するものではないだろう。文学に関心のない人はシェイクスピアなんて読んだこともないだろうし、彼についてごく表層的な知識しかもっていないかもしれない。とはいえ、少なくともシェイクスピアという名前や彼の作品の断片が、現代日本の日常にそれなりに拡散浸透していることは否定できない。

ひるがえって一八〇年前の日本では、この作家の名を知る日本人も、『ハムレット』を読んだことのある日本人も、ほぼまちがいなく存在しなかった。江戸末期の一八四一年以降、何冊かの書物が「シャーケスピール」という名前に言及していたものの、本格的なシェイクスピアと『ハムレット』の受容が始まったのは一八六八年の明治維新以降であり、背後にはおおいに政治的な力が働いていた。周知のとおり、江戸末期の日本は、圧倒的な軍事力と文明力を見せつけてくる西洋に対して危機感を急速に募らせる。すぐさま西洋文明を導入し、強い国家を形成しなければ、日本も植民地化されてしまう――そんな惧れを抱いて明治政府は急激な近代化=西洋化を推し進め、新国家と国民を育成しようとしたのである。この国家プロジェクトの旗印のもとに、日本人はシェイクスピア文学と出会った。

初対面のときの印象や関係性がその後の人間関係を支配するといったことはよくあるようだが、振り返ってみたとき、同じことが日本とシェイクスピアの関係にもいえるのかもしれない。というのも、このような日本とシェイクスピアとの「馴れ初め」、つまりそもそも日本がシェイクスピアを、追いかけるべき憧れ・目標であるとともに、自らの存在を危ういものとする脅威、恐るべきライバル、敵として、二重三重のイメージで認識したことが、その後の日本的シェイクスピア受容の特徴――崇拝や愛のなかに、不安や反発、ライバル心が入り混じる、複雑でアンビバレントな姿勢――の根底にあるのではないかと思われるからだ。前節で翻案という行為にやどる逆説的性質について述べたが、日本人がシェイクスピアや西洋文化全般に対して抱いた複雑な想いや姿勢は、そうした翻案の構造にうまく合致するものであり、だからこそ多くの興味深い翻案作品が生み出されたのではないかと筆者は考える。

西洋文学・シェイクスピア・『ハムレット』信仰

西洋に対する漠とした不安や反発はあったにせよ、それでも明治の文人・知識人の多くはシェイクスピア文学に魅了され、その虜になっていった。以来日本人は、シェイクスピアを「うやうやしく」摂取・模倣してきたというのがざっくりとした理解であり、その理解に大きな間違いはないだろう。実際のところ、かつて正宗白鳥をして、明治の文壇は「西洋文学の植民地」のようだと嘆かしめたほどに、当時の日本人作家たちは西洋文学の影響を強く受けていた。[29] シェイクスピアもそうした西洋文学の代表格として強い憧れや崇拝を惹起したことは、批評家たちの指摘するところである。たとえばJ・R・マルラインは、十九世紀末の日本人がいわば「逆向き植民地主義」の態度で、シェイクスピアを「すぐれた文化的な知」として自発的にありがたく享受したと述べている。[30]

悲劇『ハムレット』に話を限っても、明治初期以降、日本の文人やインテリは、この悲劇のなかに西洋の香りや近代性、哲学性を感じとり、とくにそうした資質を一身に体現するかのような主人公ハムレットを熱烈に崇拝するようになった。ハムレットが七つもの独白（舞台上に聞き手のいない状況で語る台詞）を語ることはよく知られるが、なかでも第四独白――つまり「生きるべきか死ぬべきか」（"To be, or not to be"[31]）と思い悩む王子が心中を滔々と語りだす長台詞――は、彼らの憧れる「西洋思想」や「近代人の内面」をもっとも劇的に表すものとして崇められ、その結果として熱烈な『ハムレット』ブームを引き起こした。若き坪内逍遥や山田美妙ら多くの文人が翻訳に手を染めたばかりか、『ハムレット』に魅了された作家たち（とくに北村透谷や島崎藤村などロマン主義的作家）がその強い影響下に創作を行い、『ハムレット』の派生文学や翻案作品を書いたこともよく知られている。[32]

シェイクスピア・『ハムレット』に対するアンビバレントな姿勢

しかし、いかに愛と崇拝に動機づけられているように見えたとしても、日本人による翻案作品のテキストやその執筆動機を細かく分析してみると、その素朴な愛や敬意の背後には、シェイクスピアや『ハムレット』に対する複雑でアンビバレントな感情――競争心や不安、反発、批判の姿勢、さらに、あわよくばその名声やオーラのおこぼれにあずかって、自作品の文化資本を増やそうといった日和見主義的な横領精神までも——が見え隠れすることが多いのだ。一つだけ例を挙げてみる。戯作家・仮名垣魯文は一八八六年に日本で初めて『ハムレット』劇の翻案『葉武列土倭錦絵』を完成させた（第六章で詳しく取り上げる）。そもそも、この仮名垣という作家は明治の開化ブームに乗って成功を手に入れたこともあり、話題の西洋芝居を書き換えた本作も、流行のはしりをゆく「さきがけの書」と受け取られがちである。しかし執筆当時の作者の状況や書き換えの手法などを検討してみると、西洋文明に友好的な「開化主義」の隠れ蓑をまといつつも、実のところは去りゆく江戸への懐古の情や、作者を脅かす西洋文化への反感、欧化熱に浮かされて西洋の権威にひれ伏す明治の風潮への批判などを包み隠す「抵抗の書」としての相をあらわにするのである。

欧米列強の植民地になることのなかった日本では、シェイクスピアが植民地政策や大英帝国と強く連想づけられることはあまりないようだが、やはり先に述べたような「馴れ初め」の性質ゆえか、この劇作家が西洋の先進性や優越性のシンボルとして、または主流文学のブランドや名声のアイコンとして認識され、それが翻案者の対抗心や反感をかきたてることも多いようである。また、英米を敵にまわして戦った第二次世界大戦の前後においては、シェイクスピアは戦争と結びつけられる場合もある。第二部で詳しく論じていくように、太宰治は翻案化に際して、「舶来品」『ハムレット』を称賛しつつも、自分はそれにまさる「すぐれた純国産飛行機」を作るのだとして翻案作品を手掛けた[33]。シェイクスピアをこの上なく敬った大岡昇平もまた、第二次世界大戦終了後、日本は戦争では負けたが文学の領域では勝ってみせるのだという、西洋への競合心を胸に『ハムレット』の翻案化へと向かう。[34]そんな中で彼らは従来型の批評や王道的な読みにとらわれない、新しい視点からの『ハムレット』解釈を見出していくことになったのだ。

「猫」のすすめ

対象を崇めつつも、型どおりの鑑賞から脱して、いつもとは異なる景色を見出す……そうした『ハムレット』受容のあり方を二十世紀初頭に予見し、それを勧めた大作家がいた。夏目漱石である。『吾輩は猫である』のなかで語り手の猫はこう述べる。

天の橋立を股倉《またぐら》から覗いてみると又格別の趣が出る。セクスピヤも千古万古セクスピヤではつまらない。偶《たま》には股倉からハムレットを見て、君こりや駄目だよ位に云ふ者がないと、文界も進歩しないだろう。[35]

声の主は漱石本人と考えてよかろう。彼はシェイクスピアや『ハムレット』を受容する際の態度についてアドヴァイスを与えているのだ。文豪シェイクスピアも、世界の名作『ハムレット』も、いつも真正面からうやうやしく崇めるだけではなく、天橋立の「股のぞき」のように大胆に尻を向け、ときにはさかさまに、ときに斜に構えて、批判的に読まねばならない、と。

この漱石の言葉を知ってか知らずか、本書で取り上げる日本人（劇）作家や批評家は、多かれ少なかれこの「股のぞき」のすすめを実践にうつした。自分でも気づかぬうちに『ハムレット』をさかさまに眺めた結果、それまで誰にも見えなかった景色を見出した者、あるいはわざと反抗的に、あるいは恣意的に、視点をずらして眺めた結果、自分の求めるハムレット王子の姿を見出した者もいた。本書は、このシェイクスピア悲劇を異なる視座から眺め、彼らの目に映る新しい『ハムレット』を描き出した作家たちを順に取り上げてゆく。

常光徹は『しぐさの民俗学』において、股のぞきという仕草が「上下と前後があべこべの関係を同時に体現した形」であること、それゆえに「境界的な性格」を有することを指摘する。[36] 本書の論じる作家たちも、その動機や見出す景色は異なるものの、さまざまな「境界」——東西のはざま、日本文芸と西洋文芸のはざま、近世と近代のはざま、戦前と戦後のはざま、崇拝と反発のはざまなど——に位置して『ハムレット』の解釈や価値を反転・歪曲させたという点で、いずれもが「股のぞき」に特徴的な性質を示しているわけである。

股倉からの景色——『ハムレット』・異文化

このように本書は、「股倉から見る」かのように『ハムレット』を独自の視座から捉えなおした翻案作品を取り上げてゆく。各章において、まず翻案者がいかにシェイクスピアや『ハムレット』に向き合い、眺め、そして独自のバージョンへと書き換えていったか、つまりその翻案化のプロセスとメカニズムを丹念に読み解いて、まずは翻案作品の理解を深める。同時に、そうした独自のアプローチがシェイクスピアの『ハムレット』解釈や批評をどのように豊かにするのかも考えてみる。

各章の考察を通じて、①受容者側のありさま——時代ごとの日本の社会や文化の変遷とその様相、作家の文学観やメッセージなど——を浮き彫りにすると同時に、②受容対象であるシェイクスピアの『ハムレット』へも光を当てることにより、原作テキストやその批評の読み直しを図りたい。そして最終目標としては、翻案研究を通して異文化受容についての理解を深めることを掲げる。異文化を受容するとはどういうことか？さまざまな要因が絡みあうその過程が、いかに複雑でいかに一筋縄ではいかない厄介なものであるか。そして、それがいかに思いがけなくも興味深い産物や知見をもたらすことがあるか。本書においては、そのことをシェイクスピア、とりわけ『ハムレット』の日本における翻案受容——つまり日本の文化にシェイクスピアや『ハムレット』がどのような過程を経て浸透していったのか——という観点から、それぞれの異文化受容の「現場」を具体的に検証する。各々の受容者が、この異国の大作家やその作品と対峙・格闘し、さまざまな葛藤を経てそれを超克しようとしてきた模様や、自分の目的のためにそれを利用・横領していく様子、それらをつぶさに考察することによって、そこに異文化受容という事象の本質の一端が見えてくるのではないかと考える。

冒頭で述べたような、〈異文化〉のあふれかえる日本の現状は、見知らぬ異国の文物を手つかずで導入した人々の努力だけでなく、意図的に、または知らず知らずに見知らぬ異文化を〈股のぞき〉した人々の慧眼や努力、ひらめき、勘違いなどの積み重ねにも負うところが大きいのである。

注

（1）専門的な翻訳論においては、「翻訳」とは原作を別言語による「等価物」に置き換えるだけの作業ではなく、多様な力学の作用する書き換えとして、翻案の一形態と位置づけられることも多いのだが、ここではそうした専門的議論には立ち入らない（早川、14頁）。
（2）Fischlin and Fortier, p.3.
（3）Julie Sanders, p.45.
（4）Linda Hutcheon, p.114.
（5）Jean Marsden, introduction, p.1.
（6）Julie Sanders, p.47.
（7）こうした議論については、たとえばAndrè Lefevere を参照のこと。
（8）Steven Connor, p.167.
（9）Michael Dobson, pp.4-5.、Sandra Clark, Introduction p. xliii.
（10）Fischlin and Fortier, p.8.
（11）他にも、原作と翻案の関係性をめぐる議論については、たとえばNicklas and Lindner 編の論集を参照されたい（pp.1-6; 14-24）。

（12）新しい批評理論の展開のなかで二十世紀終盤ごろからようやく光が当たりはじめ、シェイクスピア劇の翻案作品を集めたアンソロジーが組まれたり、それらの批評書が続々と出版されたりしている。二十一世紀初頭あたりからは、「翻案」そのものの理論化を試みるような重要な研究書も出てきた。とりわけLinda HutcheonとJulie Sandersの著書は多大な影響力をもつ。

（13）キーツはもともと一八一七年の手紙でこの言葉を使用したということであるが、現在では文芸用語として確立されている。

（14）これは「視点主義」（perspectivism）と呼ばれる。たとえばGraham BradshawやMustapha Fahmiを参照のこと。

（15）たとえばIndira Ghoseを参照のこと。

（16）批評家ジョナサン・ベイトは、シェイクスピア文学が多くの国のアイコンになるばかりか、いわゆる「マルチ・カルチュラリズム」の声そのものにもなりうるほどに懐が広いことを指摘する（Jonathan Bate, p.248）。他にもCrag Dionne and Parmita Kapadia, p.2など。Hattaway, Sokolova and Roperも編書の序文で、シェイクスピアのテキストには多くの人々やグループや国がそれぞれのアイデンティティを見出すような価値や言説が含まれていると論じる（p.19）。

（17）Jean E. Howard and Marion F. O'Connor, p.10.

（18）Michael Dobson, p.7.

（19）バードラトリー（Bardolatory）という表現は、もともとは劇作家ジョージ・バーナード・ショーが用いた。シェイクスピアが"the Bard"と呼ばれることから。詳しくはShaw, "Preface", p xxxiを参照のこと。

（20）代表的なものとしては、Paula Vogel の *Desdemona: A Play About a Handkerchief*（*Othello* の翻案）や Marina Warner の *Indigo*（*The Tempest* の翻案）は、いずれもフェミニスト的な観点からの劇の読み直し、書き直しである。

（21）シュレーゲルの言葉については、Roger Paulin, p.101を参照。フライリヒラートの詩 "Hamlet" は Freiligrath, pp.72-73からの引用。ただし、この場合の『ハムレット』およびハムレットとドイツとの同一視は必ずしもポジティブなものではなく、政治論ばかりで行動を起こすことができない祖国に対する詩人の憤りが込められる。とくにドイツ人の『ハムレット』との強い一体感は Manfred Pfister の論文を参照。なお、Freiligrath の詩の解釈については神戸大学の同僚・久山雄甫氏に助けていただいた。ここに記して謝す。

（22）Werner Habicht, *Shakespeare and the German Imagination*. また、グンドルフ『シェイクスピアと獨逸精神』は、ロマン派にいたるまでのドイツのシェイクスピア受容史・ドイツ文芸史をまとめた名著である。

（23）フランスにおけるシェイクスピア受容については、鈴木康司「フランスにおけるシェイクスピア、あるいは、フランス人の見たシェイクスピア」が詳しい。ヴォルテールの引用も同論文より（p.58, p.60）。

（24）こうした点については、Michael Hattaway, Sokolova, Roper 編の *Shakespeare in the New Europe* (1994) に詳しい。

（25）"*Hamlet* of the Polish October" として知られる舞台。この舞台も含め、ポーランドでの『ハムレット』受容については、Marta Gibinska "Polish Hamlets: Shakespeare's *Hamlet* in Polish Theatres after 1945"（上掲

の *Shakespeare in the New Europe* に含まれる）が詳しい。

（26）Kott, p. 59. 蜂谷・喜志訳『シェイクスピアはわれらの同時代人』63—66頁参照。

（27）James R. Brandon, p.21.

（28）Marjorie Garber, p.7.

（29）正宗白鳥、325頁。

（30）J. R. Mulryne, p.4.

（31）本書を通じて、シェイクスピア『ハムレット』からの原文引用は基本的に Ann Thompson and Neil Taylor 編集の Arden 版により、本文中の引用末尾に出典を記入する。

（32）詳しくは河竹登志夫『日本のハムレット』148頁以下を参照のこと。

（33）太宰治「井伏鱒二宛書簡」249頁。

（34）大岡昇平「わが文学における意識と無意識」237—38頁。

（35）夏目漱石、『吾輩は猫である』269頁。

（36）常光徹、125頁。

第Ⅰ部——近代作家と『ハムレット』

第1章 漱石の「股のぞき」

図3●夏目漱石（1867-1916）
明治39年3月撮影（千駄木書斎にて）

夏目漱石とシェイクスピア・『ハムレット』

最初に断っておく。漱石は、本書が扱う他の作家たちと同じような意味で『ハムレット』の翻案作品を書いたわけではない。とはいえ、彼が長きにわたって孤独に続けたシェイクスピアとの大格闘や、彼の文学がシェイクスピア（とりわけ『ハムレット』）から受けた影響の大きさ、さらに漱石の近代日本文学における重要性と中心的役割を考えたときに、本書で漱石を取り上げないわけにはいかない。さらに、すでに触れたように「ハムレットを股倉から見」るべきだという漱石の教えは、その後の日本人の『ハムレット』翻案化の態度をいみじくも言い当てる予言的役割を担うことにもなった。本書で論じる多くの作家や戯曲家が『ハムレット』を「ななめ読み」「さかさ読み」することで新たな創作を生み出した結果、漱石の言ったとおりに「文界が進歩した」ことはまちがいないのである。

さらに注目すべきことは、漱石自身も、独自の方法で『ハムレット』を股倉からのぞき込み、彼なりの受容の跡を多くの作品に残していることである。そこで本章では、シェイクスピアとの関連ではほとんど語られることのない『吾輩は猫である』(一九〇五―六年：以下『猫』と略)を『ハムレット』の影響下に生まれた派生作品と位置づけて両者の関係性を分析するとともに、『ハムレット』批評としての同小説の意義も考えてみる。

本題に入る前に、まずは漱石とシェイクスピアや西洋文学の関わりについて簡単に触れておこう。彼が丸二年間ロンドンに留学したこと、そこでシェイクスピア研究者クレイグ博士の指導のもとにシェイクスピアを本格的に研究したこと(さらに、西洋の近代化や東西文化の問題について悩んで神経衰弱になったこと)は夙に知られる。そして帰国後は一高(東大)で『ハムレット』を含むシェイクスピア文学に関する講義を行い、『文学論』や「断片一八」、さらに蔵書書き込みにも独自の『ハムレット』解釈を残している。このように帰国後の漱石は、しばらくは英文学者として『ハムレット』とがっぷり四つで闘っていた。彼のシェイクスピア研究や伝記的な詳細については、多くの研究書があるので、ここで屋上屋を架すことはしない[1]。

その後、作家に転向してからの漱石は――当然といえば当然かもしれないが――『ハムレット』を正面切って評論することはしなくなった。しかしそれは、漱石がシェイクスピアや『ハムレット』を忘れてしまったことを意味するわけではもちろんない。それどころか彼は『ハムレット』的な主題やイメージを自己の奥深くで熟成させ、文学的創作の糧として取り込みつづけたのだ。とくに『ハムレット』と関係の深い作品としては、ジョン・エヴェレット・ミレイの絵「オフェリヤ」を主要モチーフとする『草枕』（一九〇六年）がしばしば引き合いに出されるのだが、その直前に書かれた『猫』が取り上げられることはほとんどない[2]。しかし、漱石が『猫』と『草枕』を立てつづけに執筆したという事実や、二作間の主題的な共通点を踏まえたとき、『草枕』と同じく『猫』においても『ハムレット』が重要な意味と役割を有していると推論することは的外れではあるまい。漱石は一九〇五年七月十五日付の中川芳太郎宛の手紙に「今に『ハムレット』以上の脚本をかいて天下を驚かせようと思うが、いくらえらいものをかいても天下が驚きそうもないから已めようとも思う[3]」と記しており、ちょうど『猫』連載中の漱石が『ハムレット』を意識していたことを裏打ちしてくれる。

さまざまなアプローチが可能ななかで、本章では『猫』と『ハムレット』をつなぐ補助線として二つの〈溺死〉に着目し、『猫』執筆当時の漱石の心象風景や想像力の回路を探る。そして『猫』テキストのなかにひそむ、『ハムレット』からの隠微で捉えがたい影響の跡をたどってみたい。

『草枕』から『猫』へ

『草枕』は、山深い桃源郷のような場所を舞台に、主人公の画工が旅先で出会った美女の画を描くことをめぐって展開される物語である。筋らしい筋のない緩やかな展開のなか、画工の口を借りて漱石の東西比較文化論・詩論がふんだんに繰り広げられる。小説の序盤において画工が茶屋に立ち寄ったとき、かつて淵川に身を投げて死んだ長良の乙女の話を耳にする。その話は彼の想像力を、シェイクスピア悲劇『ハムレット』のオフィーリアへ、さらには逗留する旅館の美女・那美へと駆り立ててゆく。小説のなかでは『ハムレット』のオフィーリア、とりわけ画家ミレイによる「オフェリヤ」の絵が何度も言及されるばかりか、狂気の女性の入水自殺が重要なモチーフとして現れることから、漱石が執筆時に『ハムレット』を念頭においていたことはまちがいないとされる。

図4●ミレイの絵　Ophelia
（テート・ブリテン所蔵）

一方の『猫』は語り手の猫「吾輩」の視点から、漱石をモデルとする主人・珍野苦沙弥とその周囲の知識人ら（「太平の逸民」）の生きざまや、彼らのたたかわす議論などが面白おかしく語りだされる長編の諷刺文学である。一見したところ、形式面でも筋の上でも『草枕』と共通点があるとは思われない。しかし『猫』最終章に色濃く現れる文明批評――とくに欧化された社会の生き難さ、西洋近代の引き起こす自我肥大の問題、さらに東洋・日本文化への回帰など――は『草枕』で頻出する東西文化論や二十世紀文明への反発に通じるところが少なくなく、その意味では『草枕』との主題的なつながりが認められる。平川祐弘も、漱石が『猫』最終話の脱稿後、半月も経たぬうちに『草枕』を書きはじめ、二週間足らずで完成させたという事実に着目し、そのような矢継ぎ早の執筆は「その当時（つまり『猫』終盤を執筆していた頃）の漱石の念頭に溜まっていた感想をいっときに『草枕』の中へ吐き出した」からだとして、二作間の連続性を訴える。(4)

平川の説が正しいとすると、『草枕』の序盤からすでに顕著な『ハムレット』的主題、とくにオフィーリア溺死のモチーフもまた『猫』から流れ出てきたものと考えられる。そして実際のところ、『猫』のテキストにもいわば二つの〈溺死体〉が漂っており、それらは各々が異なる形で『ハムレット』と関連しているように思われる。以下では、二つの〈溺死〉を検証し、それらが漱石の想像力のなかで『ハムレット』とリンクしながら『猫』テキストを生成する力として作用している可能性を探りたい。

図5●藤村操（1886-1903）

1 第一の〈溺死〉

藤村操の投身自殺と漱石

ほとんどの読者は読み飛ばしてしまうことだろうが、『猫』における一つ目の〈溺死〉は、藤村操の投身自殺への二度の言及である。有名な事件ではあるが、以下にその概略を述べておく。一九〇三年五月、まだ十七歳にもならぬ一高生・藤村青年は、大樹を削って書きつけた遺書「巌頭の感」において人生の「不可解」を嘆き、華厳の滝へと身を投じた。(5) この事件は「少年哲学者」の死として新聞に大きく取り上げられたばかりか、論壇での盛んな議論を呼ぶなど社会的にも大反響をもたらした。藤村をまねて現場で自殺を試みた者が四年間で一八五人以上（未遂も含む）に上ったというデータも残っているほどである。(6) 漱石にとってもまた、この事件は格別にショッキングなものだった。というのも当時、一高で教鞭をとっていた漱石は、ちょうど事件の数日前に、宿題をしてこなかった藤村を教室で厳しく叱責しており、それが自殺の引き金になったのではないかと心配したのである。(7) 漱石がこの死を題材にした短詩を書いたり（一九〇三年）、『猫』や『草枕』でもくりかえし言及したりしていることからも、漱石のショックのほどが窺い知れる。

『猫』に話を戻すと、この作品で藤村の身投げが二度話題に上るのだ。まずは第十章。苦沙弥が中学校で担任をしている男子学生・古井武右衛門（十七、八歳と描写される）がとつぜん苦沙弥のもとを訪ねてくる。この学生は、友人の悪戯に乗せられて、ハイカラな娘に宛てたでっち上げの艶書に名前を貸してしまったのだが、そのために退学処分にならないだろうかと気に病んで相談にきたのである。冷淡な反応しか示さぬ苦沙弥とは違い、語り手の猫は青年に同情を示し、「可哀想に。打ちやって置くと巌頭の吟でも書いて華厳滝から飛び込むかも知れない」（471）と語る。[8] これが一度目の言及である。たまたまその場に居合わせた寒月も「あの容子ぢや華厳の滝へ出掛けますよ」（475）と青年を藤村になぞらえるのだが、[9] それが二度目の言及となる。

藤村＝日本のハムレット王子？

『猫』における『ハムレット』の影響を考えるにあたってこの投身自殺が意味をもつのは、藤村操が『ハムレット』およびハムレット王子と切っても切れない関係にあるからだ。一つには、藤村が死ぬ直前にこの悲劇を読んでおり、彼の遺書が劇への言及――「ホレーショの哲學竟に何等のオーソリチィーを價するものぞ」という一文――を含んでいたことである。事件直後には、この「ホレーショ」なる哲学者が何者であるかということをめぐって議論も交わされたようだが、現在ではそれが『ハムレット』に登場する、王子の親友のホレイショーであろうということで見解が一致している。

第一幕第五場で亡霊に遭遇したハムレットはホレイショーに「ホレイショー、天と地のあいだには哲学などでは思いもよらぬことがあるのさ」(“There are more things in heaven and earth, Horatio, / Than are dreamt of in your philosophy”; 1.5.165-66) と述べる。この“your”はとくに訳出を必要としない一般的な意味のものだが、藤村はそれを「ホレイショーの」という意味に誤解したことから、遺書のような表現が出てきたと考えられている。詳細はさておくとしても、要するに藤村は自身の遺言において、哲学では説明しきれない謎や悩みに苦しむハムレットに自分を重ね合わせながら、人生に対する懐疑や嫌悪、煩悶、自殺願望を表明したわけである。藤村の親友であった藤原正はその意図を理解していた。だからこそ彼は、藤村の死から一ヶ月の後に出版された『第一高等学校校友会雑誌』で「君に別れ、血に泣きて、ホレーショの悲劇を演じ、悲泣雨涙、空しく華厳の巌角を撃つて、憾を飛瀑の遺響に託せむとは」と、友をハムレット王子に、自らを王子の死を見届けるホレイショー役になぞらえながら、その死を悼んでいる。[10] やはり藤村の近しい友であった安倍能成も「当時藤村は[……]シェクスピアの『ハムレット』を読み、ハムレットの煩悶が、友人ホレーショの空なる哲学的談義によって救はれる由もないことを知つて、この言を成したもの」と回顧し、友をハムレット王子と重ねる。[11] もちろん、シェイクスピアへの造詣が深く、『ハムレット』の講義までしていた漱石なら、藤村が悲劇『ハムレット』の登場人物に言及しながら、ハムレット的煩悶を表現していたことを瞬時に見てとったことであろう。[12]

藤村青年と『ハムレット』／ハムレットのあいだの、こうした強い関連性や連想については、彼の身辺だけではなく新聞や論壇においても認識されていた。藤村の自殺から一ヵ月後に行われた「藤村操の死に就いて」という講演のなかで黒岩涙香は、ホレイショーが『ハムレット』劇のキャラクターであることを指摘している。[13] 自殺の原因として失恋説も囁かれたが、当時の新聞や論壇はむしろ「哲学的懐疑」や「近代的自我の煩悶」といった精神的・思想的な側面を強調した。この事件をきっかけに雑誌『太陽』では自殺の是非をめぐる論争のようなものも巻き起こり、『太陽』九巻九号（一九〇四年）では坪内逍遥が「自殺是非」と題する長文のなかで「軽々しく自殺を実行したるは単にその意志の薄弱なるを証するに外ならざるをや」と批判したのに対して、姉崎正治は「現時青年の苦悩について」で「青年の苦悶はけっして知識の問題でない、生活意志の問題である、巌頭の感は実に立派に此の To be or not to be の意志問題から湧き出た懐疑と其の懐疑の遂行動機とをいひ表しておるではないか」と、ハムレット第四独白の文句を三度も引用しながら藤村を擁護する。[14] ハムレット王子の名こそ出さないものの、姉崎が藤村にハムレット王子を重ね合わせているのは明らかである。[15] ヤスナリ・タカハシは、『新体詩抄』（一八八二年）以来ハムレット王子が日本のインテリや文学青年のあいだで「近代的自我」の体現者として、また孤独で繊細、懐疑的な反体制のシンボルとして多大な影響を放っていたことを指摘し、その影響の延長線上に北村透谷や藤村の死を位置づけている。[16] そうした思想的・文化的な空気のなかでは、藤村操の苦悩や厭世観、哲学的懐疑がハムレット王子とそれらと重ね

合わせられ、「藤村＝日本のハムレット王子」という図式が生まれたのも不思議はない。(17)

『猫』におけるハムレット的モチーフ

『猫』執筆時の一九〇五―六年といえば、藤村の死からまだ日も浅く、その死をめぐる記事や論説がいたるところ（漱石が目を通したであろう、上述の『太陽』や一高の校友会誌も含む）に発表されていた時期である。個人的な関わりからも、さらに思想言論上の観点からも、藤村の死に並々ならぬ関心を持っていた漱石の心のなかで、この事件が喚起する煩悶、懐疑や印象は、『ハムレット』の喚起するイメージや問いかけと重なりあい、響きあいつつ彼の想像力を強く掻きたてたことであろう。そして、おそらくは『猫』での藤村への言及をきっかけに、藤村的＝ハムレット的な煩悶や懐疑が漱石の心を強く支配しはじめたのではないかと考えられる。そのことは、十章あたりを境に『猫』がその調子と諷刺の矛先をガラリと変えることにも表れている。藤村への言及をふくむ艶書事件のエピソード自体はコミカルに描写されるものの、それを最後に、これまで展開されてきた軽妙な人間諷刺は鳴りをひそめる一方、西洋や近代社会の痛烈な批判がつぎつぎと繰り出され、そこに人生問題に関わる『ハムレット』的モチーフが頻繁に織り込まれてゆくからである。

とくに最終章・十一章では、苦沙弥邸に集まる人々の言葉に厭世的な空気が充満する。「とにかく此勢で文明が進んで行つた日にや僕は生きてるのはいやだ」（535）と言う苦沙弥は、死ぬ事は苦しい、然し死ぬ事が出来なければ猶苦しい。神経衰弱の国民には生きて居る事が死よりも甚しき苦痛である。従つて死を苦にする。死ぬのが厭だから苦にするのではない、どうして死ぬのが一番よからうと心配するのである。(537)

といった具合に、生死の問題や自殺を論じる。(18) 周囲の者たちも負けず劣らず悲観的に「自殺学」や「自殺クラブ」について長々と語る。周知のように、シェイクスピアのデンマーク王子は登場するなり、自殺願望(「ああ、この苦しみに苛まれる体が溶けて崩れて、露と溶けてしまえばいいのに」(1.2.129-30))や激しい厭世観(「ぼくにはこの世の営みの何もかもが、なんと煩わしく、味気も意味もないものに感じられる」(1.2.133-34))を口にする。さらには、やるかたない憂鬱を友人に告白したかと思えば(「最近の僕は、なぜか知らぬがすっかり陽気さを失って、これまでの日課もすべて止めてしまったのさ」(2.2.261-63))、有名な第四独白(「生きるべきか、死ぬべきか……」(3.1.55-89))では人生における多くの災難や苦しみを列挙しながら、それにもかかわらずなぜ自殺しないのかをえんえん論じる。苦沙弥ら「太平の逸民」たちが展開する、筋の通っているようで屁理屈とも聞こえる自殺論や厭世観は、ハムレット王子の煩悶や思索を想起させつつ、あえてそれらを滑稽にずらしたパロディのようにさえ読めてくるのである。

また、苦沙弥邸に集う「太平の逸民」たちは、西洋化に伴う自我や個性の肥大を「文明の呪詛」

532）として厳しく糾弾する。この「近代的自我」の問題は、漱石が当時執筆した「断片」にも頻出するばかりか、その後長きにわたって彼を悩ませつづけた。[19]『猫』十一章でも、近代の人間の「自覚心」が肥大し、個性が発展するにつけ、人間は生きづらくなったという議論が長々と展開される。近代の人間の「自覚心なるものは文明が進むにしたがって一日一日と鋭敏になって行くから、仕舞には一挙手一投足も自然天然とは出来ない様にな」（苦沙弥：531）り、「二六時中己れと云ふ意識を以て充満して居る」（独仙：532）というのだが、そんな自意識にがんじがらめになった近代人のたとえとして、もっともふさわしい人物は誰か？もちろんハムレットをおいて他にはあるまい。批評家ハロルド・ブルームが「意識の領域を切り拓いた西洋の英雄」、「内面世界を開拓した英雄」と名づけるように、彼は執拗に自分自身の心の中を凝視し、多くの独白で自分の内なる意識・思索を分析しつづけ、そんな自分にがんじがらめになって行動できなくなる。[20] そして実のところ、上述のように二十世紀終盤の日本の知識人のあいだではハムレット（とりわけ彼の第四独白）こそが「近代的自我」のシンボルとして崇拝されていたことを考え合わせれば、漱石がそうした過剰な自覚心や自意識に苦しむ近代人を批判する際に、ハムレット王子のことを念頭においていたとしても不思議はない。ひょっとすると漱石はそこに、同時代の日本人たちの安直なハムレット崇拝に対する諷刺をも混ぜ込んでいたのかもしれない。とはいえ、留学以来みずからも文明社会の生きづらさや、肥大した自我の重さ、その結果として起こる神経衰弱を体験していた彼にとって、それは単なる他人事として片付けられるものではなかったであろう。[21]『文学論』序文にも自身が「ただ神経衰弱にして狂人なるが為め、「猫」を草し［……］」（14）と記した漱石であればこそ、藤村やハムレットなど、自意識過剰の病めるインテリ青年の系譜に自分自身をも重ねていたのかもしれない。

以上、二十世紀初頭の日本知識人や文学関係者にとって藤村操とハムレット王子が分かちがたく結びついていたこと、さらに藤村の死に言及したあたりから『猫』テキストにハムレット的な問題群——厭世や懐疑に満ちた哲学的思索や自殺願望など——が充満することを示し、『ハムレット』への直接的言及はなくとも、同悲劇が『猫』を執筆する漱石の意識の根底に横たわり、テキスト終盤の内容とトーンに多少なりとも影響を与えた可能性を示唆した。そして、『猫』最終章の結末でもう一つの〈溺死体〉が上がるとき、『ハムレット』はより具体的なモチーフとして浮上し、『草枕』へと流れ込んでゆくことになる。

2　第二の〈溺死〉

「吾輩」は溺れる

二つ目の溺死体は誰のものか?こちらは読者の誰しもが気づくものである。すなわち、結末で猫自身が語る、「吾輩」の溺死である。好奇心からビールを飲み、歌ったり踊ったりしたくなるほど酩酊した猫は、誤って甕に落ちてしまう。

我に帰つたときは水の上に浮いてゐる。苦しいから爪でもって矢鱈に掻いたが、掻けるものは水ばかりで、掻くとすぐもぐつて仕舞ふ。仕方がないから後足で飛び上つておいて、前足で掻いたら、がり〳〵と音がして僅かに手応があつた。漸く頭丈浮くからどこだらうと見廻はすと、吾輩は大きな甕の中に落ちて居る。(566—67)

この溺死のモデルとして知られるのは、英国詩人トマス・グレイの詩「お気に入りの猫の死に寄せるオード」(一七四七年)である。[22] たしかに、猫が鉢のなかに落ちて溺れ死ぬという設定の類似性や、『猫』二章で、「クーパーの金魚を盗んだ猫」(28)[23] への言及があることから判断して、漱石がこの詩の存在を十分に知り、その着想をもとに滑稽なる猫の死を描いたのはまちがいなかろう。とくにグレイの猫が「八度水中から浮かび上がる」ほど長時間に渡ってもがき苦しむ過程は、漱石の猫の、下のような苦しみの描写にも活かされている。

もがけばがり〳〵と甕に爪があたるのみで、あたつた時は、少し浮く気味だが、すべれば忽ちぐうつともぐる。もぐれば苦しいから、すぐがり〳〵をやる。［……］遂にはもぐる為めに甕を搔くのか、搔く為めにもぐるのか、自分でも分かりにくゝなった。（567）

しかしながら「吾輩」は、しばらくもがいた後、冷静に状況判断をし、諦めの境地にいたって最後には安楽を得る。

図6●グレイの詩（1747）に入れられたウィリアム・ブレイクのイラスト

次第に楽になつてくる。苦しいのだか難有いのだか見当がつかない。水の中に居るのだか、座敷の上に居るのだか、判然しない。どこにどうしてゐても差支はない。只楽である。否楽そのものすらも感じ得ない。日月を切り落し、天地を粉韲して不可思議の太平に入る。吾輩は死

ぬ。死んで此太平を得る。太平は死なゝければ得られぬ。南無阿弥陀仏、々々々々々。難有い々々々。(568)

グレイのオードにはまったく存在しない、この「楽」な水死の着想を漱石はどこから得たのであろうか?ここでいったん『猫』の次作である『草枕』へと目を転じてみよう。

女性の安らかな水死

『草枕』がオフィーリアの水死、女性の水死を主要なモチーフとすることはすでに述べたが、そのなかでも漱石はとりわけ、死にゆく女性の安らぎにこだわり続ける。もちろん、漱石の想像力の源にあるのは、ミレイの絵の下敷きともなっている『ハムレット』のなかのオフィーリア水死の場面である。

王妃　小川のほとりに傾ぐ柳が
　　水面に薄墨色の葉を映していました。
　　そこであの娘は花環を編んでいたの――
　　きんぽうげ、いらくさ、ひなぎく、それから、

はしたない羊飼いが卑猥な名で呼び、
清らかな乙女たちは「死人の指」と名づける紫蘭の花も。
しだれた枝に花環をかけようと、木によじ登ったあの娘。
でも、つれない枝はあえなく折れて、
花環もろともまっさかさま、あの娘は
すすり泣く小川へと落ちた。裳裾は大きく広がって、
あの娘はまるで人魚のように、しばらく水面を漂いました。
漂いながら、昔の唄を口ずさんで。
まるで苦しみを感じる様子もなく、あるいは、
水に生まれ水に暮らす生きもののように。
でも、それも長くはつづかなかったの。
たっぷり水を飲んだ衣服は重みを増して、
あわれな乙女から美しい歌声を奪いとり、
泥の死へと引きずり込んでいったのです。(4.7.164-81)

苦しいはずなのに、「苦しみを感じる様子もなく」歌いながら死んでゆくオフィーリアの姿をガート

ルード王妃が語りだす有名な台詞であるが、このイメージは『草枕』のなかに形をかえて反復されてゆく。小説序盤、通りがかりの茶屋で長良の乙女のことを聞いた夜、彼はその夢を見る。

長良の乙女が振袖を着て、青馬に乗つて、峠を越すと、いきなり、さゝだ男と、さゝべ男が飛び出して両方から引つ張る。女が急にオフェリヤになつて、柳の枝へ上つて、河の中を流れながら、うつくしい声で歌をうたふ。[……]女は苦しい様子もなく、笑ひながら、うたひながら、行末も知らず流れを下る。(30:傍線は筆者による)

また画工は、温泉のなかで自分の体を湯に漂わせながら、ミレイの「オフェリヤ」の絵について考える。

何であんな不愉快な所を択んだものかと今迄不審に思つて居たが、あれは矢張り画になるのだ。水に浮んだ儘、或は水に沈んだ儘、或は沈んだり浮んだりした儘、只其儘の姿で苦なしに流れる有様は美的に相違ない。[……](86:傍線は筆者による)

さらに旅館の美女・那美がとつぜん画工に「私が身を投げて浮いて居るところを――苦しんで浮いてるところぢやないんです――やす〳〵と往生して浮いて居るところを――奇麗な画にかいて下さい」(117:傍線は筆者による)と依頼する場面もある。これほどまでに繰り返し、漱石が『草枕』で水に浮かぶオフィーリア的女性の安らぎ・安楽にこだわることを念頭におけば、その直前の作である『猫』の結末に描かれる水死の安らぎには、すでにオフィーリアの死のイメージが重ねられていると考えるのが順当であろう。そして実際、シェイクスピアのオフィーリアの水死と猫のそれとを見比べてみると、まったく別物とも思われる二つの水死は、相似と対照の興味深い関係性を示しつつ、互いが互いを照らし出す批評的視座を提供していることに気づかされる。

互いを照らしあう二つの死

まずは、安らかな水死という共通点がゆえにかえって引き立つ理性と狂気のコントラストに注目したい。「吾輩」は安楽な死を迎える前にまず、死ぬまいと必死にもがきながら、自らのおかれた状況——自分はもがくことによって何を得ようとしているのか、その目的の達成可能性はいかほどか、甕の高さと自分の足の長さの差はどれくらいか——を冷静に分析し、そして「もうよそう。勝手にするがいい。がりがりはこれぎりご免蒙るよ」と断念する。むろんリアリズムの観点からすれば、ありとあらゆる意味で不可能な話ではあるが、猫自身が客観的な分析を行い、それに基づき死を受け入れる根拠を論理的に説明する点において、きわめて理性的な死であるともいえよう。極限状態においてさえ客観的観察と論理的分析から離れられない、徹底した批評精神のあり方のパロディとさえいえるかもしれない。

一方のオフィーリアはどうであろう。ガートルードの語りだすその死は、後の葬式の場で司祭が用いる「疑わしい」(5.1.216) という言葉に集約されるように、すべてが説明不足で謎に満ちている。彼女は意図的に身を投げたのか、本当にガートルードが語るように「枝に花環をかけようと」して小川に転落したのか、そして苦しいはずなのになぜ「自身の苦しみも感じることなく」歌いながら沈んでゆくのか……。痛々しいほどに美しく悲壮な、狂気のオフィーリアの謎に満ちた死は、散文的で理性的な猫の死と鮮やかなコントラストをなし、理性や言語よりも感覚や美に基づく異なった価値大系を体現しているかのようだ。さらに、酔っ払って甕にはまったにもかかわらず、お浄土へ行くことが示唆される猫の仏教的な結末は、なんの落ち度もないまま運命に翻弄されて死んでゆくオフィーリアが、キリスト教的には救済されないという皮肉と悲しみを引き立てるようでもある。二つの死の表面的な類似性の裏に隠れた対比を目の当たりにするとき、猫の最期を描く漱石がオフィーリアの溺死を意識していなかったとは考えにくくなる。

男の厭世から女の安楽へ

それでは、このような水死を描く漱石は、十一章を満たしていた藤村的・ハムレット的な哲学的煩悶や厭世観をすでに去り、オフィーリアの体現する審美的で女性的な死の世界へと関心を移していたのであろうか? そうともいえない。というのも、そもそも「吾輩」がビールを飲んだのは、なんともいえないむなしさと厭世的な気分のためであり、彼の死にも自殺につながる要素が混ざっていることが仄めかされるからだ。

主人は早晩胃病で死ぬ。金田のぢいさんは欲でもう死んで居る。秋の木の葉は大概落ち尽した。死ぬのが万物の定業で、生きてゐてもあんまり役に立たないなら、早く死ぬ丈が賢こいかも知れない。諸先生の説に従へば人間の運命は自殺に帰するさうだ。油断をすると猫もそんな窮屈な世に生れなくてはならなくなる。恐るべき事だ。何だか気がくさ〳〵して来た。三平君のビールでも飲んでちと景気をつけてやらう。(564)

ここにはまだハムレット的な厭世の響きが聞きとれる。実際のところ、この猫の死はハムレットの死とも興味深い相似を示す。とくに、死を境として饒舌と沈黙が切り替わるという点において、猫の死はハムレット的な死のパロディの様相をも呈するのだ。「言葉、言葉、言葉」(2.2.192) という台詞が象徴的に示すように、舞台上で心中の憤懣、懐疑、批判、思索を露わにしつづける「おしゃべり王子」ハムレットは、「あとは沈黙」(5.2.363) と言い残して死んでゆく。一方の『猫』でも、「吾輩」をはじめ「太平の逸民」らがまくし立てる「饒舌の世界」から読者が解放されるのは、猫が命を絶つときである。王子と猫の死はいずれも、観客や読者を「言葉の氾濫」から解放してくれるものとして機能する。(24)

一般的には、苦沙弥が漱石の自画像と言われているが、それを観察し、批評したり茶化したりする猫にもまた漱石が自分を重ねていることはまちがいない。[25]ビールに酔って甕に落ち、溺れ死ぬという徹底的にばかげた死に方をする猫には、華厳の滝に身投げした藤村、生か死かと深刻に思い悩んだハムレット、そうしたハムレット的な自我をかかえて神経衰弱をわずらう漱石自身（つまり「吾輩」）も重ね合わせられているのではないか。滑稽で散文的な猫の死を通して漱石は、自分をも含めた、青白く頭でっかちで自意識過剰の男たちを揶揄し、笑い飛ばそうとしながら、それと同時に、猫のように「死んで此太平を得る」ことを願っていたのかもしれない。いずれにせよ、次の『草枕』のモチーフになる水死が、もっぱら女性的で審美的なものへと変わってゆくのは、『猫』において漱石が、いったん男性と自殺の主題に終止符を打とうとしたからなのではなかろうか。[26]

おわりに

『猫』のなかで、シェイクスピアと『ハムレット』への言及はただ一ケ所。本書タイトルのアイデアともなった一節「セクスピヤも千古万古セクスピヤではつまらない。偶には股倉からハムレットを見て、君こりや駄目だよ位に云ふ者がないと、文界も進歩しないだろう」（269）のみである。漱石が西洋文明や英文学に強い崇拝の念を抱き、後の作品にその影響を反映させたことはよく知られる。しかしその一方で、留学中の彼が西洋に対する劣等感や反英感情を募らせ、そうした負の感情からなかなか抜け出せなかったこともまた有名である。シェイクスピアの「偉大さ」も『ハムレット』の文学的価値も嫌というほど知っていたはずの漱石であるが、それらから自分が受けた影響や恩恵、さらに、それらへの反応を創作分野でストレートに表明する気もなければ、そういう心境にもなれなかったのかもしれない。本章で見てきたように『猫』執筆においても漱石は、シェイクスピアとの直接的対峙や言及は極力避けて、当時の社会や思想言論のなかに浮遊・沈殿している『ハムレット』/ハムレットをめぐる様々なイメージ、言説、観念などの断片を敏感にすくいあげ、それらを変形させたり、独自の皮肉や諷刺を加えたりしながら自作テキストに織り込んでいった。この世界文学の名作に平伏すのでもなく、真っ向から逆らうのでもなく、まさに「股倉から見」るかのように、異なるアングルから独自のアプローチを図ったわけだ。このように『猫』は、二章以降で取り上げる、『ハムレット』との関係をより明確に打ち出す翻案作品とは明らかに異なる。しかしながら、この小説の多大なる影響力を考えたとき、たとえそれらがいかに隠微なものであったとしても、やはり『猫』に含まれる『ハムレット』的主題やイメージが、その後の日本文学・文化へと浸潤していったことは確実であろう。

注

(1) たとえば野谷士、玉木意志太牢の本、仁木久恵氏の本などを参照のこと。

（2）他にもヒロインの義兄（甲野）にハムレットの性格が色濃く見てとれる『虞美人草』（1907）や、ハムレット王子と強く連想づけられる広田先生の出てくる『三四郎』（1908）、さらに叔父の裏切り、自己嫌悪、自殺など、ハムレット的特徴を多く示す先生を擁する『こころ』（1914）は、『ハムレット』に影響を受けた作としてよく言及される。また、心中の我執や懐疑に苦しむ『行人』（1912-13）の一郎も、きわめてハムレット的人物である点を斎藤衛氏に指摘していただいた。

（3）夏目漱石、「書簡446」394頁。

（4）平川祐弘、350頁。矢本貞幹も『猫』を書き続けていた漱石にはシェイクスピアが絶えず意識されていたと思う」と述べる（169頁）。

（5）「巌頭之感」は次のような内容であった。「悠々たる哉天壌、遼々たる哉古今、五尺の小躯を以て此大をはからむとす、ホレーショの哲學竟に何等のオーソリチィーを價するものぞ、萬有の眞相は唯だ一言にして悉す、曰く「不可解」我この恨を懐いて煩悶終に死を決するに至る。既に巌頭に立つに及んで胸中何等の不安あるなし、始めて知る、大なる悲觀は大なる樂觀に一致するを」（『萬朝報』より）。

（6）平岩昭三、38頁。

（7）事件が報じられた後、漱石は教壇へ上るなり、最前列の生徒に小声で藤村の自殺の理由を尋ねた。そして「先生、心配ありません、大丈夫です」という生徒の返答に「心配ないことがあるものか。死んだんぢやないか」と答えたという（伊藤整、148頁）。

（8）『猫』と『草枕』の出典は、それぞれ岩波全集からであり、ページ数を本文中に書き込むことにする。

（9）越智治雄によれば、この男子学生のエピソードで諷刺されているのは「苦沙弥の冷淡さ」（65頁）であり、その意味において漱石は、教師としての自分の藤村への態度にある種の罪悪感を抱いていたという見方も可能であろう。『草枕』における、藤村の死に対する同情的な書き方の中にも、そうした漱石の態度を読み取ることはできるかもしれない。

（10）藤原正、82頁。

（11）安倍能成、343頁。［……］は元の引用文にはない、筆者による省略を示す。以下も同様。東大の教師であったケーベル博士も、当時学生たちに「藤村の問題は“to be, or not to be”だ」と語ったという（伊藤、152―53頁）。

（12）明治三七―三八年頃（1904-5年頃）に漱石が残した『ハムレット』についての詳細な記述（「断片一八」）もまた、彼が劇に精通していた証左となる。

（13）平岩、56頁。ただし涙香は「ホレーショは［……］今では似非非哲学者の代名詞の如く使わるる名前となつている」と誤った記述をしている。

（14）坪内は68頁、姉崎は87頁より。姉崎は「「我れ」を形式の中に圧抑しようとして来た」日本社会において、西洋文明の影響をうけた青年が、「「我れ」を求め人生問題に頭を入れ始め」て自殺してしまったことは自然の理であり、藤村の死は、彼を守りきれなかった「社会と教育の罪」であると主張した。

（15）ちなみに漱石は、イギリス留学中も『太陽』を毎月きっちり日本から送らせていたくらいであるから、日本帰国後も同誌のこうした論壇記事にしっかり目を通していたであろう。

(16) Takahashi, p.105.

(17) Takahashi も藤村が「ちょっとしたハムレット的存在」(“a bit of a Hamlet-figure”)になったと指摘する。藤村をハムレット王子となぞらえる見方は、たとえば、この事件を題材にした斎藤栄の推理小説『日本のハムレットの秘密』(1979)などにも活用されている。

(18) 三章でも寒月の「首くくりの力学」の話題が出るが、このときはまだ喜劇的な調子が強い。

(19) 一九〇四―五年頃に書かれた「断片三二」には、たとえば「self-consciousness の結果は神経衰弱を生ず。神経衰弱は二十世紀の共有病なり」(204頁)「今人について尤も注意すべき事は自覚心が強過ぎる事なり」(212頁)といった記述がある。漱石は一九一一年に行った演説「私の個人主義」においても、同様の問題を考えている。そうした思索が後に彼を「則天去私」の境地へと導くことになるのだろう。

(20) Harold Bloom, pp.409-10.

(21) 平川も、漱石が自分自身のロンドン留学体験を近代文明の弊害として一般化し、拡大解釈したのではないかと考える(350頁)。

(22) Thomas Gray, “Ode on the Death of a Favourite Cat.” 当時流行した「擬英雄詩」スタイルで書かれたこの詩は、主として英雄詩の形式と陳腐な内容とのコントラストにより諧謔とユーモアを生み出している。この詩と『猫』の関係については、飯島武久の論文を参照のこと。

(23) 岩波版の注によれば、漱石は「クーパー」としているが、単行本以降は「グレイ」に直された。「クーパーもグレイも十八世紀イギリスの代表的詩人であるために、漱石が混同したものと思われる」

と説明されている（578頁）。

(24) 前田愛「猫の言葉、猫の論理」94頁。

(25) 飯島は、「吾輩」のことを「己れをも含めて一切のものを批判して止まない漱石の中の批評精神の願望を象徴化したもの」と総括する（186頁）。また伊豆も、漱石が「猫」に自己を仮託したのみならず、そこに「無力で孤独な自己」をも見出していたと論じる（214頁）。

(26) 前田によれば、ミレイの絵は『草枕』に登場する画工および漱石の抱いていた「ある強迫観念《オブセッション》」（「世紀末と桃源郷」、262頁）を表しているという。平岡敏夫は漱石のこだわりの背景に、熊本時代の妻鏡子水死未遂事件を指摘する（118—32頁）。

第2章

「あの狂言の攻撃をやらう」
――志賀直哉「クローディアスの日記」の創作的批評

図7●志賀直哉（1883-1971）

志賀直哉と『ハムレット』の出会い

「小説の神様」のニックネームで敬われ、明治から昭和にかけて日本文壇に君臨した志賀直哉。彼がシェイクスピア悲劇『ハムレット』と出会ったのは一九一一年五月二十一日、帝国劇場においてである。演劇界の大御所・坪内逍遥が、自ら率いる後期文芸協会の第一回公演として、また帝国劇場の柿落とし公演として、この悲劇を選び、翻訳・演出も引き受けた。(1) この舞台に触発された志賀は短編小説を執筆し、翌一九一二年に「クローディアスの日記」を世に送り出すことになる。その創作動機について彼は次のように記した。

これを書く動機は文芸協会の「ハムレット」を見、土肥春曙のハムレットが如何にも軽薄なのに反感を持ち、却って東儀鉄笛のクローディアスに好意を持ったのが一つ、もう一つは「ハムレット」の劇では幽霊の言葉以外クローディアスが兄王を殺したといふ証拠は客観的に一つも存在してない事を発見したのが、書く動機となった。[2]

上演から受けたこのような感想に基づいて志賀は、坪内の翻訳を何度も読み返したのち、クローディアスが無罪であるという前提のもとに『ハムレット』劇の語り直しを試みる。そしてハムレットが英国に追放されるまでの経緯を、クローディアスの視点から日記形式に綴りあげていった。『ハムレット』を「股倉から見る」方法にもさまざまあるわけだが、志賀は次章で扱う小林秀雄と同様に、読者や観客の共感を独占しがちな主人公以外の人物の視点から原作を眺め直すという手法を採った。[3] そして、世界的文豪シェイクスピアにあたかも尻を向けるかのように、大胆かつ不遜な態度で『ハムレット』を眺め、従来的な解釈とは大きく異なる、さかさまの風景を描き出すのである。

挑戦的なまなざし

本作を執筆する直前の一九一二年三月九日、志賀は日記に自信あふれるコメントを残している。

夜、ハムレットを読む。あの悲劇の根本は客観的にはマルデ存在し得ないといふ発見が非常に愉快だった。若し自分の『クローディアス』が、弘く読まれるやうになれば『ハムレット』といふ悲劇は存在出来なくなると思った。見物人は真面目に見ていられなくなる。(4)

また志賀は、作品完成後にも、舟木重雄氏に宛てた手紙で「あの狂言の攻撃をやらうと思ったのです」と執筆時の心境をふり返る。(5) 明治維新以来の近代化＝西洋化政策のもとに日本の文芸界は『ハムレット』劇の移入・受容を進めていたわけだが、この帝劇公演のあった一九一一年ごろにちょうど『ハムレット』およびハムレット王子を崇拝する傾向は最盛期を迎えていた。ことに同公演は、かの坪内博士の長年にわたる演劇改良の努力の成果ということでずいぶん話題になり、一週間の上演期間中ほぼ満員つづきという具合に興行的にも成功を収めたという。(6) 漱石もこの公演に足を運び、朝日新聞に劇評を掲載した（それがさらなる翻案を生み出す一つのきっかけになったことについては、第七章および結論部で述べる）。こうした背景を考え合わせれば、上のような志賀のコメントは、当時の日本文芸界の風潮や見解に真っ向から逆らう、きわめて挑戦的なものだといえよう。本公演を観た日の日記に

「芸術品といふには未だ遠し」と記した志賀のにべもない態度には、この名高い悲劇から何かを学び、自己の文学の糧にしようといった謙虚さはみじんも感じられない。[7] それどころか彼は、短編の執筆を通じて、世に喧伝される『ハムレット』劇を攻撃し、世間の解釈や評判に影響を及ぼすことで、この悲劇の「存在」をさえ脅かそうともくろんだのである。しかしながらその一方で、「私は『ハムレット』の評論を書かうとは思ひませんでした」[8] と本人も記すとおり、志賀は批評文によりこの悲劇を批判する気はなく、あくまでも創作という自分の得意とする領域において、つまり創作的批評（"creative critique"）を書くことによって、自らの目的を果たそうとしたのだ。以下では「クローディアスの日記」に具現された志賀の『ハムレット』批評の特質やその限界を、「創作余談」や書簡、日記類にも目配りしながら考えてゆく。

1　第三幕第二場「劇中劇の場」の解釈

〈ネズミ〉は捕まるのか？　二つの演出法

『ハムレット』第一幕では、父親（ハムレット先王）の急逝にふさぎこむ王子の前に父を名乗る亡霊が現われる。そして亡霊は、自分の急死が「邪悪で非道な殺人」によるものであったことを告げ、殺人者クローディアスに復讐するようハムレットに命じるのだ。この亡霊の言葉の真偽を確認するべくハムレットは『ゴンザーゴ殺し』という芝居の上演を計画する。ちょうど亡霊が描写した殺人方法――昼寝をしている王の耳に悪漢が毒を流し入れる――を再現し、それに対する反応でクローディアスの罪の有無を見定めようという腹である。王と王妃をはじめ宮廷一同が見守るなか、この上演計画が実行されるが、王は芝居を中断させて退場する。これが『ハムレット』第三幕第二場の中盤（86-287行目）に置かれた、劇のひとつのクライマックスであり、「劇中劇の場」または「ネズミ捕り《マウストラップ》の場」と呼ばれるシーンである。[9] ここでの最大の関心は、クローディアスの罪が実際に露見するか否かという点に集まるが、その点についてまったく対照的な二つの演出法を下に紹介してみよう。ローレンス・オリヴィエ映画『ハムレット』（一九四八年）では、舞台上で悪漢ルシアーナスが劇中の王に毒を注いだ瞬間、それを見ていたクローディアスの動揺は誰の目にも明らかとなる。彼の両手がこわばり、表情が凍りつくとともに息づかいが荒くなる様子をカメラは捉える。これを虎視眈々と見守るハムレットはもちろんのこと、オフィーリアやポローニアス、そして宮廷中の人々が王のただならぬ様子に気づき、何事だろうかと囁きあう模様も映しだされる。さらに劇中劇が進行し、劇中の王妃がルシアーナスの求愛に屈したところで、クローディアスは両眼を手で覆いつつ、震えながら立ち上がると、大声で明かりを求める。彼はハムレットがすかさず差し出した松明を、悲鳴をあげて振り払い、一目散に退場する。宮廷の人々もこれに続く。一方、ハムレットは王が予想通りの反応を示したことに大喜びする。このようにオリヴィエ映画の劇中劇の場はクローデイアスの罪を疑いようのない事実として提示する。[10]

これに対してBBC（英国放送協会）のテレビ版（一九八〇年）の同シーンでは、劇中劇の途中で泰然自若と立ち上がったクローディアスが、持ってこさせた松明でハムレットの顔を照らして睨みつける。王子はおびえたように手で顔を覆い隠し、発狂したかのような笑いの発作に陥る。そんなハムレットに呆れるかのようにクローディアスは首をふり、かすかな笑みを浮かべたあと威厳をもって退場する。ハムレット以外の誰の目にも王の行動に不審な点はなく、その罪を確認しようとしたハムレットの計画は大失敗に終わる。[11]

二つの批評伝統

さて、劇中劇の場をめぐるこれら二つの対照的な演出は、二つの対照的な批評伝統を反映するものでもある。本シーンの伝統的演出としてひろく通用しているのは、先に紹介したオリヴィエのもので、現在でも多くの公演がこの解釈に沿う演出をとる。最近の例としてはメル・ギブソン主演のフランコ・ゼフェレリ映画（一九九〇年）や蜷川幸雄演出の『ハムレット』（一九九五年：一九九八年）などが挙げられよう。この演出の根拠となっているのは、「僕は千ポンドかけても幽霊のいったことを信じるぞ」(3.2.278-79) と叫ぶハムレットの言葉を額面どおりに受けとり、劇中劇はクローディアスの罪を露見させるものだとする解釈である。これは観客や読者がハムレットに感情移入し、その視点から劇や登場人物を眺めるからこそ可能になる。これを批評家サルヴァドール・デ・マダリアーガは「ハムレット中心主義的」(Hamlet-centric) な読み方だと批判したが[12]、そうした批評傾向はロマン派以来、長らく支配的・伝統的なものとなってきた。

アントニー・ドウソンの『ハムレット』上演研究書によれば、こうした伝統的見解に対する挑戦は、単発的な二つの公演、すなわち一九二五年バーミンガム・レパトリー劇団の公演と一九四八年のシェイクスピア・メモリアル劇場の公演から始まった。これらはいずれもクローディアスを、ハムレットが呼ぶような汚らわしく堕落した人物――「(ギリシャ神話の) サチュロス」(1.2.140)、「下種な王」(3.4.180) ――とみなすのを止め、少なくとも政治的には有能な王として演じた。さらに決定的に伝統的演出と袂を分かったのは、一九六五年のピーター・ホール公演である。ここでは「有能で実行力のある」クローディアス (ブリュースター・メイソンが演じた) が、いささかも動揺することなく劇中劇を中断し、デイヴィッド・ウォーナー演じるハムレットに平手打ちを食わせ、勝負の軍配は明らかにクローディアスに挙げられた。

このピーター・ホールの演出をさらに発展させたものが、先に紹介した一九八〇年の BBC テレビ版である。ここでクローディアスを演じたパトリック・スチュワートは、あるビデオの中で「好色で怠惰な悪漢」といった既成のクローディアス像への反発を表明する。彼はクローディアスのことを「知的で敏感、直観力もあり、思いやりと愛情にあふれ、社交的で勇敢、かつ辛抱強い」と擁護する一方で、ハムレットのことは「気分屋、利己的、非協力的、傲慢、薄情、残酷、無礼、非社交的、自分本位」と徹底的にこき下ろすのである。(13) スチュワートのこのようなキャラクター観は、BBC版ではっきりと映像化されており、クローディアスが政治家としても人間としても際立ったイメージを与える一方で、ハムレットは現実認識の欠けた未熟な男という印象を残さずにはおかない。さらに同年のジョン・バートン演出によるロイヤル・シェイクスピア・カンパニー公演も、伝統に逆らう劇中劇の場を生み出した。ここで主役を演じたマイケル・ペニントンは、著書『「ハムレット」：ユーザーズ・ガイド』において、まるでそれが当然の解釈だといわんばかりに、劇中劇の場でのハムレットの計画は失敗に終わるものと断定している。(14) もはやペニントンは、自分の見解を正当化する必要性すら感じていない様子である。こうして半世紀以上の年月をかけて次第に台頭してきた劇中劇の場の新しい解釈は、もちろん支配的な見解とまではいえないまでも、今では一つの選択肢として強力な地位を確保し、新たな批評伝統を形成しつつある。(15)

志賀の先見の明

さて、劇中劇の場をめぐるこうした新しい見解を、英米の舞台や批評が形にするずいぶん前に感知し、紙面に書きつけていた人がいた。志賀直哉である。

あの芝居はなんだ――「ゴンザゴ殺し」！言葉の陳腐をさへ嫌ふと自ら云う人間で、あの露骨な仕組は何だ？しかも、それで、臆面もなく他にのしかかって来る。貴様はよく懐疑的な口吻をしたがる癖に物を単純に信じ、それで平気でのしかかって来る。あの厚顔には感じ易い心は巻き込まれずにはゐない。実際乃公の心は見事に巻き込まれた。然しこれが事実の証拠として何になる！（14―15）[16]

「クローディアスの日記」の語り手（クローディアス）は、ハムレットの仕組んだ劇中劇を見た後このように憤慨を露にする。帝劇公演の劇中劇の場で「自分ならあの場合ああいふ表情をする」とクローディアスに同情した志賀は、劇中劇の場は彼の有罪の証拠にはならないという結論に達したという[17]。そしてその自説を立証するべく、無罪のクローディアスが劇中劇の場でどのように感じるか、その心の動きを想像して、彼の視点から説明したのである。志賀クローディアスは甥の魂胆をとうに見抜いている。しかしハムレットやホレイショーの鋭い視線を過剰に意識するあまり、かえって彼らの疑念を内面化してしまい――「その内に芝居の王の云う事が、貴様の父が実際に云ってでもいるような心持がして来た。乃公は乃公自身が恐ろしい悪人だったと、そんな気がしてきた」（15）――ハムレットの期待通りの反応を示すにいたる。「それが何だ！そんな事が何だ！そんな事が事実の何の証拠になる?」(15)——志賀はクローディアスの口を借りて訴えつづける。『ハムレット』批評史を遡ってみても、志賀より前にこの見解を唱えた人は見当たらない。劇中劇の成功に異議を唱え、それを世界で最初に書き記した人物は、どうやら志賀直哉だったようである。

帝劇公演の演出

では実のところ、志賀からこのような反応を引き出した帝劇公演の劇中劇の場とは、いったいどのような演出をとり、観客はどのような反応を示したのだろうか。大阪角座での同公演に寄せて逍遥本人が作成した劇の梗概のなかで、この場に対して次のような説明が与えられる。

ハムレットは別に策を設けルシャナスと呼ぶ悪漢、叔父ゴンザゴーが、愛妃パプチスタと別れて圏中に眠れるに乗じ、毒液を耳に注ぎて之を殺すといふ演劇に事よせ、王の胸中を探り、王の座に耐へざるを見て驚喜す。(18)(傍線は筆者による)

演出者である逍遥自らがこう記している以上、本公演がこれに沿った演出、つまり王が逃げ出しハムレットが大喜びするようなオリヴィエ風の演出をとったと考えるのが妥当であろう。また、帝劇公演でヴァルティマンド役を演じた河竹繁俊によれば、大人気を博したハムレット役者・土肥春曙の演技のなかでも、とくに劇中劇の場で王が退場した後、土肥のハムレットが狂ったように跳ねまわる時の台詞と動きが必ず観客の拍手喝采を浴びたという。(19) これから推するに観客は、王の罪を確信して有頂天のハムレットに共感を覚えつつ拍手を送ったのであろう。志賀は観客席にいながら、土肥のハムレットのみか、そんなハムレットに共感の喝采を送る観客をも苦々しく思ったにちがいない。「どんな役者がやっても悲劇の主人公は直ぐ女を泣かすことの出来るものだ」(17)というクローディアスの愚痴のなかにも、いけ好かない土肥のハムレットに心動かされ涙していた(女性)観客に対する志賀の揶揄が込められているのかもしれない。

同じく河竹繁俊によると、土肥の「せりふまわしは、決して歌舞伎式でなく、むしろ現代の新劇ふうの写実で[……]その抑揚は逍遥の朗読法ほど臭みがなく、たしかにひと時代新しかった」というから、その演技は現代の感覚からすればかなり「自然」なものだったと考えられる。全体に歌舞伎調が抜けきらなかった同公演においては、他の役者から際立つものだったのだろう。(20) しかしながら「貴様ほど気障な、講釈好きな、身勝手な、芝居気の強い奴はいない」(14)とか「此世に悲劇を演じに来たやうな奴である。彼の教育はその筋を作らう為だ。彼の哲学はそれを意味あり気に見せる為だ。あの廻りくどい云ひ廻しと浅薄な皮肉とは科白の抑揚変化の為だ」(17)という具合に、短編の随所でクローディアスが甥の芝居がかった性質を繰り返し批判することから考えると、どうやら志賀は、土肥の「自然な」演技をむしろ「不自然」で芝居がかったものと感じ、それに対する不満をクローディアスに託したようである。

このように、逍遥の演出をも観客の反応をも物ともせずに志賀が表明した劇中劇の場への直観は、のちに台頭してくる見解を鋭く先取りするものであったにもかかわらず、『ハムレット』批評の言葉としては完全に無視されてきた。これはなぜであろうか。もちろん志賀の短編があくまでフィクションのジャンルに属すること、英語で紹介されなかったことも大きな原因ではあろうが、それだけでは十分な説明といえまい。この問題を考える際の一助として、テキスト編纂で名高いW・W・グレッグの論文を志賀のケースと比較してみたい。

グレッグと志賀の共通点

志賀の短編から五年遅れて一九一七年にグレッグも「ハムレットの妄想」と題する論文において、劇中劇はハムレットの考えるような成功ではないと論じる。[21] そして王が劇を中止させる理由を、殺人や再婚といった劇中劇の内容の不適切さや、この場面でのハムレットの無礼な言動のなかに見出すのである。劇中劇の場の考察に関するかぎりグレッグの議論は、精細なテキストの分析に基づく秀逸なものであるといえる。しかしながら、そんな優れた考察も、残念なことに、彼の論文の主眼点——すなわち「幽霊はハムレットの妄想にすぎない」という突拍子もない主張により文字通り「論外」とされてしまうのである。

そして、このグレッグ論文と似た扱いを志賀の短編も受けることになる。後述するように、志賀は

第三幕第三場の「祈りの場」[22]におけるクローディアスの明白な罪の自白を読み誤り、彼が無罪だという結論のもとに短編を執筆した。しかし、よく考えてみると、後にくるシーンの解釈を間違ったからといって、それは劇中劇の場の段階での志賀の直観を遡及的に無効にするものではないはずだ。だが実際には、ちょうどグレッグの優れた分析が、幽霊妄想説のせいで批評界から黙殺されたように、志賀の劇中劇の場に関する鋭い洞察も、短編の前提となるクローディアス無罪説のために『ハムレット』批評としての信憑性を失ってしまい、「クローディアスの日記」にこめられた先見的な解釈は、純然たる空想の産物という位置づけを与えられてしまったのであろう。

こうして結局、批評史上からいったんは葬り去られた志賀やグレッグの劇中劇失敗説であるが、実に半世紀ののち、この見解はA・L・フレンチ、ウォレス・ロブソン、グレアム・ブラッドショー、ヴァーナー・ハビクトらの批評家により再び唱えられはじめる。[23]これらの批評家たちは口を揃えて、劇中劇の場におけるハムレットの計画の失敗を主張し、それにもかかわらず確信を固める主人公の独善性や自己欺瞞を指摘する。そして、王が劇中劇を止めたのは、ハムレットの思うような理由からではなく、この場でのハムレットの無礼な言動や、劇の内容の不適切さのせいだと説明づけるのである。これらの点はすべてグレッグがすでに指摘していたものであり、また志賀クローディアスのぼやき文句のなかにも仄めかされている。

以上では、劇中劇の場に対して志賀直哉が世界で初めて示した見解が（おそらくは本人も思いもよらなかったほど）大きな意義を有する点を明らかにしてきた。つまり「劇中劇の場は王の罪の証拠にはならない」という志賀の直感的洞察が、当時はだれも口にしたことのない「異端」的見解でありながら、後には上演や批評に徐々に取り上げられはじめ、ついには本シーンの強力な解釈・演出可能性として確立されるにいたったということである。『ハムレット』批評において、この事実はもっと注目されてしかるべきである。(24)

2　志賀のアンチ・ハムレット観

ハムレット嫌い

もちろん志賀の批評眼は、劇中劇の場のみに向けられていたわけではない。短編のクローディアスは、次のように甥を描写する。

何しろ、彼はもう正気な人間ではない。正気な人間にしては余りに明らかな自家撞着を平気で、やってゐる。彼は彼自身の父の死にあれ程に不法な空想をして置きながら、人違ひから刺し殺したポローニヤスの子供等に対しては何とも考へてゐない。簡単に「自業自得だ」と云ってゐたといふ。「不倒な事をしたが、これも天の配剤だ。天は之を以って自分を懲らし、自分を仮りの道具として此奴等を罰したのだらう」とこんな事を云ってゐたさうだ。全体ポローニヤスが何時死に価する程の罪悪を犯した？　そして父を殺されたレアチーズや、あの娘はどうすればいいのだ？(18)

ハムレット王子は世界中の観客、読者、批評家を魅了し、ハムレット崇拝の伝統を作り上げてきた一方で、彼を攻撃する人もまた多い。アンチ・ハムレット派の批評家たちは、王子のポローニアス殺害やその後の冷酷な態度、そしてオフィーリアへの不当な仕打ちなどを槍玉に挙げてきたが、上の引用は、そうしたアンチ・ハムレット派性格批評の典型としても読むことが可能だ(25)。帝劇公演のハムレットを毛嫌いした志賀は、ハムレットに共感的な批評家が見落としたり、あえて目をそらしたりしてきた側面を見てとり、クローディアスの口を借りて糾弾しているのである。ところで、アンチ・ハムレットといえば英国の小説家D・H・ロレンスを思い浮かべる人もいるだろう。ちょうど帝劇公演のハムレットを毛嫌いした志賀と同様に、イタリアで観たハムレット役者を好きになれなかったロレンスもまた、徹底したハムレット嫌いを自己のなかに見出し、次のように表明する。

ハムレットにはいつも嫌悪を感じてきた。ぞっとする、薄汚れたやつだ——フォーブス＝ロバートソンが演じようが誰が演じようが。母親のことを詮索してかぎまわったり、王に罠を仕掛けたり、オフィーリアに対して自惚れてひねくれた態度を取ったりして、まったく我慢ならない。あのキャラクターには、そもそも構想からしてぞっとさせられる。自己嫌悪と崩壊の精神に基づいているからだ。(26)

志賀とロレンス、二人の小説家の間に思わぬ共通項が見てとれるのも興味深い。

クローディアスに共感する視点

志賀のハムレット批判が、より間接的な形をとることもある。短編「クローディアスの日記」の読者は、周りの人々の気持ちや状況をさまざまな角度から想像し、同情したり弁護しようとするクローディアスの性質が、作品を通じて強調されていることに気づくだろう。たとえば、ハムレットについてさえ、

彼が近頃何となく弱って憂鬱になつたのは見てゐても気の毒である。のみならず彼は自分に対して或不快を感じてゐる様子だ。それにも自分は同情が出来る。自分の此柔かい心持は彼との関係では唯一の望みである。自分は自分の此柔かい心持を出来るだけ大切にしなければならぬ。(3)

あるいは

彼があの娘を恋してゐる事は自分も感じてゐた。あの女らしい、賢い娘には自分も同情を持ってゐる。そして老人のやうに一途にその関係を警戒するのは自分にはいい事と思へない。今日はそれに何もいはなかったが、正直にいへば彼が其恋を心から深く味って呉れる事を自分は望むのである。さうすれば彼の母に対する自分の恋にも其処から多少の理解が湧いて来ねばならぬ筈である。(7)

という具合に、しきりに「同情」という言葉を口にしながらクローディアスは人の気持ちや状況を思いやりつづける。志賀はクローディアスを共感できるキャラクターに仕立て上げ、我々をクローディアス側の立場に引き入れることにより、ひたすら自分のことばかり思い悩んで独白を繰り返すわりに、他人への共感や想像力を示さぬハムレット王子に対する批判的反応を促す。このようなアンチ・ハムレット観は大陸側ではときおり表明されていたものの、当時の批評界一般においてはまだまだ少数派であり、その意味で志賀は、二十世紀にはいって大々的に展開されるアンチ・ハムレット批評に先鞭をつけた一人ということもできるのである。[27]

上で検討してきた志賀『ハムレット』批評の特質は、この作家の批評眼の鋭さを証明するのみならず、我々自身が作品に対峙する際の姿勢をも問いただしてくる。というのも、周囲の見解を物ともせずに独自の反応を示した志賀とは異なり、我々は往々にして、作品やそのキャラクターに関する先入観や支配的見解に知らず知らずに引きずられ、それをテキスト上に逆転写するような読み方をしがちだからだ。劇中劇の場でクローディアスが狼狽して退場するのか、それともハムレットの言動に激怒して立ち去るのかは、注（11）に記したように『ハムレット』のテキスト自体には明記されていない。にもかかわらず、ここで王の罪が露見するという想定のもとに、本シーンをそのようなものとして体験する人は少なくないはずである。そして、自分のなかに潜むハムレット中心主義的な視点やハムレット崇拝の伝統が、自分の解釈に影響を与えているかもしれないと疑ってみる者もあまりいないだろう。しかしもちろん、先入観や予備知識をはじめ、自己の内にあるあらゆる要素を超越した作品解釈などありえない。志賀の場合も然りであった。彼は当時優勢であったような『ハムレット』観からの影響は免れたものの、自身の文学観や作家としての作風に大きく支配された『ハムレット』受容を行っているのである。

3 志賀のシェイクスピア受容の限界

シェイクスピアの視点主義

志賀が後世の『ハムレット』批評を先取りする鋭い洞察を示したといっても、それは彼がシェイクスピア劇やシェイクスピア的な作劇術の特質を十分に理解していたことを意味するわけではない。序論でも記したように、シェイクスピアは、決定的な声や支配的見解をはっきり打ち出さないままに、多様な（ときに相矛盾する）世界の断面を貼り合わせる、視点主義と呼ばれる独自の作風をもつ。志賀はこうしたシェイクスピア特有の視点主義的な作風に対して、それがこの劇作家の典型的手法であることなどつゆ知らずに、次のような見解を示す。

そして仮にクローディアスが実際に殺してゐなかったとすれば作者は殺したとして作った芝居ではあるが、それを其儘にさうでなくも見られる所から——さう見ても見られるといふ事は、私は作者の手ぬかりだと思ふのです。ハムレットに味方して書かれたあの狂言は結局滑稽な悲劇であると思ったのです。(28)

志賀は、主人公「ハムレットに味方して書かれた」はずの劇においては、その原則に矛盾したり、それを曖昧にするような要素――たとえば主人公への批判を招くような要素――はすべて「作者の手ぬかり」であると考え、テキストのはらむ多義性を、劇を豊かにする肯定的要素としては捉えられなかった。彼にとって「物語」とはつねに、整合性をもつ一つのビジョンのもとに語りだされるべきものだったのだろう。それゆえ志賀は、本短編の創作を通じて『ハムレット』の築き上げる多面構造を、「無罪のクローディアスがうたぐり深いハムレットの犠牲になる」という一元的な解釈に沿って単純化・平面化し、自分が感情移入した一つの視点から語り直そうとしたのである。このような志賀の『ハムレット』受容のあり方には小説家としての彼の作風が大きく関わっているように思われる。

志賀の実感主義と自己肯定

志賀が『暗夜行路』(一九二一―三七年)や『大津順吉』(一九一七年)などの私小説において、薄い虚構の膜につつんで自らの生活や感情を描き出したのは広く知られるところであるが、彼の初期作品はどうであろうか。初期の志賀は例外的に、自分の生活や体験とは何の関わりもなさそうなフィクションを数編書いており、「クローディアスの日記」もそこに含まれる。しかし、こうした私小説的作品群とは一線を画するフィクションについても、批評家たちは各作品内に作者志賀のダブル、すなわち分身的な人物を見出している。たとえば羽仁新五は「その自伝的・私小説的な作品はいふまでもなく、清兵衛も范も床屋の芳三郎もクローディアスも総て志賀直哉自身であった」と述べ、志賀と各キャラクターとの不可分性を強調する。[29] また高田瑞穂も「剃刀」「クローディアスの日記」「范の犯罪」などの作品が「虚構というよりは内的体験というに近い」ことを指摘して、作品内に志賀の色濃い影を見出した。[30] もちろん「クローディアスの日記」の場合、作者とクローディアスとの分かちがたい関係は、「だからあの小説のクローディアスは心理からいへば全く自分自身です」[31]という志賀自身のコメントによっても裏打ちされよう。つまり、私小説はもとより架空のフィクションとみえる作品においても、志賀は作品内に自分が一体化するべき人物を設定し、その主観や、その立場から受けた実感を作中に浸透させることにより、自らを前面に強くおし出すのである。本短編の構想を思いついたときの志賀の日記の「出来るだけ我儘に」という表現にもそれが端的に読み取れよう。[32] 志賀が「実感主義」的作家とか「エゴイスト」とよばれる所以は、基本的にこうした彼の作風にあるといえる。ちなみにロマン派詩人のコールリッジは、英国の二大詩人シェイクスピアとミルトンの間に対照性を見出し、前者が「自己を浸し込［み］凡ての物に巧みになり得た」――これは序論で紹介したキーツの「ネガティブ・ケイパビリティ」のことである――のに対して後者は「凡ての形式、凡ての物がミルトン自身になる」と表現した。[33] この差は、シェイクスピア文学と志賀文学の間の差にもぴたりと当てはまるように思われる。

このような志賀の作風を支えるバックボーンとしてしばしば指摘されるのは、彼の属した白樺派の特質である。武者小路実篤や志賀直哉のような学習院出身の特権階級「お坊っちゃん」からなる白樺派の同人たちは、ときに「おめでたい」という形容詞を冠されるほどの自信と自己肯定に充ちていた。本多秋五によれば「白樺派の人々には、自分の知らぬことは無用、自分の理解せぬことは無意義、という暗黙の自己肯定が多かれ少なかれ共通」していたという。[34] またドナルド・キーンも、彼らが自分と自分の職業、さらには自分の趣味や感情にまで絶対的な自信をもち、それを公言して憚らなかった点を指摘している。[35] 話を志賀に限るなら、自己の感性や認識に対する彼の絶大な自信と、それを作品に浸透させて前景化する彼の作風は、荒井均により次のように要約される。

志賀直哉にとっての私小説においては、彼は、自己の認識にくもりはなかった。主人公の、ものを見る目は作者の目と一体となり、明晰な視力によって作品化した。そこには、対象を深く正しく認識する志賀の自信があり、不可知なものに対する恐れはない。[36]

以上のことを考え合わせると、志賀の『ハムレット』受容のプロセス、つまり観劇の際に共感した一つの視点から『ハムレット』劇の世界を内的に体験し、そこで得た実感に基づいて物語を書き換えようとした過程は、まさに作家・志賀直哉の作風をそのままに反映するものといえるだろう。

未完の「ハムレットの日記」

この点は、次のエピソードによってさらなる裏づけを与えられる。志賀は「クローディアスの日記」完成の数年後、フォーブス－ロバートソン主演の『ハムレット』映画（一九一三年）を観て「初めてハムレットの気持ちに同情出来た」と述べている。そこで、今度は主人公に同情的な「ハムレットの日記」を書きはじめたが中断してしまったということである。[37] ちなみに、フォーブス－ロバートソンのハムレットは当時の映画評に「現代においてもっとも高貴で優雅なハムレットだ。完璧な美を体現している」と描写されるほど気高く勇敢な王子として演じられたようだが、これも志賀の共感を呼んだ大きな理由であろうか。[38]

羽仁新五は、この未完の「ハムレットの日記」のエピソードが、志賀の文芸を考える際に「きわめて重要な示唆」を含むと主張して、芥川龍之介の短編との比較のもとに興味深い考察を行っている。[39]「もし、この「ハムレットの日記」が完成されていたら、それと「クローディアスの日記」との組み合わせは、芥川龍之介の「藪の中」を彷彿せしめるが如きものとなっただろう」と羽仁は形式上の類似を指摘しつつも、志賀と芥川の本質的差異を明確にする。というのも、「藪の中」における芥川の興味は、ある一つの事件に関する夫と妻とその加害者の陳述が、いずれも真実味を帯びながら、しかも互いに相容れない矛盾を含んでいることに対する知的な興味である。一方、「クローディアスの日記」に続いて「ハムレットの日記」を創作しようとした志賀は、同じ悲劇『ハムレット』をまったく別の視点から語り直そうと試みたわけだが、その試みには、一つの物語を多角的に描き出そうという芥川的な――あるいはシェイクスピア的な――知的好奇心はないというのだ。なるほどこの点は、志賀自身が「自分は二つを対にする興味からそれを書くのではない」と述べていることからも明らかである。[40]実感が先行し、論理が随伴するという志賀文学の大原則どおり、ここでの志賀の関心は、その時々に得られる実感や気分に基づいて、それを正当化すべく物語を再構築することにある。だから、ある特定の舞台や映画における役者の演技や印象といった、劇自体とは本質的に関係のない要素が彼の実感をひっくり返せば、志賀は平気で作品の論理体系をも逆転させてしまう。土肥春曙への反感は「クローディアスが兄王を殺したといふ証拠は客観的には一つも存在してない」という論理を引き出し、フォーブス-ロバートソンへの好意は「父を失ひ、母が自分の好きでない叔父と結婚したといふだけでも、感じ易い若者には［……］立派にあれだけの悲劇は作りあげられる」という論理を導くのである。[41]志賀にあっては、好き嫌いや共感の有無が、善悪や真偽の問題をも左右するのである。菊池茂男の言葉を借りれば、志賀には「「快・不快」という感情を基準に据え、それを自らの倫理観と疑いもなく直接に結びつける」傾向があったということである。[42]本多もまた志賀が「自己の感受性に忠実であった」、「利害損得によってではなく、好き嫌いと快不快の感情によって行動してきた」と同様の指摘をしている。[43]

このように気まぐれな志賀の『ハムレット』解釈のあり方は、まがりなりにも「客観性」を標傍する批評家の態度とは一線を画すものであるといえよう。志賀は『ハムレット』劇の備える視点主義を理解することも分析することもなかった。その代わりに劇の副次的要因に支配される自分の実感に従って、異なる視点に恣意的にくみしつつ『ハムレット』の再話を行おうとしたのである。より大きな見方をすれば、志賀のこうした作品受容のあり方そのものが、対立措抗する視点を内包するシェイクスピアの作風を裏づけ、映し出しているともいえるだろう。

志賀の誤読

このような志賀の実感主義は誤読を引き起こす原因ともなる。上で述べたように彼は、第三幕第三場、「祈りの場」におけるクローディアスの罪の告白を読み誤る。その台詞の解釈について、志賀は舟木への書簡のなかで次のように言及している。

坪内さんの翻訳を其後読んでみたのですが、クローディアスの独白にたしか二タ所か、罪に責められる所があるが、それとても兄の妻をその後直ぐ妻にしたといふ事で慣習的な道徳心から責められていると解って解れなくないのです。(44)

志賀がここで指す「二タ所」とは、第三幕第一場のクローディアスの傍白（48―53行）と、「祈り

の場」独白（36-38行）であろう。志賀が熟読したという坪内逍遥訳では、[45]前者は

おゝ、全く其通りぢゃ。今の一言は我良心に鋭き笞を加へをるわい！ 塗立てゝ美しげに見ゆる売女の頬が、紅白粉に比べて穢いよりも、我行ひは、我極彩色の言葉に比べて、尚幾段も穢いわい。おお、つらやの！

となっており、「我行ひ」が具体的に何を指すのかが明確でない以上、クローディアスが「慣習的な道徳心」から苦しんでいるのだという志賀の解釈も不可能とはいえまい。しかし、後者の独白に対する彼の見解はまったく説得力に欠ける。坪内訳では「穢き我罪の此臭みは大空へも達かうわい！此世界開けて最先の大逆罪……兄殺し！」となっており「兄殺し」が明言されている以上、この独白を志賀流に解釈するのはどう考えても無理がある。とすると、この台詞に対する志賀の解釈は、「曲解」（あるいは自由な解釈）というよりはむしろ「誤読」と呼ばざるをえない。帝国劇場でうけた実感、つまりクローディアスへの好意とハムレットへの嫌悪に支配された志賀は、舞台を離れてもやはりクローディアスに「味方した」読みから離れられず、平易なテキストをすら読み過ってしまったのだ。このように、志賀文学の一大特色である実感主義的な作風は、彼の『ハムレット』受容を決定づけるばかりか、明らかな解釈ミスをもたらす原因となったのである。

おわりに

このように志賀は、帝劇公演でたまたま共感した悪役キャラクターの視点から『ハムレット』をのぞき見ることになった。そのために見落とした点、見誤った点もあった反面、真正面から「正統派」の鑑賞をしているかぎりは見えなかったであろう景色を見出すこともできたわけだ。

シェイクスピアや『ハムレット』の偉大さ、その背後に見えるイギリス文学や西洋文明の大きさに威圧され、悩まされつづけた漱石に比べると、志賀の『ハムレット』に対する態度は不遜ともいえるほどに挑戦的・対峙的なものである。一つには、上述したように、そもそも志賀が自己肯定と自信に満ちた作家であったこと、また一つには、彼がもっぱら日本的文脈のなかで執筆活動をしており、西洋文学の威力を肌で感じたり脅かされたりしたことがないことも関係しているのではないか。これは、第二部で論じる太宰と大岡の対比にもおおむね当てはまることである。次の章では、志賀が選んだクローディアスよりもさらにマイナーな登場人物の視点から『ハムレット』をのぞき見て、また一風異なる風景を描き出した批評家・小林秀雄を取り上げることにする。

注

（1）この舞台の文化的意義については、河竹登志夫の著書が詳しい。

（2）志賀「創作余談」7頁。

（3）このタイプの翻案としてもっとも有名なのは、たとえばトム・ストッパードの『ローゼンクランツとギルデンスターンは死んだ』（Tom Stoppard, *Rozencrantz and Guildenstern Are Dead*, 1966）であろう。ハムレット王子に無情にも殺されてしまうマイナー・キャラクター二名を主役に据え、彼らの視点から原作を捉え直す。

（4）志賀「日記」557頁。さらに「クローデイアスの日記」の執筆を開始した翌日の日記には、「ハムレット読了、ハムレットといふ若者には自分は同情が出来ない。「クローディアスの日記」といふ題で出来るだけ我儘に。月日なしで日記風に自由に書いて見やうと思ふ。少し書きかけてみたが失敗」と記してある。

（5）志賀「「クローディアスの日記」について——舟木重雄君へ」97頁。『奇跡』第二巻第三号の「留女を読みて」のなかで舟木重雄は「クローディアスの日記」に論及したが、志賀はそれを補足する形でこの手紙を『奇跡』第二巻第四号に掲載させた。以下、この書簡からの引用は「舟木」と呼ぶことにする。

（6）文学界では、外山正一や矢田部良吉による『新体詩妙』（一八八二年）の第四独白競訳をきっかけに、ハムレット人気は急騰し、山田美妙や透谷、藤村などの詩人・文学者はみな独白するハムレットに強く惹かれた。演劇界でも、川上音次郎の正劇「ハムレット」（一九〇三年）以降八年にもわたる未曾有のハムレットブームが続いていたが、文芸協会公演をピークに人気は下降線をたどり、この後『ハムレット』およびシェイクスピアは、もっぱら英文学者の研究翻訳の対象として書斎に入ってしまう。詳しくは、河竹を参照のこと。

（7）志賀「日記」520―21頁。明治四五年五月二一日の日記。

（8）志賀「舟木」97頁。

（9）『ハムレット』という演劇作品のなかでさらに演劇が上演されるという意味で「劇中劇」(play-within-a-play) と描写される。また王から「なんという芝居だ?」と訊かれたハムレットが「『ネズミ捕り』です」(3.2.230-31) と答える。もちろん「ネズミ」はクローディアスを暗示する。『ハムレット』批評でこの場面は「ネズミ捕りの場」(the Mousetrap scene) と呼ばれることも多い。

（10）劇中劇は、ほぼ同様の内容を、黙劇と台詞劇で繰り返す構成となっているが、オリヴィエ映画においては、黙劇の部分だけが演じられ、台詞劇はカットされる。したがってオリヴィエ映画に関する本文中の議論は、黙劇に対するクローディアスの反応についてである。

（11）この場面のテクストに関しては、クオート、フォーリオのいずれもが、退場する時の王の様子を明確にはしていない。しかし、本シーン以降、劇が終わるまでの間、ガートルード、ポローニアス、ローゼンクランツとギルデンスターンなどの誰一人として、劇中劇の場で王の罪に感づいた様子を見せることがないという点では、テクストは、オリヴィエ式演出に疑問を投じるということを補足しておく。

（12）Salvador de Madariaga, p.12.

（13）Bernice Kliman, pp.73-74. Barr Films 企画のシリーズにおいてスチュワートはこのように語ったという。

（14）Michael Pennington, pp.84-93を参照のこと。

(15) 上で論じた Birmingham Repertory Theatre の公演（1925）, Shakespeare Memorial Theatre の公演（1948）, Peter Hall 公演（1965）, BBC-TV 版（1980）, John Barton 演出の RSC 公演（1980）などの各上演の詳細については、Anthony Dawson を参照のこと。

(16) 本短編からの引用はすべて『志賀直哉全集』第二巻（岩波書店、1973年）に拠る。以下では引用文末尾にページ数を付す。

(17)「舟木」97頁。同じ書簡の別の部分でも志賀は「ああ露骨に臆面もなく仕組んで来られては、自分なら仮令実際にハムレットのおやぢを殺していなくても妙な気になって、芝居でクローディアスがやる位の表情は自然顔に出て来るなと思ったのです」と記す。

(18) 坪内逍遥「ハムレット劇の梗概」272頁。傍線は筆者による。

(19) 河竹、283—84頁を参照のこと。

(20) 河竹、283頁を参照のこと。

(21) W. W. Greg, "Hamlet's Hallucination", *Modern Language Review* Vol.12 (1917), pp.393-421.

(22) 第三幕三場で、クローディアスは独白で自分の罪について語り、天に祈りを捧げようとする。ハムレットは今こそチャンスと復讐を決行しようとするのだが、祈りの最中に殺せば王が天国に行くから復讐にはならないと考え、思いとどまる。

(23) A. L. French, pp.22-76; Wallace Robson, p. 126, Graham Bradshaw, pp.95-125; Werner Harbicht, pp.54-63を参照のこと。

(24) この点については、Ashizu, "Naoya Shiga's *Claudius' Diary*: An Introduction and Translation." において英語

で発表したため、多少は日本以外でも認知されているかもしれない。

（25）たとえば上述のマダリアーガはハムレットを“callous egoist”と呼び、その冷酷さや無礼さ、自己中心性を徹底的に糾弾する（p.21）。

（26）D. H. Lawrence, pp.143-44. 拙訳による。なお、この章“The Theatre”（pp.133-53）の原型となった“The Theatre”（pp.69-80；一九一二年のイタリア旅行直後に書かれたもの）も同じ随筆集に含まれているので、あわせて参照されたい。

（27）よく知られるところでは、ツルゲーネフ、マラルメ、トルストイなどが大陸のアンチ・ハムレット派として挙げられる。

（28）志賀「舟木」96頁。

（29）羽仁新五、140頁。

（30）高田瑞穂、70頁。

（31）志賀「舟木」96頁。

（32）本章注（4）を参照のこと。

（33）Samuel Taylor Coleridge, pp.587-8. シェイクスピアは作品のなかに彼自身の姿を隠してしまうのに対して、ミルトン作品は、どこをとっても詩人自身の声、個性や理想が感じられるということ。桂田利吉訳を借用した（67頁）。

（34）本多秋五『「白樺」派の文学』610頁。

（35）Donald Kean, pp.441-46.

(36) 荒井均、71頁。
(37) 志賀「創作余談」8頁。
(38) Bernice Kliman, p. 264. *London Graffic* (March 29, 1913) の評。原文は"the most princely, gracious Hamlet seen in our day — a thing of perfect beauty"。
(39) 羽仁、1—17頁を参照のこと。
(40) 志賀「未定稿128 ハムレットの日記」477頁。
(41) それぞれ志賀「創作余談」7頁と8頁。
(42) 菊池茂男、100頁。菊池はこのような作風を、とくに初期の志賀の特徴とする。「クローディアスの日記」はその典型的な例であるといえよう。
(43) 本多秋五『群像 日本の作家9 志賀直哉』133頁。
(44) 志賀「「舟木」」96頁。
(45) 坪内逍遥訳、738頁。志賀は「坪内さんの「ハムレット」をゆつくり随分丹念に読んだ」と記す(「「クローディアスの日記」に就いて」8頁)。

第3章 「妾《あたし》にはどうしても言ひたい事がある」——小林秀雄「おふえりや遺文」における言葉と『ハムレット』批評

図8●小林秀雄（1902-1983）1931年当時

はじめに

前章で論じたように、志賀直哉がやったことは、平たくいえば自分の気に入る形に『ハムレット』を書き直したということであったが、同じことが本章で扱う小林秀雄についてもいえる。批評家・小林秀雄が『ハムレット』の翻案化を手がけていたことは意外と知られていない。小林は、志賀の「クローディアスの日記」（一九一二年）から二十年ほど遅れた一九三一年に「おふえりや遺文」（以下「遺文」と略）を発表した。タイトルが示すとおり、『ハムレット』のヒロインおふえりやの遺書という体裁をとる書簡体の短編小説である。語り手（書き手）の「妾《あたし》」は自殺前夜に、イングランドへ旅立った恋人ハムレット（「あなた」）に宛てて遺書をしたためている。発狂した彼女の心には、さまざまな想いや記憶、妄想などが、時系列を崩して支離滅裂に去来・錯綜するのだが、その様子がいわゆる「意識の流れ」の手法で描き出される。(1) 志賀と同じく、主人公以外の人物の視点から語り直すという手法で原作の「股のぞき」を行い、ハムレット王子に寄り添う視点からでは見えない景色を切り出してゆく。

小林はどのような経緯で、またはどんな動機をもって本作執筆に及んだのか。作家本人がそのあたりの事情を説明していないこともあり、さまざまな要因——とくに小林が当時関わっていた「心理小説」の技法（すなわち意識の流れ）をめぐる論争との関連性、さらに彼が崇拝したフランス象徴主義詩人（とくにランボオとラフォルグ）や志賀直哉からの影響など——が執筆動機・経緯として挙げられてきた。これらは小説の技法的な面や、主人公ハムレットに対する語り手の距離という点で小林に影響を与えたと考えられる。(2) しかし本章では、そうした、いわば「外来的」な要因とは別に、より深い次元で小林を『ハムレット』に惹きつけ、その翻案化へと突き動かした主題的関心として、言葉をめぐる問題意識に着目したい。当時の小林が抱いていた言語に対するこだわりこそが、本翻案の構想を決定づけたと考えられるからだ。その構想のもとに生まれた「遺文」は、原作世界の言語的規範や、登場人物と言語の関わりに対する批評的メッセージを放つ作品に仕上がっていることを示していこう。

1　おふえりやのこだわりと小林の言語観

おふえりやの自意識

そもそも筆者が言語の問題に着目する理由は、小林のおふえりやが、自らの書く行為、自分の言葉というものにきわめて自覚的であり、強迫観念ともいえるほどのこだわり——高橋康也はこれを「言葉への、書くことへの［……］尖鋭な自意識」と呼ぶ[3]——を示すからである。他の批評家たちもこの点に注目しており、たとえばキシ&ブラッドショーは、おふえりやのそうした自意識について「遺書を書きながら、彼女は絶えず自分の『書く』行為を分析している」と指摘する。[4]永藤武も本作における言葉の重要性に着目し、「書くことの根源的な意味」を「作家小林が己に発し」ていると論じる。[5]本章では、小林が自らの生業へのこだわりを同作に反映させたというのみならず、『ハムレット』における言葉のあり方に関心を示し、その点に関わる改変を行うことで原作の批評を行っているという立場をとる。

小説が始まって間もなく、おふえりやは自分の「書く」行為に注意を喚起する――「妾は落着いてゐます。御覧なさい、妾のペンはちつとも慄へてなぞをりません。こんなにしつかりと字を書いてゐます(6)」。さらに「それにしても、妾は何故こんなものを書きはじめてしまつたのでせう。何を書くともわからずに」(155)と自らに問いながらも、しかし彼女は書きつづける。

室に這入つて鍵をかけて、それから……それから、かうして、もう夜で、かうして何やらわけもわからず書いてゐます。あとは、夜明けを待てばいゝのです。かうして字を並べてゐれば、その中に夜が明けます。夜が明けたら、夜が明けたらと妾は念じているのです。(157―58)

書くのを止めたら、目が眩んで了ふかもわからないし、何が起るかもわからないし、死ぬ事だつて出来なくなつて了ふかも知れない。[……]さう、夜が明けたら、それまでは、どうぞ、お喋舌りが、うまく妾を騙してゐてくれます様に、かうして書いてゐる字が、うまく嘘をついてくれます様に……。(159)

すでに自殺を決意したおふえりやは、死ぬまでの時をただやり過ごすため、自分を「騙し」つづけて、ひたすら言葉を紡ぐ。「どうぞ、わけのわからぬ事を書いてゐる、などとおつしやらない様に。妾はきつと、自分の考えてゐる事なぞ、ちつとも書いてゐないのに決つてます[……]無駄だと思つて書いてゐます」(159)――彼女にとって、そもそも言葉が意思疎通の道具である必要はなく、ましてや自分の文章が自分の気持ちや考えをうまく表現しているという感覚、つまり言葉との一体感も抱いてはいない。

言葉はみんな、妾をよけて、紙の上にとまつて行きます。……一體、何んだらう、こんなものが、……こんな妙な、蟲みたいなものが、どうして妾の味方だと思へるものか。(161)

にもかかわらず、彼女にとっては言葉こそが唯一の「味方」であり、「書いているのが頼り」(159)だ、(書くのを)「止めたら大變」(162)だとも感じる。最後の一夜を生きている実感さえも、書く行為を通して得ている――「だつて妾は、まだ生きてゐる、生きて、かうして字を書いてゐるんですものね」(167)。あまりに肥大したこの自意識は「おや、おや、下の部屋でまるで妾みた様な人が、やつぱり何か書いてゐますよ」(168)と、彼女に幻覚を見させるにいたる。

幻や記憶が書き手の思考にひっきりなしに侵入してくる「遺文」は、全体としては支離滅裂な印象を与えるが、それでもおふえりやは、首尾一貫して自らの書く行為への意識に立ち返る。彼女はたえず自分の書いたものを疑い、「あゝ、言葉は何にもおしまひにはしてくれない」(166)と絶望もする。さらに最終部では「みんな出鱈目です、前の方はお読みになってはいけない」(170)とせっかく書いてきたものを反故にしようともする。しかし結局は自分の「遺文」を完成させ、(原作を前提とする以上）何度も記してきたとおり自らの死を実現させる。その意味で本作は、おふえりやの言語活動の結実を証明するものということもできる。

小林の言語観

なぜ小林はここまで顕著な形で、おふえりやの言語活動と、それに対する自意識を前景化したのか。そこに彼のどのような意図があったというのであろう。むろん「物書き」としての小林がこの問題に少なからず関心を持っていたことは自明であるが、本作に見られる極度のこだわりは、彼が言語に関して当時抱いていた、さらに特殊な問題意識と関連づけられるように思うのだ。「遺文」を発表する前年の一九三〇年、小林は評論「アシルと亀の子IV」において次のように述べる。

人は言葉を与へられて以来、出来るだけこれを利用した。電車を利用する様に。［……］人間精神は言葉によつてのみ壮大に発展出来るのだが、この事実は精神が永遠に言葉の桎梏の下にあることも語るものだ。(7)

ここで小林が問題視しているのは言葉に宿る二面性である。たしかに言葉は、思索や知的探求の基盤・手段として人間精神を豊かにし、その発展に寄与してきた。しかしその反面、コミュニケーションの道具という性質上、強烈な社会性と因習性を帯び、自由な発想や感情の発露、個性の伸張や人間の交流に歯止めをかけてきたことも、また疑いようのない事実である。小林は言葉に備わるこうした二面性――「精神が言葉のみによつて発展し、言葉のみによつて、同時に制約されるといふ事」――を指摘しつつ、そうした慣習性（「合意の衣」）を「かなぐり捨て」て、「言語の裸形」を模索すべきであると主張する。(8)

2 『ハムレット』の世界における言葉のあり方

オフィーリアと言葉の桎梏

こうした言語の特質を念頭に『ハムレット』に立ち返るとき、小林のいう「言葉の桎梏」に、他の誰よりも強く押さえつけられている登場人物がいることに我々は気づく。ほかならぬオフィーリアである。『ハムレット』のデンマークは絶対王政と家父長制の世界。オフィーリアは家臣の娘として、未成年・未婚の女性として、ごく限られた言語的自由しか与えられず、「寡黙」「従順」「貞節」を求めるジェンダー規範に従った言動をとらねばならない。（少なくとも発狂後に登場する第四幕第五場以前に）彼女が口にする言葉は、他の主要登場人物に比べて圧倒的に少ない。第一幕第三場での家族間の会話においてさえ、年長者・庇護者・男性である父や兄と対等の立場には立ちえず、手短かに返答するか言いつけに従うだけの短い発言がほとんどである。父ポローニアスの「うぶな娘のような口を利きおって」(1.3.100)や「いいか、教えてやろう、自分を赤ん坊だと思うのだ」(1.3.104)といった言葉に窺えるように、赤ん坊か少女として扱われる彼女は、父の長々しい説教にも「お言いつけに従います」(1.3.135)と答えるのみ。[9] この短く従順な返事が端的に示すように、家父長制のもとで社会的に「合意」された彼女の言葉は、質・量ともに厳しい制約を受けている。

オフィーリアが、一国の王子であるハムレットと対面する際には、その制約はさらに厳しくなる。第三幕第一場(「尼寺の場面」)で彼女はいわば「おとり」として、父と王の監視下に王子と対面せねばならず、彼らの期待どおりの言葉を述べたり、嘘をついたりすることを余儀なくされる。最後には怒り狂ったハムレットから罵詈雑言を浴びせられるが、何を言い返すことも許されぬオフィーリア。ハムレットが退場してひとり舞台に残されたときに彼女はようやく独白を与えられ、ここで我々はたった一度だけ、発狂前のオフィーリアの「内面」に触れることができる。しかし直後の劇中劇の場で公共の場に戻れば、また彼女の口には「猿ぐつわ」がかけられることになる。王子に膝枕を強要され、卑猥な言葉を投げつけられるという屈辱的状況においてさえ、彼女が怒ったり反論したりすることはむろん許されない。臣下の娘として、慎み深い乙女として、規範にかなった言葉と恥じらいの表情のみを発することになる。

狂気と言語的自由

皮肉なことに、彼女がそうした社会的・言語的な足枷から解放されて自由に語れるのは、「狂気」という、規範を逸脱した状態においてのみである。発狂してはじめてオフィーリアは、支離滅裂ながらも、それまでは押し殺していたのであろう想いや怒り、性的欲望を吐露することになる。だが悲しいことに、そうした彼女の自己表現でさえもが既存の俗謡《バラッド》や歌の文句など「借り物」の言葉を通じてなされる。[10] つまり正気のときも、狂気のときも、彼女は自ら言葉を紡ぐ行為、自分の言葉で自己表現する権利を剥奪されているわけである。とくに劇後半のオフィーリアは、自らが観察し、語る「主体」性を失い、観察され、語られる「客体」へと転じてゆく。[11] 上述のように、第三幕第一場では王子との会話を父や王に監視され、発狂して現れる第四幕五場でも、宮廷の人々にその狂態を噂され、懸念とともに注視される対象となる。さらに第四幕第七場では、哀れな乙女の溺死を美しく物語るガートルードの台詞が、語られる存在としてのオフィーリアを決定づけるのである。この模様を描いたジョン・エヴェレット・ミレイの絵画は、観られる「客体」としての彼女の存在を象徴するものだといえよう。むろん彼女以外の登場人物も、それぞれの立場や状況に規定された範囲で言葉を用いるわけだが、そのなかでオフィーリアは「言葉の桎梏」にもっとも拘束され、自らの言葉で生や自己を形成する権利をあからさまに奪われた人物として際立つのである。

言葉の海を泳ぎまわるハムレット

そんなオフィーリアの対極に位置するのは、本悲劇の主人公にして圧倒的な言語的存在感を放つハムレットだ。単に台詞の分量の問題ではない。彼が会話における社会的合意やルールをすり抜けて言葉を紡ぎつづけるさまは、オフィーリアと鮮やかな対比をなす。そうした彼のあり方は、初登場の場面でさっそく印象づけられる。ここでは言葉の細かなやり取りが重要になるので、原作の英語も挙げておこう。

王　さて、甥のハムレット、そして息子よ……
ハムレット　親戚以上だが、心情はそれ以下。
王　そんな曇った表情をしているのはどういうわけだ?
ハムレット　いえいえ、むしろ雲の上にいるような気分ですよ。

KING: But now, my cousin Hamlet, and my son,——
HAMLET: A little more than kin, and less than kind.
KING: How is it that the clouds still hang on you?
HAMLET: Not so much, my lord, I am too much i' the 'son'. (1.2.64-67)

「甥のハムレット、そして息子よ」とクローディアスに語りかけられても、ハムレットは“kin”と“kind”を重ねた駄洒落を独りごつのみで、王に向かって言葉を発することはない。[12] さらに歩み寄りを図るクローディアスの問い「そんな曇った表情をしているのはどういうわけだ？」にようやく彼が返す言葉は、王への返答としては明らかに礼を欠くものだ。67行目の“son”はもちろん前行“cloud”の対概念である“sun”にかけた地口であり、さらに64行目でのクローディアスの呼びかけ“son”への痛烈な当てこすりでもある。しかし高橋康也が指摘するように、この複雑すぎる“sun”／“son”の地口は、その場にいる者たちの「無理解・無反応のなかへ空しく落ちるだけ」である。そもそも地口とは言語の社会的ルールを侵犯する遊戯ではあるが、それでも「通常は伝達機能を果たす」からこそ笑いを呼ぶものだ。[13] ハムレットは無礼な発言をするのみならず、あきらかに伝達機能を果たさぬ地口を使うことで、王との言語コミュニケーションの絆をばっさり断ち切るのである。

同種の例は無数にある。下は、本を読みながら現れたハムレットとポローニアスのやり取りである。

ポローニアス　何をお読みでございますか？
ハムレット　言葉、言葉、言葉さ。
ポローニアス　本の主題は何でございますか？
ハムレット　ほんのささいなことさ。

POLONIUS ………. What do you read, my lord?
HAMLET Words, words, words.
POLONIUS What is the matter, my lord?
HAMLET Between who?（2.2.188-91; 下線は筆者による）

通常、意思の疎通を目指す話者間には、無意識のうちに言語的な協調関係が生まれるものだが、それを徹底的に拒むハムレットは、ポローニアスの質問の意味（下線部の指示内容）を故意にずらしつづけ、やり取りそのものを無効化する。このようにハムレットは、相手や状況に応じて、ときに気分次第で、言語をめぐる慣習や合意の網を掻いくぐり対話者との連帯を避ける。意味をずらしたり、逆に何重にも意味を重ねたりすることで話相手をはぐらかし、翻弄する。そんな話者は、話し相手にとっては迷惑以外の何者でもないが、劇の観客や読者からすれば、言語的遊戯の可能性と醍醐味を披露してくれるスリリングな存在でもある。

ハムレットと独白

そうした言葉の醍醐味は、王子の語る多くの独白でその極みに達する。[14] 独白という、聴き手のいない状況、つまり社会的拘束のない言語空間において、彼はその変貌自在で豊穣なる言葉を操りながら、自身の内面の暗がりをのぞき込んだり、死後の世界に思いをはせたり、思索の深淵へと我々を誘い入れたりする。批評家ハロルド・ブルームは、ハムレットが「台詞を口にするたびに変貌しつづける」こと、「自分の言葉を盗み聞きして自己変革をつづける」ことを指摘するが、[15] これはまさにハムレットというキャラクターと言葉との関係性を鋭く言い当てるものである。オフィーリアをがんじがらめにする「言葉の桎梏」も「合意の衣」も掻いくぐりながら、ハムレットは自由に語ることで自己形成・変革を繰り返し、劇キャラクターとしての生と内面を充実させてゆく。[16] 死に際の言葉「あとは沈黙」(5.2.342)は、彼の生が言語活動と分かちがたく結びついていたことを逆説的に示すものだといえよう。

以上、『ハムレット』におけるオフィーリアとハムレットの言語的な「生」を概観してみた。言葉による自己形成や精神の発展という点で、ハムレットが最大の自由を享受している反面、オフィーリアは抑圧され、主体性を奪われた存在であるという理不尽な状況が見てとれる。言語が人間精神に与える無限の可能性と、その反面で引き起こす制約を問題視していた小林が、『ハムレット』にその両面を読み取って関心を抱いたとしてもまったく不思議はない。[17] だからこそ彼は「遺文」において、原作で徹底的に抑え込まれたオフィーリアの言語活動(語る権利、書く権利)と、それに伴う主体性の回復を目指しつつ、それと同時に原作世界を支配する言語規範を批判しようとしたのではないだろうか。この短編のおふえりやが、思う存分に語るだけでなく、言葉を紡ぐことや語ることに執拗なこだわりを示すのは、そうした小林の意図のゆえと考えると合点がゆくのである。

3　おふぇりやの訴えと創作的批評としての「遺文」

おふぇりやの告発

このような観点から「遺文」を読み返してみると、そこには原作世界における言語のあり方――とくに男女間の不公平や矛盾だらけの言語規範――に対する批判や、ハムレットの言語的な気取り、さらにそれに基づくハムレット崇拝の伝統に対する皮肉や諷刺が満載されていることに気づく。「気が狂っている」という設定ではあるが、おふぇりやの書く遺文は、少なくとも部分的には立派に意味を成し、鋭い批判の矢を繰り出すのである。

言葉をめぐる規範や男女間の不平等に自分ががんじがらめにされていることを、おふぇりやは明確に意識しているわけではない。しかし「遺文」における彼女の言葉の端々には、それを漠然と感じている様子が窺える。

……………………………………………………おや、おや、點々ばかり書いてゐて、どうする気でせう。女の手紙には、必度、點々があるものだ、と、あなたはおつしやる。ありますとも、點々だって字は字です。(158)

女の手紙に「點々」が多いというハムレットの発言(原作に相当箇所はない)の背後には、女性は言語能力が低く、沈黙に陥りがちであるという暗黙の想定が見え隠れする。おふえりやは、自分もまたそんな書き方をしていることに戸惑いながら、しかし點々=沈黙もまた、自分たちに許された言語表現の一部であり(「點々だって字は字です」)、そこにさまざまな想いや意味が託されている可能性を訴える。

さらにおふえりやは、ハムレットの饒舌を当てこすりながら、原作の恋人たちの会話にみられる理不尽な関係性にも注意を促す。

あなたの、さういふお好きなお話しをいつも上の空で聞いてゐると言つては、妾の事をお責めになつた。妾は、ちやんと聞いてをりました。たゞ、妾の顔が上の空だつたのでせう。[……]あなたは、何んでも妾の知らない事で腹をお立てになる。知らない振りをしてる、とおつしやる。……そうだ、ほんとに、そう言ってやればよかった、尼寺へ行けだなんて、あなたこそ死んでしまえばいいのです。(160)

ハムレットがオフィーリアのことを「上の空だ」「反応がない」と非難するような場面も原作には見当たらないのだが、引用の最後の一文から、おふえりやは「尼寺の場面」でのやりとりを回顧しているのだろうと推測がつく。上でも触れたように、オフィーリアは王と父の監視下に王子と対面し、自分たちの関係について話しをするという任務を課されるが、努力もむなしく最後には罵倒され、その場に崩れ落ちる。一方のハムレットは、女性への礼節も「恋人」への愛情もみじんも示すことなく、女性嫌悪をむき出しに八つ当たりを続ける。そんな不当な仕打ちに対しても、オフィーリアは何を言うことも許されない。そのような理不尽な関係や、「おしゃべり王子」の自己中心性、横暴に対する彼女の内なる憤りは、（発狂しているとはいえ）きわめて感情的な最後の一文「尼寺へ行けだなんて、あなたこそ死んでしまえばいいのです」にはっきり見てとれる。前章で述べたように、二十世紀に入って大々的に展開されるようになるアンチ・ハムレット派の批評は、ロマン主義的な「繊細で心優しい」ハムレット像を否定し、彼の残酷さや自己中心性を槍玉に挙げるが、ここでのおふえりやの糾弾もそうした批評と軌を一にするものである。

先の引用でおふえりやは、ハムレットの言葉に反応しなかったことを責められているが、逆に話しすぎたために嘲笑を浴び、深く傷ついた体験をも遺書のなかで物語る。これに相当する場面も原作には見当たらないので、小林が創作して入れ込んだエピソードと考えられる。中盤でおふえりやは、印象的な水の夢——原作を知る者からすれば不吉な予知夢とも読めてしまう——について記す（162—63）。

船べりに腰かけて海の水を眺めていたら、帆柱から栗が降りてきた。それは普通の茹で栗で、食べたあとに「いやな悲しい気持ち」になったという。その夢について彼女が語ったところ「みんなから笑はれ」てしまい、「今も誰かに笑はれてゐる様な気がしてならない」「妾はみんなに笑はれたので、口惜しくて泣き出した」のだと告白する。この場合、彼女は「寡黙」のルールを破り、自分の夢についてうっかり語ってしまったがゆえに（大げさな言い方をすれば）社会的制裁を受けたわけだ。このように小林は、言葉をめぐる、おふえりやのさまざまな体験——手紙について馬鹿にされたり、余計な話をすると笑われたり、逆に黙っていたら「上の空」だと批判されたり——を通して、社会が女性に強要する言語規範の矛盾や理不尽さに光を当てつづける。

言語的抑圧の内面化

上にもあるように、おふえりやは自分が「笑われている」「見下されている」という感覚をたびたび口にする。そうした自己評価の低さは「言語を操る男性が優れていて、言葉を語らぬ／語れぬ女性は劣っている」という社会の勝手な想定を、彼女が深く内面化してしまっていることを物語る。だからこそ彼女は「どうぞ、わけのわからぬ事を書いてゐる、などとおつしやらない様に。妾はきつと、自分の考えてゐる事なぞ、ちつとも書いてゐないのに決つてます」（159）と自らの表現力に疑問を呈し、「妾には、あなたの難しいお言葉が辿れたためしはありません」（165）と、自分の言語理解力をも疑いつづけるのだ。なぜそんな風になってしまったのか？社会が「女らしさ」の規範のもとに、幼少時から彼女の言葉をコントロールしたせいである。おふえりやもそれを漠然と理解している。

どうせ、妾は子供なんです。何にも知らない子供です［……］妾は、あなたの様に悧巧になる暇がなかつた、なんにも覚える暇はなかつた。その代り、色々な事を無理やりに覚えさせられました。おつしやる様に無邪気なのかもわからない、だけど、あなたにはわからない。無邪気が、どんなに悲しいものだか御存じなければ、無邪気だ、とおつしやつたつて詮ない事だ。（164―65）

「悧巧になる暇がなかった」「なんにも覚える暇はなかった」の「暇」という語はそのまま「機会」「チャンス」と読みかえてもよかろう。女だからという理由で言語能力を伸ばす機会を奪われ、いつまでも言葉を持たぬ存在であることを求める社会が浮かび上がる。悲しいことに、おふえりやは自らをすでに「何にも知らない子供」として受け入れてしまっているが、それと同時に、そうして外から押しつけられた「無邪気さ」を身にまとうことに対して違和感と空しさを感じていることも「無邪気が［……］悲しいものだ」という表現から読み取れよう。

おふえりやの洞察力と批判眼

しかし、いかに言語的に抑圧されたとしても、内なる知性や直感がそう簡単に押しつぶされてしまうわけではない。「あなたの難しいお言葉が辿れたためしはありません」と記すおふえりやは、「だけども、あなたの難かしいお顔はちやんと知つてをりました」（165）と語り、愛する男性の心を直感的に「読み取る」術を持っていることを主張する。それだけではない。

妾は知ってをりました。王様の亡霊のことだつて、ホレエショ様をだまして聞きました。あゝ、妾には、たつた一つの事しか要らないのに、何んとあなたは澤山の夢を持つていらつしやる。復讐だとか、戦争だとか、あんな色々な御本だとか、それで、妾の様なものの、眼の色さへ読む事がお出来にならない。（165—66）

言葉を巧みに操り、復讐や戦争や書物について語る男たちが、女性の「眼の色」を「読む」直感や、他人を思いやる想像力において劣っていることが仄めかされる。さらに上の引用は、おふえりやがホレイショーを「だまして」亡霊の出現について聞きだしていたこと、つまりある種の「知恵くらべ」で彼女が優位に立っていることをも示唆する。「早くクロオディヤス様をお殺しになるがいゝ、妾は知りません、何んにも知りません」（158）という一文もまた、オフィーリアがハムレットの復讐計画を知りながらあえて知らぬふりをしていた、つまり彼女の方が「一枚上手《うわて》」であったことを仄めかす。

さらに「御免なさいね、妾は平気です、何んだつて平気です、お父様の事だつて平気です、あなたはお父様の事を、鼠だ鼠だ、とおつしやつたさうですが、ほんと言へば、妾は蛙だと思つたんです」

（167）というおふえりや言葉（原作には相当するオフィーリアの台詞はない）も示唆的である。原作第三幕第四場でハムレットは「ネズミか？そら、死ね！」（3.4.22）と叫んでポローニアスを刺殺するが[18]、オフィーリアがその様子をどの程度伝え聞いたのかは明らかにされない。また発狂した彼女が（第四幕第五場で彼女が口にする歌や言葉から推測はつくものの）父の死について直接に怒りや悲しみを表明する機会も与えられない。父を殺された息子たち（ハムレット、レアティーズ、フォーティンブラス）の怒りと復讐心をドラマの駆動力とする悲劇において、父を殺された娘の想いはテキストの背後へと追いやられる。そんな理不尽さに注意を促すかのように、おふえりやは、たとえ台詞は与えられずとも、彼女もまた男性と同じように、感じ、考える主体であること——亡霊出現やハムレットの復讐計画、父殺害の模様について情報を入手し、自分なりに思考し、感情を抱くひとりの人間であるというごく自明のこと——を我々に思い起こさせる。いや、「男性と同じように」という書き方は不正確かもしれない。

いぢめられる人が、どんなに沢山のものを見てゐるのか、おわかりなければ、それは又別の事です。無邪気な頭だって、込み入ってゐます。大變な入り組み様をしてゐます。［……］妾の頭はわけの解らない、支へ切れない程の思案で、いつも一杯になってゐた。妾は仕方なく、ほんとに仕方がないので笑ってゐた。（165）

実際のところ、弱い立場に置かれた者、口を利くことを許されず「仕方がないので笑つてゐ」るだけ者の方が、周囲をよりよく観察し、より深く感じ、より多くを考えているものだ。上の引用には、大言壮語して復讐ドラマを繰り広げる無神経な男たちへの痛烈な皮肉が込められている。

そしておふえりやがもっとも辛らつに批判するのは、登場してから死ぬまで語りつづける「おしゃべり王子」の放つ華麗なる言葉の打ち上げ花火である。ハムレティズム（"Hamletism"）という語に凝縮される特有の気質や態度（繊細さ、厭世観、優柔不断、哲学性、自殺願望など）を劇の随所で披露しつづけるハムレット[19]。とくにロマン主義の時代はこれを熱烈に崇拝したわけであるが、おふえりやは、まさにそうしたハムレティズムの基にある王子の台詞とそのポーズを批判する。「何もか彼も空しい、さう、さう、あなたのお好きなお話しです、妾は飽き飽きする程、聞かされました」（160）という言葉や、

あゝ、この世は空しい、……それは、あなたのお言葉ぢやない、あなたの様に気難しいお顔をしてお使ひになる、言葉ぢやない、誰の言葉でもない、人がいくら使つても、使ひ切れない風の様な、風の様に何處にでもある様な、何の手應へもない様な、得體の知れない言葉なんです。（161）

といった一節は、「誰の言葉でもない［……］使ひ切れない」はずの空虚な言葉、実体のない言葉を我がもの顔にふりかざすハムレットの厭世・苦悩のポーズと、それに心酔するハムレット崇拝の批評

伝統に鋭い諷刺を投げかける。
王子の数々の「名言」のなかでもっとも人口に膾炙し、人間精神の深みの表出としてもっとも敬われる台詞が攻撃の的になるのも必至であろう。第四独白、なかでもとくに有名な一行目「生きるべきか、死ぬべきか、それが問題だ」("To be, or not to be - that is the question"; 3.1.55) が引き合いに出される。

生きるか、死ぬかが問題だ。あゝ、結構なお言葉を思ひ出しました。問題をお解きになるがいゝ、あなたのお気に召さうと召すまいと、問題を解く事と、解かない事とは大變よく似てゐる。氣味の悪い程、よく似てゐます。(164)

この一節もまたおふぇりやの苦々しい皮肉に満ちている。「結構なお言葉」という言い回しは、ハムレットの独白に付与された名声やステイタスに当てこするかのようであるし、二項対立を組み合わせた表現(「お気に召さうと召すまいと」、「問題を解く事と、解かない事」)は、「生きるべきか、死ぬべきか」のパロディ的な響きを帯びて、その陳腐さをあざ笑うかのようでもある。
さらに「問題をお解きになるがいゝ」という挑戦的な文は、すでに引用した「早くクロオディヤス様をお殺しになるがいい」(158)という言葉とも響きあって、ハムレットの優柔不断と復讐遅延に注意を促しつつ、その有言不実行ぶりを非難している。実のところ、おふぇりやとハムレットは自分の言葉を実行するか否かという点で興味深い対比をなす。原作第一幕第五場で亡霊から「真相」を告げられた王子は、直後に復讐への強い決意を口にする（1.5.95-110）。亡霊の言葉を「脳髄のぶあつい本」に刻み込み、復讐への心意気を「手帳」にも実際に書き込むハムレットだが[20]、現実には長らく復讐を実行しない。いや、復讐だけではない。冒頭から自殺願望を口にするわりに、それを行動に移す様子もいっこうに見せない。対照的に「遺文」のおふぇりやは「明日はもうこの世にはいない身です」と覚悟を書き記し、翌日には自ら命を絶つことで、ハムレットにはない有言実行ぶりを見せつける。また、おふぇりやが宣言どおりに自殺するということは、原作では曖昧なまま他者の判断に任されるオフィーリアの不審死（"doubtful death"）を彼女自身の決定事項として取り戻すことにほかならず、その点でもヒロインの主体性の回復につながるといえよう。以上、「遺文」を通じておふぇりやが、ハムレットの実のない空虚な言葉やポーズ、それに酔いしれるハムレット崇拝の伝統に対して皮肉、揶揄、冷笑を投げかけつづける様子を概観してきた。

すでに述べたように、「遺文」のおふぇりやが言葉にこだわり、綴りつづける試みは、原作世界で彼女から奪われた、自分の言葉を語る権利と、言葉を介して得られる主体性を回復する試みにほかならない。支離滅裂と見えながらも、部分部分では筋の通った思考を展開して自己表現を試みる書き手は、自分が主体性と内面性を有することを主張しつつ、「寡黙」と「従順」を強要された者の怒りや悲しみを表明する。とはいえ、言葉と主体性の回復という試みが全面的に成功しているわけではないこともまた明らかである。全体としては散漫で、ときに「言葉」足らずのその文体は、一方では感性や知性のきらめきを感じさせつつも、他方ではすでに「何にも知らない子供」にされてしまった（少なくとも自分でそう信じ込んでしまった）書き手の限界をも感じさせるからだ。読み方によっては、言語的搾取により主体を構築することができなかった者が、最後に自分探しをしている哀しい姿と映るかもしれない。

おわりに

「遺文」が「『ハムレット』批評のための一文でもパロディーでもないのは確かである[21]」という永藤の言葉にも窺えるように、従来の「遺文」批評では、『ハムレット』はせいぜい小林の自己告白のための「場」や「きっかけ」を提供する背景的存在とみなされ、両作の間には希薄で便宜的な関係性しか認められてこなかった[22]。しかし本章で示してきたように、小林は『ハムレット』の台詞や主題を巧みに取り込み、独自の想像力で変形加工してゆくことにより、原作世界の重要な局面をあざやかに照らし出してゆく。「翻案とは、明確で明示的な批評の一形態である。シェイクスピアの原作をはっきり改変するということは、必然的に批評的立場の違いを表明することになるのである」とフィシュリン＆フォーティアも指摘するように[23]、おふえりやの視点からの再話という大胆な改変は、独自の『ハムレット』批評・解釈を提示するものなのである。近年ではフェミニスト的関心の高まりとともに、オフィーリアに焦点を合わせる翻案も多く書かれてきた[24]。小林はいわゆる「フェミニズム」とは縁遠い作家のようだが、[26] ヒロインに言葉と主体性を回復しようという彼の試みが、フェミニスト的翻案の先駆けであったことはまちがいない。また、当時力を得つつあったアンチ・ハムレット批評の視座を切り開く点でも、第二章で論じた志賀と同じく『ハムレット』批評の動向を先取りしていたことになる。

発狂した妹の言葉が思いがけなく真理を言い当てつづける様子に、レアティーズは思わず「狂気のなかに教訓がある」（4.5.172）と漏らす。「妾にはどうしても言ひたい事がある、いゝえ、気が違つても構わない、ちっとも構はない」（164）――そう訴えながら、原作世界の矛盾や欺瞞を照らし出す「遺文」もまた、小林秀雄の仕立てあげた「狂気のなかの教訓」なのである。

注

（1）「意識の流れ」というのは、二十世紀初頭のモダニズム作家（ジェイムス・ジョイス、ヴァージニア・ウルフ、マルセル・プルーストなど）が用いた小説の手法。登場人物の心中に浮かぶ印象、思惟、記憶、知覚などを、生起するままに描写することで人間の内的現実を追究しようとした。

（2）小林の書いた心理小説批評の詳細や、フランス文学との関係性については、芦津論文の注1を参照されたい。

（3）高橋康也、327頁。

（4）Kishi and Bradshaw, p.114.

（5）永藤武、56頁。

（6）小林秀雄「おふえりや遺文」155頁。以下では、引用末尾にページ数を付す。

（7）小林秀雄「アシルと亀の子IV」226頁。

（8）小林秀雄「アシルと亀の子IV」227頁。

（9）Rosenbergが "Women are not only to obey in this world—they must say they will"（237）と記すように、この返答はまさに社会の期待どおりの模範的なものである。

（10）楠明子によれば「正気を失ったオフィーリアの心のうちは、すべて当時民衆に親しまれていたバラッドや物語、「言い伝え」を用いて表現されている」（127頁）という。

（11）フェミニズム批評においては、劇前半からすでにオフィーリアは、男たちの思惑や欲望の客体として扱われることが多いのだが、それでも兄への当意即妙の返答（1.5.44-49）や、ハムレットを観察し報告する言葉（2.1.69-81; 84-97）などに、いくばくかの主体性を認めることはできるだろう。

（12）本書が引用する版は、65行目にト書きを加えていないが、多くの版は傍白（aside）として処理する。66行目の王の話しぶりからして独り言とみなすのが自然である。編者Thompson and Taylorは、ひょっとするとハムレットが「無礼または反抗」を誇示するため王にこの台詞をわざと聞かせたという可能性も示唆するが、その場合でも、ハムレットは王と王子間の会話、父子間の会話の規範をあからさまに破るという点で、筆者の議論とは矛盾しない。

（13）高橋康也からの引用はすべて284頁。

（14）各独白について詳述するスペースは本書にはないが、たとえばMaherはハムレットの独白の魅力を詳述する。

（15）Harold Bloom, pp.410-11.

（16）ハムレットの言語を分析した批評は枚挙に暇がないが、Paul A. Jorgensen（pp.100-20）や、Rosenberg（pp.183-84）もその魅力をコンパクトに纏めている。

（17）上の引用189行目"Words, words, words"が象徴するように、そもそも「言語」が本悲劇の枢要なテーマであることは、たとえばJorgensenが論じている（pp.100-20）。そういう劇だからこそ小林が関心を示した側面もあるのだろう。

（18）ポローニアス殺害時のハムレットの冷酷さも、アンチ・ハムレット派が厳しく糾弾する点である。

（19）とくに自殺願望と厭世観を全面に打ち出す第一独白（1.2.129-59）や、ローゼンクランツとギルデンスターンに自分の憂鬱を説明する台詞（2.2.259-76）、有名な第四独白（3.1.55-87）などが挙げられよう。「ハムレティズム」という表現は、肯定的・否定的な多様なニュアンスを伴ってハムレットに付随する資質や態度を表す。詳しくは、R. A. Foakesの論文を参照のこと。

（20）本書の引用する版には含まれないが、ここに［Writes］というト書きが付け加えられることがNicholas Rowe以来の伝統であるという。編者Thompson & Taylorも注に"Hamlet now produces a literal writing tablet or notebook"と記しているので、実際にハムレットが記す所作をすることを想定している。

（21）永藤武、54頁。

（22）根岸を参照。ただし根岸自身はこの見解に否定的で、両作間に「地続きの通路」（100頁）を見出している。筆者も根岸と同意見である。小林は原作を深く読み込み、（本書でみた言葉の問題以外にも）花や水などオフィーリアに関わる重要なディテールを巧みに利用することで、原作と豊かに響きあう世界を作り上げているからだ。

(23) Fischlin and Fortier, p.8.

(24) Elaine Showalter によれば、たとえば Melissa Murray の翻案劇 *Ophelia* (1979)では、レズビアンのオフィーリアが、親の決めたハムレットとの結婚を避けるべく女性の召使と逃亡する。近年の翻案には、オフィーリアを主役に据えるオフィーリアの一人称語りによる小説 Lisa Fiedler, *Dating Hamlet* (2002)、小説 Jeremy Trafford, *Ophelia* (2001) や Lisa Klein, *Ophelia* (2006) などがある。

(25) 小林とフェミニズムの問題は、シェイクスピアを専門とする筆者の手には余るため深入りしない。根岸は、基本的に小林にとって〈女〉は他者であったと論じ、また島村輝も、時代が進むにつれ小林作品が「伝統的な「男性」中心主義の価値観によって支配され」ていったことを指摘する。

第II部——第二次世界大戦と『ハムレット』翻案

第4章……太宰治の『新ハムレット』と大岡昇平の『ハムレット日記』

はじめに

第二部では、タイプの異なる三作家（太宰治、大岡昇平、久生十蘭）を取り上げ、戦時下および敗戦後に書かれた三つの『ハムレット』翻案について考える。第二次大戦という歴史的大事件は、当然ながら日本の『ハムレット』受容にも大きな影を落とす。昭和に入って日本が軍国主義へと傾き、排外主義を強めながら思想統制や検閲を厳しくしてゆくにつれて、文学も弾圧を受けた。国中が戦時色に染め上げられていくなか、政治性があからさまに表に出ているとはいいがたいシェイクスピア作品でも、やはり「敵国の言葉」を使った「敵国の文学」として敵対視され、とくに太平洋戦争勃発後は追

図9●太宰治（1909-1948）

図10●大岡昇平（1909-1988）

放されることになった。そうした戦前から敗戦直後の時代に、太宰治、大岡昇平、久生十蘭という三人の作家がさまざまな角度から『ハムレット』の「股のぞき」を行っている。第二部では彼らの翻案化の特徴を示すとともに、その背後にある動機や、さらに戦争やシェイクスピア、西洋に対する三人の作家の態度の差についても考えてみたい。

まず第四章では、太宰と大岡を比較する形で議論を進めてゆく。この二人の名を連ねることに違和感を覚える人も少なくないかもしれない。作家としてのイメージや、彼らが生み出した文学にはかなりの隔たりがあるからだ。太宰といえば、どうしても軟派、放埓といった印象がつきまとう。左翼運動、家族や文壇との確執、薬物中毒、女性問題、度重なる自殺未遂や心中未遂などで世間を騒がせた挙句、スキャンダラスな心中事件により三十九歳で夭逝した。その独特の語り口と、弱さと滅びの美学が読者の感性に強く訴えかける天才肌の作家でもある。一方の大岡は理性的で堅実な作家というイメージが強い。第二次世界大戦出征中にフィリピンでアメリカ軍俘虜になるという過酷な体験を乗りこえた後に小説を書きはじめた大岡は、七十九歳まで――つまり太宰のほぼ二倍の年月を生きぬいて――堅実に執筆活動を続けた。太宰に比べれば地味な印象は否めぬものの、硬派で理知的な作品を多く生み出し、戦後の日本文壇を支えた。

このように大きく性質を異にする二人であるが、ともに一九〇九年生まれ、大学ではフランス文学を専攻したことに加えて、第二次世界大戦前後の比較的近い時期に、悲劇『ハムレット』の翻案小説を執筆したという大きな接点を有する。太宰は、作家活動の中期にあたる一九四一年に、初の書き下ろし長編小説として『新ハムレット』を発表。戯曲形態をとるものの、作者自らが「これは、謂わばLESEDRAMAふうの、小説だと思っていただきたい」と作品「はしがき」で述べている。[1]大岡はローレンス・オリヴィエ主演の映画『ハムレット』(一九四九年)や英文学者ドーヴァー・ウィルソンの有名な批評書『「ハムレット」で何が起こるか』(一九三五年)を契機として、一九四九年から翻案小説の執筆を考えはじめた。なかなか着手できなかったが、ようやく一九五五年に、主人公ハムレットの綴る日記という体裁で小説『ハムレット日記』を完成した。[2]二人は、戦中戦後という時期に、世界大戦というこの上なく重大な歴史事件のフィルター＝「股倉」を通して、それぞれがシェイクスピアの『ハムレット』をのぞき見て、それぞれの翻案へと仕立て直していったわけだ。そこに作家の戦争観や個人的体験、世界観、文学観などがどのように反映されているのだろう。そして、それらは、『ハムレット』批評においてどのような意義を持つのであろうか。

1　戦争との関わり

太宰「戦争を知らぬ人は、戦争を書くな」

両作家は、執筆活動における戦争との関わり方という点においても好対照を成す。それが『ハムレット』の翻案化に大きな影響を与えることになるため、この点をまず確認しておこう。あまりそうしたイメージはないかもしれないが、太宰は戦時下に活動した代表的な作家である。太宰が本格的な執筆活動を始めたのは、中国との戦争の発端となる柳条湖事件が起こった一九三一年であり、そこから終戦後の混乱の残る一九四八年に、作家としての生涯を自らの手で終えた。つまり彼の作家としてのキャリアはほとんど戦時下と重なることになるわけだ。赤木孝之の言葉を借りるなら「太宰はまさに戦争の中を書きついでいった作家であった」ということである(3)。

太宰が戦争についていかなる気持ちを抱き、それを作品にどのように反映させていったかについては多くの議論が交わされてきた。そのなかでも「定説」としてもっともよく引かれるのは、奥野健男の「戦争に対して、否定を潜めた無視、これが彼の一貫した態度です(4)」という一節であるが、それに対しては、赤木孝之をはじめ異論を唱える者もいる。太宰文学と戦争という、この大きな問題を正しく評価するためには、彼の作品群を網羅的に検証することが必要となるだろうが、それは本書の守備範囲からは逸れるうえ、筆者の手に余る課題である。本章ではひとまず『新ハムレット』とその前後に限定した議論を行うことをお許しいただきたい。

『新ハムレット』執筆当時の太宰と戦争との関わりを考えるうえで興味深い記述がある。同作執筆の前年にあたる一九四〇年に太宰は「鷗」という小説を発表したが、そこに戦争文学についての一節がある。明らかに太宰と重なる語り手の「私」は次のように語る。

> 私は、兵隊さんの小説を読む。くやしいことには、よくないのだ。ご自分の見たところの物を語らず、ご自分の曾つて読んだ悪文学から教えられた言葉でもって、戦争を物語っている。戦争を知らぬ人が戦争を語り、そうしてそれが内地でばかな喝采を受けているので、戦争を、ちゃんと知っている兵隊さんたちまで、そのスタイルの模倣をしている。戦争を知らぬ人は、戦争を書くな。要らないおせっかいは、やめろ。かえって邪魔になるだけではないのか。私は兵隊さんの小説を読んで、内地の「戦争を望遠鏡で見ただけで戦争を書いている人たち」に、がまんならぬ憎悪を感じた。(152)

太宰が従軍作家にも御用文学者にもならなかったことは確かであるし、戦争を真正面から取り上げるような作品も書いていないから、基本的に彼はこのポリシーを貫いたといえる。ただし、戦争にまつわる要素を完全に「無視」したとまで言い切れるかは謎である。たとえば短編「十二月八日」（一九四二年）は、太平洋戦争の開戦日の太宰の妻（「日本のまずしい家庭の主婦」）の視点から、この日の感慨を描いたものであり、戦争を主題にしているといえなくもない。『新ハムレット』においても、最後の部分には、当時日本が闘っていた戦争に対する批判と見られる箇所も存在する。だが、以下で詳述するように、そうした戦争や政治に関わる要素（国際紛争や領地問題、王位争いなど）も最終的には登場人物たちの個人的感情や葛藤・人間関係に準じ、そこに回収される問題として扱われる。

大岡「戦争にいかなかったら何も書かなかったろう」

大岡は、太宰の言葉を借りれば「戦争を知」る人であり、すなわち「戦争について書く」資格を十分に有する人ということになる。というのも、すでに触れたように、大岡は第二次世界大戦出征中にアメリカ軍俘虜になり、辛くも帰還した後に小説を書きはじめたからである。彼の小説執筆と戦争（敗戦の）体験の切っても切れない関係性は、大岡自身の「戦争にいかなかったら何も書かなかったろう」という言葉によっても裏打ちされる。ある時、大岡は開高健と対談をしたのだが、開高がその内容をまとめてゲラ刷りにまでいたっていた段階で、大岡は上の一行を含む文章の加筆を依頼してきたのだという。「戦争は双頭の鷲だ。悲惨と豊穣の双頭の鷲だ」と開高が評するとおり、なんとも皮肉なことに、多くの命を奪った悲惨な戦争こそが作家・大岡昇平に生を授けたのであった。(5)

もちろん、戦争体験が大岡に与えたものは、執筆のきっかけと題材だけではない。大岡文学の基礎となっている世界観や人間観もまた、戦争体験により形成された部分が大きいように思われる。大岡作品のなかでも自伝的要素がきわめて多いといわれる小説『野火』の主人公・田村一等兵は、次のように語る。

戦争へ行くまで、私の生活は個人的必要によって、少なくとも私にとっては必然であった。それが一度戦場で権力の恣意に曝されて以来、すべてが偶然となった。［……］しかし人間は偶然を容認することは出来ないらしい。偶然の系列、つまり永遠に耐えるほど我々の精神は強くない。出生の偶然と死の偶然の間にはさまれた我々の生活の間に、我々は意志と自称するものによって生起した少数の事件を数え、その結果我々の裡に生じた一貫したものを、性格とかわが生涯とか呼んで自ら慰めている。ほかに考えようがないからだ。（127—28）

フィリピンの戦場を命からがらの想いでさまよいながら大岡もまた、自分の必死の努力や意志をはるかに越えた目に見えぬ大きな力、たとえば国家や軍といった巨大なメカニズムの存在を背後に感じていたのではなかろうか。そして、そうした大きな力や仕掛けが、個人の意志も尊厳も生死も瞬時のうちに押しつぶし、吹き飛ばしてしまうという絶望的な感覚を抱いていたものと思われる。そうした感覚が、大岡の「日常生活に生きている人間が、実は一つの大きな政治的な力で支配されているんだという認識がある」[6]という人間観、世界観につながっているのだろう。だからこそ彼はつねに人間存在を社会や政治、歴史という枠組みや力のなかで捉えた。彼の代表作である戦争小説『野火』にしても、恋愛小説『武蔵野夫人』にしても、あるいは自伝的小説『少年』にしても、大岡は個人を描く際に、まずその個人をとりまく風土や政治的・社会的構造を詳細に描きこみ、そうした環境に支配され、作り上げられた結果としての人間の運命を描くことが多かった。そんな大岡にとって悲劇『ハムレット』とは、ハムレット一個人の心の悲劇、性格の悲劇ではなく、宮廷政治や国際情勢といった強い社会的圧力の中で、それに翻弄されながらも生き、死んでいく政治的存在としての人間の悲劇として訴えかけたのであろう。太宰が他の何にもまして重要視した、人間の複雑で細やかな感情や葛藤、関係性などという問題は、大岡からすれば、一発の爆弾で吹き飛び、一瞬にして忘れ去られてしまうような無意味で瑣末なものと片づけられてしまうのかもしれない。

このように、そもそも異質な二作家が、まったく異なる戦争体験・戦争観をしょいこみ、それを介してのぞき見ることによって執筆された『ハムレット』翻案は、当然ながらずいぶん異なる仕上がりを見せることになる。ここでは「個人・家庭」と「政治・社会」を両極とする座標軸の上に二作品を位置づけてみることにする。

2　翻案化のプロセス

太宰――私小説としての『新ハムレット』

上で述べたように、太宰は『ハムレット』劇の内包する多くの問題系のなかでも、いかにも太宰的なテーマ、つまり欺瞞や偽善、自分や家族に対する葛藤、嫌悪、懐疑など、主として人間の内面や意識、関係性をめぐる主題に食指を動かした。そして、原作から政治的・社会的な要素を極力そぎ落として、原作を個人の心の悲劇へ、家庭内の（厳密には、二つの家庭をめぐる）悲劇へと仕立て直し、ハムレットを中心とする登場人物たちの複雑な関係と愛憎が錯綜する〈心のドラマ〉へと変容させたのである。この小説にもっとも顕著なポリティックスは、フォーティンブラスの脅威でもなく、ノルウェイとの国際紛争でもなく、登場人物同士の心理合戦であり、想いの丈をぶつけたり、相手を言い負かしたり駆け引きしたりする舌戦であるといえよう。

原作が大幅に換骨奪胎されているためプロットの変更点を挙げると切りがないのだが、主要なものとしては、オフィーリアが妊娠していること、そのため彼女の今後の身の振り方に、父ポローニアスをはじめ大人たちの少なからぬ関心が向けられていること、劇中劇はポローニアスが提案すること、ポローニアスを殺害するのはクローディアスであること、レアティーズが戦死すること、オフィーリアではなくガートルードが入水自殺すること、最後にハムレットがとつぜん自分の頬を切りつけること、クローディアスは死なず、ちょうど始まったばかりのノルウェーとの戦争に対する闘志を口にすること、などが挙げられる。

太宰自身も井伏鱒二への書簡で「私の過去の生活感情を、すっかり整理して書き残して置きたい気持ちがありました。その意味では、私小説かも知れません」(249) と述べるように、この作品は太宰自身の心のドラマと読むこともできる。太宰は原作の枠組みを借りつつも、細かい筋立てなどを巧みに変更しながら、主人公や主要登場人物の口を介して自身の過去の体験や人生観、身内への葛藤、人間(とくに大人)への不信感などを独特の太宰節により饒舌すぎるほど饒舌に語りだす。亀井勝一郎は、津軽の旧家に生まれた太宰が、その家柄にふさわしからぬ「暗い淫蕩の血」を自らの家庭に感じるとともに、「肉親への深い愛情と、それを裏切る自己」にもがき苦しんでいたことを指摘し、それゆえに太宰文学には「家の重圧」や「家の呪縛」の主題がつきまとうのだと議論する。[7] いうまでもなく『ハムレット』は、肉親に対する王子の愛憎や、その「淫蕩」への疑念・嫌悪をプロットの軸とする劇であり、その意味ではまさに亀井の指摘する太宰的主題をすべて盛り込んでいることになる。[8] そんな劇が、太宰の「私小説」の受け皿になったことにも容易に合点がゆく。

ハムレット王子の「甘え」

原作ハムレットはもちろん身内への愛憎に悶え苦しむものの、彼の心はやがて形而上へ、死後や宇宙の次元へと向かい、現実における彼個人の煩悶は、人間普遍に通じる詩的な問いかけへと昇華する。それに対して太宰ハムレットは、個人の問題、自分の親子の問題を、きわめて散文的かつ現実的な次元でえんえん議論するばかり。義父や母に対する愛、尊敬、素直になれない苦しみ、愛されていない(かもしれない)悲しみ、さらに自分の愛が裏切られること、もしくは自分の疑念のために彼らの愛を裏切ることへの恐れを、読者がうんざりするくらい饒舌に語りつづけるのである。

僕は、うらめしいのだ。いつも、あの人たちに裏切られ、捨てられるのが、うらめしいのだ。僕は、あの人たちを信頼し、心の隅では尊敬さえしているのに、あの人たちは、へんに僕を警戒し、薄汚いものにでも触るような、おっかなびっくりの苦笑の態度で僕に接して、ああ、あの人たちは[……]いつでも見事に僕を裏切る。打ち明けて僕に相談してくれた事が一度も無い。大声あげて、僕をどやしつけてくれた事もかつて無い。どうして僕を、そんなに、いやがるのだろう。僕は、いつでもあの人たちを愛している。愛して、愛して、愛している。いつでも命をあげるのだ。けれども、あの人たちは僕を避けて、かげでこそこそ僕を批判し、こまったものさ、お坊ち

ゃんには、等と溜息をついて上品ぶっていやがるのだ。(313—14)

この引用でもそうだが、原作に比べると太宰ハムレットの言葉は、つねに愛されることへの希求と期待にあふれている。そして、この点において、太宰は日本的な「甘え」の感覚をうまく利用し、ハムレットが母と義父に対して抱くこじれた感情・関係に独特のリアリティを持たせているのだ。『「甘え」の構造』で有名な土居健郎によれば、このきわめて日本的な心理は「人間関係において相手の好意をあてにして振舞うこと」であり、自我がしっかり確立されていない日本のような文化で、親子関係において見られることが多いという。たとえば(土居自身も例として挙げるように)大仏次郎の『帰郷』のなかの「肉親だからといって余計に甘えたり憎んだりする日本人の感情だな」という一節にもそれは端的に窺えよう。(9)

『ハムレット』批評において、王子の憂鬱や煩悶、反抗的な態度は、父の急逝や母親の「急ぎすぎた結婚」だけでなく、近代的自我の苦悩、キリスト教信仰の揺らぎ、エディプス・コンプレックスなどの西洋的テーマと結びつけて説明されることが多い。一方、太宰の翻案においては、ハムレットの反抗的な言動は日本的文脈に置き換えられ、「甘え」の本質である「受動的な愛」「求める愛」を内に秘めた主人公が、それを素直に出せずに「甘える」「すねる」「ふてくされる」といった行動をとるものとして説明される。作品のなかで母ガートルードは息子の言動を「甘え」に結びつけてたびたび責める――「ハムレットだって、もう二十三になります。いつまで、甘えているのでしょう」(192)、「いつまでも両親を頼りにして、甘えていけません」(230)、「気障な、思いあがった哲学めいた事ばかり言って、ホレイショーたちを無責任に感服させて、そうして蔭では、哲学者どころか、私たちに甘えてお菓子をねだっているような具合なんですから、話になりません。甘えっこですよ」(265―66)――ばかりか、ハムレット自身も「僕は、甘えているのかも知れない」(223)と認めている。ハムレットが「すねる」ことが多い点も、彼自身だけでなく周辺の人間がよく指摘する。(10) 土居は『続「甘え」の構造』において、太宰文学には(少なくともある時期までは)「甘え」の主題が頻出することを指摘し、それを『津軽』に描かれるような幼少期の体験と関連づけている。その意味では、太宰は自らの文学的主題を『新ハムレット』にもぞんぶんに描きこんでいたことになり、それは彼自身の「私小説かも知れません」という言葉を裏打ちするものでもあろう。しかし、太宰のこうした書き換えが原作の本質をすっかり失うことにつながっているわけではない。「甘え」の根源には母子分離の困難さがあるという意味で、原作ハムレットの、母に対する複雑なエディプス・コンプレックス的感情に通じるところがあるからである。

個人的・家庭的側面の前景化

このような作家自身とのつながりは脇へ置くとしても、『新ハムレット』においては、つねに個人の心情や家族関係が政治や社会の問題より優先される。もちろん原作の設定は借りているので「デンマークが危機的状況にある」という言及はあるが、太宰翻案には、登場人物たちを脅かすような具体的な政治的脅威は最終部まで現われない。政治的要職にあるはずの登場人物もみな、最終的には政治など意に介さぬ様子で、互いの愛と憎悪を語り、個人的な駆け引きや騙しあいに汲々としている。デンマーク国王であるクローディアスは「わしは、弱い！良い政治家ではないやうだ。デンマーク国の運命よりも、一家の平和を愛してゐる。よい夫、よい父にさへなれたら、それで満足なのです」(300) と白状する一方、デンマーク王妃ガートルードも、自分が「こんな歳になつても、まだ、デンマークの国よりは雛菊の花一輪のはうを、本当は、こつそり愛しているのですもの」(261) と口にする。

男のひとは、口では何のかのと、立派さうな事を言つてゐながら、實のところはね、可愛い奥さんの思惑ばかりを気にして、生きているものなのです。立身も、成功も、勝利も、みんな可愛い奥さんひとりを喜ばせたい心からです (264―65)。

というガートルードの言葉も、政治の世界が最終的には男女の愛情に準じ、それに支配されているのだという示唆を含むものである。

小説終盤になり、一発触発であったノルウェーとの開戦およびレアティーズ戦死の急報が入る。さすがの王も危機感と悲嘆の念から、いよいよ「私情を捨て」て戦に身を投じ、政治を優先させる覚悟を口にする。しかしながら、そうしたクローディアスの愛国的興奮も、すぐさまハムレットの疑惑にさらされる。

何か、あったな？ゆうべ、何かあったな？叔父さんの、あわてかたは、戦争の興奮ばかりでも無いやうだ。僕も、うつかり、レアチーズの壮烈な最後に熱狂し、身辺の悶着を忘れてゐた。叔父さんは、御自分のうしろ暗さを、こんどの戦争で、ごまかさうとしてゐるのかも知れぬ。(320)

このようにハムレットは、彼自身もレアティーズ戦死の衝撃で一時的に「身辺の悶着」つまり個人的事情を忘れてしまったことを認める。この台詞は「国・政治」と「個人」の対立軸を読者に意識させながら、結局のところクローディアスが、個人的事情（うしろ暗さ）を公的事情（戦争）に優先させていることを強く仄めかすものである。そして実際のところ、これに先立つ場面でクローディアスは、「あれを、一目見た」（クローディアスがハムレット先王を殺害する場面を目撃した）と告発したポローニアスを口封じのために殺しており、その直後に戦争を起こしている。つまり読者は、ハムレットのこの疑念が正しいことを知っているのだ。このように、作品の最後にいたるまで、一国の政治や戦争が政治的リーダーの私情や個人的動機により決定づけられるという世界観が維持されるわけである。

同時代批判・戦争批判？

太宰は、戦後版「あとがき」において次のように記す。

クローヂヤスに依つて近代悪といふものの描写をもくろんだ。ここに出て来るクローヂヤスは、昔の悪人の典型とは大いに異り、ひよつとすると気の弱い善人のやうにさへ見えながら、先王を殺し、不潔の恋に成功し、さうして、てれ隠しの戦争などはじめてゐる。私たちを苦しめて来た悪人は、この型のおとなに多かつた。[11]

この「あとがき」の信憑性について批評家の意見は分かれる。たとえば山崎正純は、作品発表から五年半を経て書かれた「あとがき」を真に受けるべきでないと示唆する。[12]しかしながら、太宰との交遊録を綴った堤重久が、執筆当時（一九四〇年初冬）の太宰が『新ハムレット』の構想について話した折に「クローディアスについて、新しい悪人の創造に腐心している」と言ったことを記録していることを考えると、[13]それと内容的にかなり合致するこの「あとがき」は、それなりの信頼に値するものだと判断してもよかろう。

また、この引用にある「私たちを苦しめてきた悪人」（「昔の悪人」と対比されるものとしての）という表現は、太宰が漠然とした「近代悪」の描写をもくろんでいたというよりも、彼自身や同世代人

（私たち）と直接関わりをもつ、リアルな存在としての悪人や悪について書こうとしていたことを示唆する。出版当時に書かれなかった「あとがき」を山崎が疑ったことは上で述べたが、しかし逆に見れば、それは「あとがき」の信憑性を裏打ちするものとしても解釈しうる。つまり、太宰はそれが戦時中には危険なメッセージ――つまり同時代の政治や戦争、軍部への批判――を含む、あるいは、そう取られかねないと考え、この「あとがき」の発表を戦後まで待ったという風に考えることもできるわけである。そうすると、本章冒頭に触れた奥野の見解、つまり太宰は「戦争に対して、否定を潜めた無視」を一貫して続けた、という見立ては必ずしも正確ではないことになる。面白いことに、実のところ奥野自身も、「無視」の分析から十五年以上経って執筆した新潮文庫「解題」においては主張を一転させ、『新ハムレット』幕切れについて

当時国をあげて太平洋戦争に向かおうとしている時代、聖戦という大義名分のもと一切の疑いや反戦思想が禁じられていた時、こういう明らかに太宰の戦争反対の考えをこめた台辞を敢えて書いたというのは稀有の例であり、太宰の勇気有る反骨精神に脱帽するよりない。［……］文学史上に残る反戦的作品と言えるだろう。(14)

と述べて、自らの解釈をくるりと翻しているのだ。太宰がどの程度、戦争や軍人批判を意図していたかについては、残念ながら確定することはできないが、「あとがき」が執筆当時の真意を記すものだ

という可能性もある。

また結末以外にも、太宰の個人的な戦争観が反映されていると思われる箇所がある。開戦日（一九四一年十二月八日）の翌日、上記の堤重久が太宰を訪れ、「愛国心、はどうですか」と問うたとき、太宰は「そんなものが、今の軍人にあると思うかね。あるのは、権勢欲だけさ。軍人の奥さんてのはね、たいてい大家の出でね、美人なんだよ」と語ったという。続けて太宰は面白おかしく、軍人が昇進を重ねて奥さんに報告するたびに、また叱咤激励され、さらに上を目指す様子――「なあんだ、あんた、中佐ぐらいで喜んでるの？大佐よ、大佐よ、大佐にならなくちゃあ、お話にならないわよ」「将官よ、将官にならなくちゃあ――。大佐だなんて、あたし、恥かしくて表にも出られないわよ」――を描写し、その結果「ついには大将になるってわけ――。その親玉が、東条だよ」と語った様子が堤の回想録には活き活きと描かれている。[15] この太宰の軍人観は、まさに上で挙げたガートルードの「男のひとは、口では何のかのと、立派さうな事を言つてゐながら、實のところはね、可愛い奥さんの思惑ばかりを気にして、生きているものなのです。立身も、成功も、勝利も、みんな可愛い奥さんひとりを喜ばせたい心からです」と奇妙に重なり合う。[16] おそらく太宰は、東条や、東条のような軍人達への批判をも作品に忍び込ませていたのであろう。

このように、一般には戦争を「無視」したと言われる太宰も、『新ハムレット』にはそれなりの戦争批判・軍人批判を（かなり軽微な形で）織り込んでいた可能性が見てとれる。ただし、国家レベルの戦争の背後には、きわめて私的な動機が存在することを示唆する点で、やはり個人的要素が社会・政治に先行し、それらを左右するという、作品の大きな世界観は一貫しているわけである。全体として、『新ハムレット』の登場人物たちの繰り広げる、じつに賑やかな言葉と感情の合戦に、そうした政治的要素はかき消されてしまうのだ。

大岡——政治・社会の前景化

大岡翻案『ハムレット日記』は、太宰とは正反対の方向へ向かうものだと言ってもよい。「エルシノアの宮廷の陰謀の中で、世継王子として、父王を慕う軍人どもを後楯として、父の讐を討つと共に、デンマークの王座をねらうマキャベリストのハムレット、その試練と没落を描こうとした」(「後記」、124—25)——作者自らがこう述べるように、大岡は〈文学のモナリザ〉の異名を持つ原作の多くの「顔」のなかから、政治劇の側面に着目し、政治的観点から、さらには政治の場としての社会的観点から劇を徹底的に原作を読みかえた。それゆえ大岡版のデンマークには、対外的にも内政においても緊迫状態に置かれた軍事国家としての側面が際立つ。その政治的空気をピンと張り詰めたものにしている最大の要因は、デンマークと海を隔てた隣国ノルウェイとの政治的緊張関係である。たしかに原作でも、ハムレット先王がノルウェイから奪った領土をめぐる両国の対立関係は存在するが、大岡は翻案化にあたりこの部分をクローズアップしたのだ。

事実デンマークは日夜軍備に狂奔している。国中の鍛冶屋は動員されて、急遽、砲身鋳造に精出している。レアティーズがフランスに派遣された目的の中には、小銃購入が含まれているという。また作戦中、引続き海峡に停泊するフォーティンブラスの船団に備えて、多数のガリー船建造が内海側の諸港で進行している。(192)

また、とりわけノルウェイ軍がポーランド侵攻途上にデンマーク領内を通過することの危険性がしばしば強調されるが、「戦後のアメリカ軍による被占領経験から来たもの」[17]という大岡の説明もあるように、そこには戦後日本を生きた作者自身の経験が活かされている。これ以外にも、政治が国民生活や経済に影を落とす様子――たとえばクローディアス王の愚かな政策が国民生活や経済に影を落とす様子――が細かく描きこまれて小説のリアリティを高めている。全体として大岡は、作品に戦時中のような緊張感を与え、『ハムレット』の宮廷政治劇に格好の背景を供するのである。なかでもハムレット王家の住まうエルシノア城は、権謀うずまく宮廷政治の磁場として浮かび上がる。

政治的側面を前景化する大岡のこの書き方は、なにも状況や場面の設定に限ったことではない。翻案化の全過程において、原作の社会的次元・政治的次元が拡大され、それらこそが劇アクションをつき動かす原動力として提示される。さらに登場人物の各々にも政治的動機が与えられ、彼らの行為が政治的観点から説明し直される。かくして大岡流の『ハムレット』は、もはや「心を決められなかった男」の性格悲劇[18]ではなく、まずなによりも政治と権力闘争の悲劇、政治や社会が人間を巻き込んで引き起こす悲劇として再提示されるわけである。

マキャベリストとしてのハムレット

そんな政治悲劇のヒーロー・大岡版ハムレットが、ちまたに流布するイメージのような〈心優しき悩める王子〉とはまったく異なる人物に仕立て直されていることは容易に想像がつくであろう。彼は、あくまで〈行動者〉〈政治家〉として周囲を虎視眈々と観察し、思案し、策をめぐらし、しかし最後には狂気に陥り死んでいく政治人間となっている。そのマキャベリストぶりは、たとえばハムレット先王の幽霊出現の噂に対する彼のリアクションのなかに端的に窺える。原作における幽霊は、複数場面で複数人物に目撃され、ハムレットと舞台上で会話も交わすことからも、(正体はさておき)「確かに実在する」幽霊として観客には認識される。ところが大岡翻案における幽霊はその実体性を奪われ、先王ハムレットを慕う見張り兵たちが現国王への反逆を扇動するためにでっちあげた虚構の存在として、政治的動機の生みだした言説の一部へと変質している。そして、この実体のない幽霊の噂を耳にした王子は、見張り兵の魂胆を見抜きながらも、自らの復讐計画達成のためにあえてそれが見えるフリをし、「幽霊と話をした」と嘘をつきさえする。つまりハムレットにとって父の幽霊(の噂)とは、自らの政治的計略の道具だて以外のなにものでもないのである。このような幽霊をめぐるプロットの処理を見るだけでも、大岡の政治的翻案化の方針と、主人公ハムレットのマキャベリストぶりは明らかであろう。ハムレットに限らず他のキャラクターも政治的に脚色される。たとえば原作のレアティーズは父と妹を殺された恨みに憤る青年だが、大岡翻案では、そうした個人的動機で動く人物というよりも、民主主義代表として民衆を率い、国王の座をねらう一政治勢力へと書き換えられる。

太宰への反発？

さて、こうした大岡の翻案のあり方に影響を及ぼした可能性のある、まったく別次元の事柄として、太宰に対する意識にも言及しておこう。大岡は、一九七四年に行われたインタビューのなかで「同世代」の作家である太宰について次のように述べている。

そう、太宰は初めからぼくは嫌いなんですよ。あの甘ったるい文体がね。小林さんの近所にいた時にちょうど『晩年』が出てね、献辞が書いてあったと思うな。「招きに応じて、輝く王子、ほほえみながら歩み出ず」とかいうんだけど、ぼくはそういう文壇的なあまったれ根性が大嫌いなんですよ。それでも『晩年』は小林さんに借りて読んだら、割合面白かったですが……。そうだ、『実朝』がひどかった。あれっきり読まないんです、戦後までは。(19)

ここで大岡は『新ハムレット』に言及しているわけではないものの、同世代作家の太宰が同じ悲劇を翻案化していたのを知らないとは考えにくい。とすれば、大岡が意図的に太宰とは異なる方向へ書き換えようとしたとしてもまったく不思議はない。つまり本章が指摘している二人の翻案の対照的性質は、部分的には大岡が意図的に作り出したものということになる。太宰の翻案が、志賀直哉や坪内逍遥を意識して作られている可能性については下で述べることになるが、『ハムレット』翻案を介して、日本人作家同士の影響関係がみられるのも面白いところである。

3　西洋・シェイクスピアとの関係

以上、二つの作品の翻案化の特徴を対比的に考察してきた。各作品のより詳細な分析は国文学の研究領域にまかせるとして、以下では、二人の翻案化の違いを、英国作家・西洋作家シェイクスピアと日本人作家との関係性という面から、とりわけ「影響の不安」という概念を参考にしつつ考察してみたい。

上でも何度か言及したハロルド・ブルームは、一九七三年の著書『影響の不安』において詩人間の影響関係を論じる。(20) 先行する大詩人を父親的存在に、遅れて登場する詩人を息子的存在になぞらえながらブルームは、後進の詩人が感じる不安と葛藤をフロイトのエディプス・コンプレックス理論により説明する。その説明によると、後進の詩人はつねに先行する大詩人の影におびえ、その大詩人が自分の詩作に影響し、自由な創造を阻んでいるのではないかという「影響の不安」に脅かされている。そのため彼らは、その先行詩人をあえて誤読・歪曲・曲解することで創造的訂正を行い、自らの表現空間やアイデンティティを確保しようとする。つまり後続詩人の作品には「影響の不安」の痕跡が隠されているというのである。[21]

もちろん、詩の影響を論ずるブルームの理論を、日本人とシェイクスピアの関係という異なる次元の議論に不用意に持ち込む危険性は承知している。しかしながら、明治以降の日本人が西洋文明の近代性や先進性をつねに意識し憧れつつも、それらに対してある種の威圧感とコンプレックスを抱いていたこと、さらに日本の近代作家たちが西洋文学、とくにその代表格とも言えるシェイクスピアを読みつづけ、翻訳や翻案を繰り返したことを念頭におくとき、ブルーム理論における先行詩人と後続詩人との関係性に似たものを、シェイクスピアと日本人作家との関係性のなかに見出すことはかならずしも的はずれとはいえない。『影響の不安』の日本語訳を手がけた小谷野敦氏も、日本近代の小説家たちが、あるいは日本の近代文学そのものが、西洋文学に対する「影響の不安」を抱えているという旨の指摘をしている。[22] 以下では、大岡と太宰にとってシェイクスピアや悲劇『ハムレット』はどのような文化的意味を有したのか、また彼らがそれに対して何らかの形で「影響の不安」に似た感覚を抱いていたのかといった問題について考える。

太宰にとっての『ハムレット』とシェイクスピア

序論でも挙げた引用であるが、井伏鱒二あての書簡によれば、太宰は『新ハムレット』執筆前には「舶来品よりも、すぐれた純国産飛行機を創ろうという意気込みありました」と述べている。この言葉づかいは、太宰が西洋由来のシェイクスピアにライバル心を燃やしている様子を窺わせるわけだが、しかし続けて彼は「けれども事後に於いては自分の現在の力の限度を知りました。之はありがたい事だと思つて居ります。[……] いさぎよく観念しているところがあります」と述べ、さらに作品「はしがき」にも次のように記す。

> 沙翁の「ハムレット」を読むと、やはり天才の巨腕を感ずる。情熱の火柱が太いのである。登場人物の足音が大きいのである。なかなかのものだと思つた。この「新ハムレット」などは、かすかな室内楽に過ぎない。[23]（187）

ここでの太宰は、翻案化に際して『ハムレット』と直に対峙した結果、原作の優越と力を認め、それに全面降伏の白旗をふっているかのようにも聞こえる。しかし、彼のあまりにもあっさりとした屈託のない言葉づかいには、逆に太宰が実のところシェイクスピアをさほど気にかけていない、つまり激しい競合心も劣等感もさして強く意識していない、そんな自由でこだわりのない姿勢も感じとれはしまいか。小田島雄志も指摘するように、太宰にとってシェイクスピアは「時間、空間、あるいはその文学世界の距離があまりにも遠すぎる」ため、強いコンプレックスや複雑な思いでがんじがらめになる必要がなかったのではないだろうか。[24] 堤の回想録などを読むと、太宰が西洋の文学者や画家についてきわめて深い造詣をもっていたことは分かるのだが、彼らについて語るときの太宰の口ぶりは、日本の作家を語るときに比べると、全体として屈託のないものであるように感じられる。

さらに、西洋に対する太宰の意識を考えるうえで、「東京」という概念（場所）も手がかりになるだろう。奥野健男は、太宰理解の鍵として、彼の「津軽の田舎出身」に由来する劣等感と東京コンプレックスを指摘し、それらの克服という目標が太宰をして「東京よりもっと文化の高い西洋文学や東西の古典の勉強」へ向かわせたと述べている。[25] つまり、太宰をより切実に脅かしていたのは東京人や東京文化であって、シェイクスピアや西洋文学の豊かな文化的資本は、むしろ彼がそうした東京コンプレックスを克服するための有難い「手段」ともなりえたわけだ。そう考えると、上の引用における太宰のシェイクスピアに対するこだわりのない言葉づかいにも納得がゆく。だからこそ太宰は、ほとんど不敬とも思われるほどの大胆さで原作を換骨奪胎し、シェイクスピア的交響楽に対する、太宰なりの「室内楽」を作ることができたのだろう。

大岡と西洋文学

では、大岡昇平にとってのシェイクスピアとはいかなる存在か。フランス文学、とりわけスタンダールの優れた翻訳家・研究者であった大岡は、本人自らも「若年から西欧の思想と文学の影響裡に育ち、そのよりよい摂取を自己の成長と考えて来た人間です」と自らが強い西洋崇拝者であることを認める（「わが文学に於ける意識と無意識」：238）。彼は他の西洋作家と並んでシェイクスピアを信奉し、「おお、偉大なるシェイクスピアよ。人類は大兄ほど、神に近い人間を生んだことはなかった。王様にも、将軍にも、娼婦にも、道化にも、精霊にさえも、大兄は性格と台詞を与えられた」といった強い賞賛の言葉も送っている（「アメリカのシェイクスピア」：8）。しかしながら、こうした大岡の想いが素朴な崇拝の念にとどまるものではなく、政治的バイアスを受けていることは、次の一文にも窺えよう。

大兄の言葉の十分の一も理解しない極東の一読者の敬意を受けられよ。そして彼の祈りに似たる敬意に、いくらかの真実があるならば、フジヤマとチェリイ・ブラッサムの国の、ワンマン首相から原爆被害者にいたるまで、大兄のヴァースの豊富と響きをもって、語らせる力を彼に与え給え。（「アメリカのシェイクスピア」：8）

ここで大岡は、文化政治学的な世界地図の上で、文化先進国としての西洋・英国にシェイクスピアを位置づけて仰ぎみる一方で、自らを文化的に「遅れた」東洋・日本に見出し、やや自虐的に対比させているように感じられる。こうした「遅れた国の自分」を意識する卑屈な態度は、大岡の他の随筆類にも散見される。アメリカのロックフェラー財団の奨学資金を受けた大岡を、ある批評家が「大岡は戦争の俘虜になっただけでは飽き足らず、こんどはアメリカの文化的俘虜を志願した」と評したのだが、大岡はそのエピソードを後で引用し、自らの「文化的俘虜」たる立場を自嘲的に語る。彼はさらに続けて、アメリカ留学の際に乗った船上で自分の切符をつまみあげたアメリカ人の手つきに「俘虜または荷物なみの扱い」を感じたことも記している（「旅の初め」：132—33）。大岡はつねに文化的後進国の日本人、戦争における敗者・囚われの身としての自分を忘れることはできずにいたようである。

とはいえ大岡は、そうした劣等感にただ手をこまねいているだけの弱い人間でもなかった。

日本は戦争には負けてしまったが、もし文学の領域で、彼等にとって未知の題材を実現することができれば、文化によって、勝つことができる（——これがこの作品を二十四年に書きはじめた頃、ひそかに持っていた判断であった、ということをこの機会に書いておきます）。（「わが文学における意識と無意識」：237—38）

『野火』執筆の動機がこのように記されている。しかし、これはなにも『野火』執筆に限ったことではない。というのも、同じ文章の後のほうで大岡は、自らの文学活動一般の動機としても「敗戦から来る負け惜しみ、歪んだ愛国心」を挙げ、それがなければ「世界文学に伍せんというような法外な願望」を抱くことはなかったろうとも回顧しているのだ。つまり、大岡にとって「文学」を書く行為とは、西洋に対する政治的・文化的劣等感を払拭し、西洋の支配下にいるという囚われの身の感覚から自分自身を解き放つ行為にほかならなかったのではないか。彼が実質的に創作活動を始めたのが敗戦後のことであるのも、そう考えると説明がつくだろう。大岡は『ハムレット日記』執筆についての明確な動機は述べていない。しかし、このような事情を念頭におけば、そして、とりわけ大岡が『ハムレット日記』執筆を考えついた年が、『野火』創作動機を記したのと同じ一九四九年であるということを踏まえると、彼があえて西洋文学の権威の象徴ともいえる悲劇『ハムレット』を対象に選び、その書き換えを試みたことには大きな意味が見出せるだろう。彼は『ハムレット』翻案化という創作行為を通じて、自らのなかにある文化的不安やコンプレックスと折り合いをつけ、それらを克服しようとしていたのではなかろうか。序論で説明したように、そもそも「翻案化」という行為自体そのものが、原作に対するアンビバレントな関係を内包するものである。いかに翻案作家が原作の優越と中心性を認め、崇拝していたとしても、それを書き直して自らが新たな「作者」になるということは、すなわち原作者を脱中心化し、原作の絶対的立場を転覆させようという挑戦的な行為にほかならないからだ。(26)

そしてその具体的な方法として大岡は、上述のように原作の方向性を一方へとおし曲げて政治的側面へ力点を置き換え、さらに彼自身の戦争体験を書き込むという方法によりブルームの言うところの「創造的訂正」を行ったのである。もちろん翻案の性質上、原作『ハムレット』のもつ権威に乗りかかり、それに頼りつつのことではあるが、大岡はこうして自らの目的を果したといえるだろう。

4 『ハムレット』批評としての意義

大岡――政治的まなざしとその先進性

すでに述べたように、ちょうど大岡の翻案が執筆された二十世紀半ばというのは、欧米の『ハムレット』批評が一大転機を迎えていた時期でもある。それ以前の批評家たちは、とくにロマン主義的傾向のもとにハムレット王子の個人的な苦悩や葛藤に共感し、彼の性格や心理のみに注目しすぎた結果、悲劇『ハムレット』の政治的・社会的な側面や王子の政治的な顔を見落としてしまう傾向にあった。ところが第二次世界大戦の頃から、おそらくは戦争という最大の政治事件の体験を踏まえて、新しい批評的関心が生まれてきた。それは『ハムレット』劇やその主人公のもつ政治性に着目し、それを解釈の核に据えようとする動きである。たとえばドイツの劇作家ベルトルト・ブレヒトは、軍隊動員や軍事侵略といった観点から、この悲劇に第二次世界大戦を重ねて解釈した。[27] また序論でも触れたポーランド出身の批評家ヤン・コットも『シェイクスピアはわれらの同時代人』において、スターリニズムや冷戦構造下における自身の政治体験を手がかりにシェイクスピア劇の現代性を解釈し、一九六〇年代以降の上演・批評に大きな影響を与えた。大岡の『ハムレット』観というのは、そうした新しい批評の動向とまさに肩を並べる、あるいはそれに先行するものであり、おそらく自分自身に激烈なる戦争体験をもつ大岡が、世界大戦を契機に世界に広がりつつあった時代感覚や、批評界における政治への関心のシフトを共有し、それを翻案小説という形で表現したという点は注目に値する。

大岡は一九六二年に発表した『現代小説作法』においてハムレットを論じる（第十一章）が、そこで「青白きハムレット」という古典的見解から、フロイト的な解釈、さらに当時「最新」のフランシス・ファーガスンの『ハムレット』論にも触れている。[28]『現代小説作法』は『ハムレット日記』出版よりも数年遅れるものであるため断定はできないが、おそらく大岡は翻案執筆時においても、すでに海外の主要な『ハムレット』批評を踏まえて自らの目指すハムレット像を意識していたのではなかろうか。そうした学術的なアプローチもまた、太宰とはずいぶん異なるものである。

太宰――パロディによる諷刺

彼の翻案作品全般にいえることだが、太宰は原作の権威に乗りかかりつつも、それを笑いに変えて自己表現を行うというパロディの手法に長けており、それによって独自の表現空間を確保している。シェイクスピアのデンマーク王家をめぐる「古典的名作」をどこにでもありそうな卑近な家庭物語へと減じ、原作から高貴で壮大なスケールを奪い取ることにより、原作の権威・名声をいわば「骨ぬき」にして笑うという、パロディのごく一般的で古典的な戦略を太宰はとっているわけだ。つまり序論で紹介したドゥシャンの絵に似ているともいえよう。太宰自身も、自分の翻案が原作との比較を通じてさらに魅力を放つものであることを自覚していた。だからこそ「はしがき」に「沙翁の『ハムレット』を読み返し、此の『新ハムレット』と比較してみると、なほ、面白い発見をするかもしれない」とわざわざ記したのであろう。

コミカルに戯画化される王子

太宰が誘い出すユーモアは無邪気なものばかりではない。シェイクスピアの原作やその批評に対する鋭い批評性や諷刺性を帯びた毒のある笑いが時として惹起される。明らかに太宰はハムレットを「高貴な悲劇の王子」の座から引きずり下ろそうとしている。原作におけるハムレットは、皆の崇拝の的の貴公子。愛する男性の変わり果てた姿を嘆き、オフィーリアは描写する。

オフィーリア　ああ、高貴な心が、今はもう壊れてしまった。
宮廷人、文人、武人の、目も、お言葉も、武芸も、
美しいわが国の希望の薔薇の花であったのに、
流行の鏡、礼節のお手本として
皆の注目の的であったのに、ああ、すべて台なし。
そして私、あの方の誓いの言葉の甘い蜜を吸った私は、
いちばん惨めで哀れな女。
あの高貴な理性を備えたお心が、まるで壊れた鐘のように、
調子はずれの耳障りな音を鳴らしているのを聞かなければならないし、
あの咲き誇る花のような比類なきお姿が、狂気に枯れ果てるのを
見なければならないなんて。(3.1.149-59)

そんな貴公子ハムレット、文学者の憧れの的が、太宰の筆にかかっては滑稽で陳腐な人物へと仕立て直され茶化される。太宰のオフィーリアは恋人について次のように語る。

ハムレットさまに、ただわくわく夢中になって、あのおかたこそ、世界中で一番美しい、完璧な勇士だ等とは、決して思って居りません。失礼ながら、お鼻が長過ぎます。お眼が小さく、眉も、太すぎます。お歯も、ひどく悪いやうですし、ちつともお綺麗なおかたではございません。脚だって、少し曲がって居りますし、それに、お可哀さうなほどのひどい猫背です。お性格だって、決して御立派ではございません。めめしいとでも申しませうか。［……］ご自分を、むりやり悲劇の主人公になさらなければ、気がすまないらしい御様子でありました。(269―72)

このように、文学界の貴公子・伝説の悲劇的ヒーローであるはずのハムレットは、コミカルな戯画化によって辛らつな笑いに供される。ここでの太宰の心憎さは、こうした笑われ者ハムレットのなかに「歯が悪く、マユも太すぎる」(269)などという、明らかにそれとわかる彼自身の自画像をも混ぜ込ませていることである。自分を読者の笑いに供しつつも、文学界でもっとも有名なプリンスの座にちゃっかり自らを据えるという、さりげなくも大胆不敵な太宰流のいたずらなのである。とくに上の「悲劇の主人公」という表現は、彼の芝居がかった行動や自意識過剰な身振りを槍玉に挙げる。

ハムレットさま、あなたはすこし詭弁家よ。ごめんなさい。だって、あなたのおっしゃる事は、みんな、なんだかお芝居みたいなんですもの。甘ったるいわ。ごめんなさい。あなたは、いつでも酔っ払ってるみたいだわ。ごめんなさい。しょってるわ。いやらしいわ。(311)

読者は「いつも酔っ払ってるみたい」な「詭弁家」太宰をこの描写に重ねてニヤリとさせられる。それと同時に『ハムレット』がじじつ「お芝居」であるという読者の知識を利用して、太宰は王子の一連の「芝居」がかった言動――ハムレティズムとして第三章でも言及したもの――を当てこするのである。

さらに、ハムレティズムのまた別の側面である自殺願望も笑いの種とされる。死への希求と死後の恐怖のあいだで揺れ動く繊細な王子の苦悶は、太宰ハムレットの最後の行為により徹底的にパロディ化されるのだ。『新ハムレット』の終盤、「可愛想なお父さん。きたない裏切者の中で、にこにこ笑って生きていたお父さん。裏切者は、この、とほり！」と叫ぶハムレット。いよいよ復讐を決行したかと思った読者は次のクローディアスの台詞で見事に裏切られる。

あ！ハムレット、気が狂つたか。短剣引き抜き、振りかざすと見るより早く、自分自身の左の頬を切り裂いた。馬鹿なやつだ。それ、血が流れて汚い。それは一体、なんの芝居だ。わしを切るのかと思つたら、くるりと切先をかえて自分自身の頬に傷をつけ居つた。自殺の稽古か、新型の恐喝か。（320―21）

太宰ハムレットが小説最後で残す印象は、復讐を決行しきれず、代わりに自分の頬をちょこっと切りつけ、「汚い」血を流す「芝居がかった」「馬鹿な」王子の姿なのである。

ハムレット崇拝の伝統に対する批判

さらに踏み込んで言うならば、太宰の笑いの矛先は、ハムレット王子を偶像視し、文学の御本尊よ、悲劇のプリンスよと崇め奉ってきた文学的伝統そのものにも向けられている。太宰ハムレットの「僕一人の愛憎の念に拠って、世の中が動いているものでもないんだしね」(179)という言葉などは、ハムレット王子の苦悩のみが世の一大事とばかりに共感し、心酔したロマン派的批評家に対する揶揄とも、そうしたハムレット偶像視の伝統に対する当てこすりとも読むことができる。クローディアスが、ポローニアスを批判して言う、

そんな気取った表情は、およしなさい。ハムレットそっくりですよ。君も、ハムレットのお弟子になったのですか?さっき王妃から聞いたことですが、このごろあちこちにハムレットのお弟子があらわれているそうですね。[……]ハムレットも、こんなにどしどし立派な後継者が出来て、心丈夫の事でしょう。(294)

という非難の言葉もまた、ハムレットに影響され、王子の身振りに心酔する偶像視の伝統を揶揄しているのかと深読みしたくなってしまうのである。志賀、小林の翻案が英米の『ハムレット』批評に対して有する先進性については上に述べたが、太宰翻案もまた(作者本人が意識していようといまいと)

『ハムレット』批評、とりわけロマン主義的批評の伝統に対する批判としても機能することになる。パロディの種にされるのは主人公だけでない。たとえばハムレットの母ガートルードは、原作においてはクローディアスが兄王殺害を犯す一因ともなる魅惑的な魔性の女性であり、その再婚とセクシュアリティが息子ハムレットをひどい煩悶へと追いやることになったわけだが[29]、太宰版においては「総入歯」(226)のおばあさんと描写され、彼女の再婚も「茶飲み友達でも作るような気持ちでした結婚」(224)だと息子に笑い飛ばされる。

日本的な文脈

全体として、太宰は原作『ハムレット』の有する文学的なパワーや権威、つまり「天才の巨腕」を十分に知りつつも、こだわりがないだけにかえって自由に原作と戯れ、パロディ化を通じてまさにその原作の権威や名声を切り崩すことに成功しているのである。そして茶化される対象は、原作およびその批評伝統だけではない。おそらくは太宰がより身近に感じていた、シェイクスピア関係の日本の権威者もまた揶揄の対象となる。たとえば、日本で初めてシェイクスピア全翻訳を成し遂げ、日本のシェイクスピア受容における父的存在として仰がれる坪内逍遥である。翻案化に際して、太宰はこの逍遥の『ハムレット』訳を使っているわけだが、「坪内さんも、東洋一の大学者だが、少し言葉に凝り過ぎる。すまいとばし思うて?とは、ひどいなあ。媚びてるよ」(203)と、坪内訳の言い回しをおちょくる箇所がある。さらに太宰は「はしがき」でこの部分について「博士のお弟子も怒つてはいけない」とあえて注意を喚起することにより、多くの弟子を持つ逍遥の権威に当てこするのである。

さらに、太宰が死ぬまで憎んだ志賀直哉はどうであろうか。両者の確執は夙に知られるので、ここでは簡略に述べるにとどめる。ことの発端は、志賀が二度（一九四七年、一九四八年）にわたって座談会で太宰を批判したことである。それに対して太宰が一連の「如是我聞」（一）（三）（四）で志賀に応酬し、志賀文学や志賀本人を言葉汚くののしった。しかし結局、太宰は「如是我聞」（三）（四）が活字になる前に自ら命を絶ってしまう。太宰が本心では志賀を深く尊敬し、この老大家に褒めてもらいたかったのに、逆に批判されてしまったため激昂して罵詈雑言を投げつけたというのが一般的な理解である。[30] そんな志賀が一九一二年に発表した「クローディアスの日記」を太宰が知らなかったはずはない。現に『新ハムレット』の執筆当時、小山清が志賀作品に言及した際に、太宰は自分の作品は「もつと新味のあるものだ」と語ったという。[31] さらに、志賀に対する悪態のかぎりを尽くした遺稿「如是我聞」（四）においても、太宰はわざわざ「クローディアスの日記」を挙げて「失敗作」とけなしている。もちろん『新ハムレット』執筆の年、一九四一年の段階では二人の対立はまだ表面化していないとはいえ、こうしたことを念頭におけば、太宰が『ハムレット』翻案化を通して、すでに同悲劇の翻案化を手がけた先輩志賀を強く意識し、対抗心を燃やしていたであろうこと、志賀という文壇大御所の権威を『ハムレット』の背後に感じていたであろうことはほぼ確実だ。堤の回想録によれば、太宰が一九四二年晩秋の段階ですでに「「如是我聞」にあるのと、そっくりの言葉」で志賀を批判したというから、その一年前にすでに似たような感慨を抱いていたとしても不思議はなかろう[32]。

志賀は『クローディアスの日記』において、自らが深く感情移入したクローディアスを短編の視点人物に設定したわけだが、太宰は戦後の「あとがき」において、クローディアスをあえて「近代悪」の象徴と位置づける。ここにも、志賀に対する対抗意識が働いていた可能性はある。上掲の戦後版「あとがき」に記されたクローディアス像――「昔の悪人の典型とは大いに異なり、ひょっとすると気の弱い善人のようにさえ見えながら［……］私たちを苦しめて来た悪人は、この型のおとなに多かった」――には、日本の軍部のリーダーだけではなく、あるいは志賀の姿が重ね合わせられているのだろうかとさえ疑いたくなってしまう。

同じく『ハムレット』の翻案化を先に行っていた小林秀雄についてはどうであろうか？鶴谷憲三は、太宰が一九四七年のある座談会で「僕は昨夜小林の悪口をさんざん言つちゃつて、今日は言ふ気がしないな」と語っていたこと、しかしながら『女の決闘』（一九三〇年）の寄贈者リスト四十名のなかには小林の名前があったことなどを指摘して、「太宰が小林秀雄という存在を意識していたことは確かと思われる」と断言する[33]。以上のことも考え合わせると、太宰にとって『ハムレット』やシェイクスピアに付随する権威やパワーは、ひょっとすると原作そのものからではなく、むしろこうした日本的文脈、彼に身近な日本文学界や文壇関係者を経由してこそ、より切実に感じられたのかもしれない。

ここに、幼少時から西洋思想の洗礼を受けただけでなく、実際に戦場でアメリカ兵に捕らえられて西洋の力を文字通り「肌で」感じていた大岡との明らかな差が窺えるのである。

おわりに

以上、二つの『ハムレット』翻案を取り上げ、二人の書き換え方の違いと、『ハムレット』批評との関連性、さらにシェイクスピアや西洋文化に対する姿勢や関係についての比較論考を試みた。タイトルの「股倉」という言葉を使って整理しなおすなら、太宰は股倉から『ハムレット』をのぞき込み、家族との葛藤や人間関係にもがき苦しむ自らの姿、そうした人間ドラマの滑稽さや愚かさを毒のあるユーモアで活写しつつ、さらに戦時中の日本の状況への批判もさらりと織り込んだ。一方の大岡が、股倉の向こうに見出したものは、戦争中に彼を屈服させた西洋の力と政治性の象徴である。尊敬、劣等感、競合心、報復心の入りまじるアンビバレントな眼差しで『ハムレット』をのぞき込んだ大岡は、そこに彼の文学観の礎となる政治と権力のドラマを見出した。上でも触れたコットは、シェイクスピアの『ハムレット』を海綿（スポンジ）に喩え、「この劇はすぐさま我々の時代の問題を吸い込んでしまう」と指摘する。[34] なるほど、大岡と太宰の『ハムレット』翻案をひと絞りするだけで、両作家の文学観や感受性はもちろん、西洋に対する文化政治的な意識、同時代日本の社会や文壇に対する思いなどがたっぷり吸い上げられている様子が明らかになる。それは、次章で取り上げる久生十蘭の翻案においてさらに顕著になるのである。

注

（1）太宰治『新ハムレット』187頁。本作のみならず中期の太宰作品には、東西の古典や民話を下敷きにして、その枠組を借りつつも、そこに作者自身の空想・解釈を織り込んで独特の世界を生み出すスタイルが多い。なお、「あとがき」を除く太宰の他作品についても、すべて同じ筑摩書房の全集からの引用とし、以下では引用末尾に（必要ならば作品名と）ページ数を付す。

（2）しかし仕上がりに満足しなかった大岡は、二十五年後の一九八〇年になって、さらに手を加えたりもしている。

（3）赤木、7頁。

（4）重要な記述なので、いちおう長い引用を載せておこう。「太宰と戦争、彼の中期は日中戦争開始とともに始り、敗戦とともに終っています。それなのに彼の作品の表面には、ほとんど戦争が直接に出ていません。彼はついに一篇の戦争小説も、戦争礼讃の小説も書かず、また従軍作家にも、御用文学者にもならなかったのです。戦争に対して、否定を潜めた無視、これが彼の一貫した態度です」（奥野『太宰治論』123頁）。

（5）開高、107頁。なお、『わが文学生活』と「作家の言葉」を除く大岡の他作品についても、すべて筑摩書房の全集からの引用とし、以下では引用末尾に（必要ならば作品名と）ページ数を付す。

（6）大岡『わが文学生活』172頁。

(7) 亀井、2頁。

(8) 『新ハムレット』においても「ハムレット王家の…優柔不断な、弱い気質」への言及がある(195頁)。

(9) 土居『続「甘え」の構造』52頁。

(10) ホレイショは「ハムレットさま、失礼ですが、あなたは少し、すねています」(228頁)と進言する。ガートルードも「泣きべそをかいて、ひとりで、すねているのです」(265頁)、オフィーリアも「ハムレットさまが、ひとりでひがんで、すねて居られるものだから」(311頁)とそれぞれ彼の「すねる」癖を指摘する。

(11) 太宰「あとがき」289頁。

(12) 山崎、5頁。

(13) 堤、33頁。

(14) 奥野「解題」292頁。

(15) 堤、83頁。

(16) 一九四二年二月にも、同じく「男って、みんな、女に弱いからね。殊に軍人は、奥さんに弱いからね。あんた、戦争、もうやめてよ、肉もたべられないし、洋服だって、作れないじゃないの。そんなこと、軍人の主人に、ぶうぶういってごらん。主人の、作戦会議の意見も変ろうというもんだ」と太宰が語ったことが堤により記録されている(91頁)。

(17) 大岡「作家の言葉」76頁。

(18) ローレンス・オリヴィエ映画(一九四八年)の冒頭で「これは心を決められなかった男の悲劇であ

る」というナレーションが入る。性格悲劇解釈の核となる台詞である。

(19) 大岡『わが文学生活』146頁。「小林さん」とは小林秀雄のこと。大岡は高等在学中に小林秀雄からフランス語を学んで以来、彼の「弟子」のような存在であった。

(20) 詩人間の影響関係を論じる批評は、Bloom の他に W. Jackson Bate の *The Burden of the Past and the English Poet* (1970)がある。出版年だけを見ると Bate が Bloom の「先行者」のようにも見えるが、二人は互いに「影響」を与え合って理論を展開させたと考えるのが妥当なようである(小谷野、297頁)。

(21) ブルーム理論の骨子を述べた箇所の小谷野訳を付しておく。「詩的影響は――二人の強い、真正な詩人が関わる時は――いつも、先行する詩人を誤読することによって進む。誤読とは、実際、必然的に誤解である創造的訂正なのである。実りある詩的影響の歴史とは、ルネサンス以来の西洋詩の主流の伝統のことなのだが、不安と自己救済の戯画の、歪曲と、曲解の歴史であり、勝手な修正主義であり、それなくしては、現在そうであるような現代詩は存在しえないであろう」(59頁)。

(22) 小谷野、12―18頁。

(23) 堤によれば、執筆当時に太宰は「シェイクスピヤは足音が高いのですよ。大股で、ドン、ドン、ドン、歩くんだな。ほんとに、ドン、ドン、ドン、ていった感じなんだ」とも述べている(8頁)。

(24) 小田島雄志、54頁。シェイクスピアに関する太宰の言葉づかいについて批評家の見解は分かれる。たとえば塚越和夫は、太宰が「『天才の巨腕』の前にひたすらひれ伏しているのではない自分の姿勢を示し」ていると考え「太宰の自信の現れ」を読み取る(101頁)。さらに津久井秀一は、表面的な「賛辞」と「謙遜」の裏に、原作に対する太宰の批判的視点を読み取る(79―80頁)。

(25) 奥野健男「太宰治文学入門」7―8頁。
(26) Daniel Fischlin and Mark Fortier, pp.5-7. Julie Sanders, pp.45-62.
(27) Bertolt Brecht, pp.201-2.
(28) 大岡は同書において、ファーガスンの『演劇の理念』(Francis Fergusson, *The Idea of a Theater: A Study of Ten Plays, The Art of Drama in a Changing Perspective*) を多く引用している。
(29) それが如実に現われるのは、第三幕第四場における、母親の性生活に病的なまでに執着する台詞である。
(30) たとえば尾崎一雄は、「太宰君は、志賀直哉を尊敬してゐた。このことは、昔からの彼を知つてゐるものは、みな知つてゐる。また、志賀直哉にほめて貰ひたかつたでもあらう。……しかし、ほめて貰えなかつた。反対に、軽くではあるが、不評を受けた。屈辱感の集積が、つひに激発して『如是我聞』になつた」(573)としている。
(31) 関井光男、480頁。
(32) 提、150頁。
(33) 鶴谷憲三、226頁。
(34) Jan Kott, p.64. このコメントは舞台上演の文脈においてなされているものの、舞台以外の受容全般にも十分に通用するであろう。

第5章……久生十蘭「ハムレット」——政治的アレゴリーを読み解く

はじめに

敗戦後まもない一九四六年、日本は連合国軍の占領下にあった。国土は荒廃し、国家のゆくえも天皇制のあり方も見通しが立たない……そんな状況下で『ハムレット』翻案小説に国と昭和天皇を想うメッセージを隠し込んだ作家がいた。久生十蘭である。彼は敗戦・占領のトラウマを背負って『ハムレット』を股倉から眺めた。そしてこの悲劇を祖国日本の運命の寓意として中編小説に仕立て直し、ハムレット王子に相当する主人公に昭和天皇の姿を重ねたのである。本書ではこれまでに、漱石や大岡らが、憧憬するシェイクスピアや『ハムレット』に対して対峙的・挑戦的なスタンスを示したことを確認してきたが、本章で扱う久生十蘭は、他の作家とはまた異なる独自の態度で『ハムレット』へのアプローチを図っている。そもそも彼は『ハムレット』への反応として、中編小説「刺客」（一九三八年）を描いていたが、それを敗戦直後に同じく中編小説の「ハムレット」へと書き換えた。以下では、この二段階の書き換えの過程を時代背景も念頭におきながら検討することで、彼の「ハムレット」がシェイクスピア原作に対して驚くほどに柔軟かつコスモポリタンな姿勢を示しながらも、同時に祖国日本や天皇に対するひそやかな愛国的メッセージを作品に託していることを論じてゆきたい。

1　二つの作品とその時代背景

久生十蘭について

まず作者について簡単な紹介をしておこう。本名、阿部正雄。新聞記者として勤めるかたわら、演劇活動に傾倒する。一九三〇年に演劇研究のためパリへ出かけた（国立工芸学校でレンズ光学を学んだといわれる）が、一九三三年に帰国して、新築地劇団演出部に所属、舞台監督として『ハムレット』公演も手がけた。執筆活動は新聞記者時代から続けていたが、一九三六年に初めて「久生十蘭」の名を使用して[1]、つぎつぎと作品を発表。探偵小説、ユーモアもの、歴史もの、現代もの、ノンフィクションなど幅広いジャンルの作品を執筆した。「多面体作家」、「小説の魔術師」などの異名をとる。一九五一年には『鈴木主水』で直木賞受賞、さらに一九五五年には『母子像』(一九五四年)の英語版(吉田健一訳)がニューヨーク・ヘラルド・トリビューン紙主催の国際短編小説コンクールで一等に当選した。日本の大衆文学の質の向上に貢献した作家だといわれる。次に、上で挙げた二つの翻案作品を順に紹介していこう。

「刺客」(一九三八年)

最初に発表された本作はシェイクスピア劇『ハムレット』のゆるやかな翻案であると同時に、ピランデルロの『エンリコ四世』(一九二二年)からも着想を借りている。

図11●久生十蘭(1902-1957)

祖父江光という医学生が、自分の恩師にあたる東京帝国大学精神病学教室のJ博士宛に書き送る五通の手紙から成る中篇の書簡体小説である。第一、第二の手紙で祖父江は、伊豆(波勝岬)にあるクロンボルグ城で、小松顕正という男に仕える職についたことを恩師に報告する。小松は元子爵であったが、二十五年前にハムレット役の演技中、大怪我をして精神異常を引き起こした結果、自らのアイデンティティを失い、自分をハムレットだと思い込んだまま幻想的な生活を送っている。祖父江はもっぱら「ローゼンクランツ」として、「ポローニアス」役や「オフィーリア」役を務める他の使用人たちとともに、狂った小松・ハムレットの芝居の相手をして毎日を送る。しかし彼はひょんなことから、小松がある時点から記憶を取り返していること、それにもかかわらずあえて狂人の真似をしていることに気づくのだ。祖父江と小松は徐々に互いへの共感を強め、小松は祖父江を「ホレーショ」と呼びはじめる一方で、祖父江も小松に崇拝の念を募らせる。

さて、第三の手紙以降、祖父江はそれまでの手紙の内容をくつがえす「真相」をつぎつぎと知らせてゆく。二十五年前の小松の事故は、じつは小松の叔父・阪井が、小松の財産と恋人・琴子を奪うために仕組んだものであったこと、さらに祖父江は阪井に雇われた「刺客」で、小松の精神鑑定と殺害のために送り込まれていたこと、しかしハムレットへの愛情ゆえに刺客の任務を拒否したこと、また祖父江は阪井の娘・鮎子の許婚でもあることなどが明かされる。その後プロットが錯綜するのだが、最後の手紙の最終部で、祖父江はハムレットが短剣で突き刺されて死んでおり、殺したのは自分であることを仄めかす。ところが小説末尾にはさらなるどんでん返しが用意されている。J博士の「付記」によれば、手紙を読んだ博士が現場に急行してみると、実のところ祖父江は発狂しており、病院に収容されることになったこと、そして小松は殺されておらず、二十五年の隠遁生活を捨てることになったことなどが知らされるのだ。

プロットからも明らかなように「刺客」は、ピランデルロの『エンリコ四世』と『ハムレット』を掛け合わせたようなものになっている。役者が事故に遭い、自分がその時演じていた役柄の人間だと信じ込んでしまうという基本コンセプトをピランデルロが提供し、人間関係と主題をシェイクスピアが提供する。とくに劇の最終部で阪井が『ハムレット』を上演し、自分にはクローディアス役、妻にはガートルード役、娘にはオフィーリア役を割りふって小松ハムレットと「共演」するときには、クロンボルグ城の「現実」とエルシノア城の虚構がかぎりなく近接・交錯し、小説の登場人物たちの個性とシェイクスピア劇の相当人物のそれらとが複雑に絡み合う。

主題的にシェイクスピア劇と重なり合う部分も多い。批評家や観客を悩ませつづけてきたハムレットの「狂気」をめぐる謎——彼は本当に狂っているのか、それとも狂ったふりをしているだけなのか——も変奏をつけて再提起される。祖父江は、小松の狂気が本物か演技かを探りあて、もし後者の場合には小松を殺害する任務を負わされるわけだが、小松の狂気の識別は（ちょうど原作で王子の狂気の識別が困難なのと同様に）祖父江にとっても読者にとっても容易なことではない。祖父江の詳細な書簡は専門用語だらけの難解のもので、ときに支離滅裂になるうえ、最後には祖父江自身の狂気が判明してその信憑性が瓦解するからだ。物語の進展とともに、正気と狂気の境界が崩れたり、反転したり、再定義されたりしつづける。シェイクスピア原作の主題のひとつである「狂気」は徹底的に拡大され、ストーリーの核として、まさに登場人物たちの「死活」問題となるわけである。

さらに劇中劇の主題にも変奏が加えられる。原作ではクローディアスを試すべく、王子が「ネズミ捕り《マウストラップ》」の芝居を上演するが、「刺客」では小松と祖父江を試すべく阪井クローディアスが『ハムレット』を上演するのだ。他のモチーフも同様に加工され前景化される。たとえばシェイクスピアの主人公は自殺願望をたびたび口にし、オフィーリアは自殺を強く疑わせる形で水死するが、「刺客」ではギルデンスターンに相当する召使（山北徳一）がガートルード役とオフィーリア役を兼ねる女性召使（綣村愛子）とともに海に飛び込む。さらに原作の「監視」の主題も同じく変形される。祖父江が小松を常に見張り、その両者を阪井が見張るのを中心に、登場人物がひっきりなしに互いを監視したり盗み聞きしたりしている。他にも列挙すればきりがないが、要するに「刺客」は『ハムレット』を単に便宜的に借用しているというのみならず、原作の惹起する想像力をおおいに活かした積極的な翻案化を行っているということである。では次に、久生が「刺客」に手を加えて戦後に発表した短編を紹介しよう。

「ハムレット」（一九四六年）

こちらは書簡体小説の形態はとらない。小説の冒頭と最後に置かれる三人称語り（地の文）が外枠を形成している。小説冒頭の語りは、第二次世界大戦後一年目の夏、祖父江光と小松顕正が避暑地に連れ立って滞在していることを知らせる。小松の荘厳な容貌と超人的な存在感に興味をもったホテルの滞在客たちが、祖父江に小松のことを尋ねると、祖父江は数日後にメモを手に現れ、「小松の再生の物語」を語って聞かせる。祖父江の語る、この小松の物語が小説の中心部であり、分量的にも大半を占めることになるが、その内容は「刺客」のそれと重なる部分が多い。つまり、叔父・阪井の策略により小松が『ハムレット』上演中に大ケガをし、記憶を失い精神を病むこと、その後もハムレットのアイデンティティのまま囚われの身で演劇的人生を送っていること、そして記憶を取り戻した後も阪井を恐れて演技を続けること、祖父江は阪井に雇われて小松の元に送り込まれていること、鮎子と許婚の仲であること、しかし小松と暮らすうちに、祖父江と小松の間に共感が生まれること、さらに、プロットの紛糾の末、小松が最終的には生き残ることなどは「刺客」とほぼ一致する。

ただし相違点もある。本作品では祖父江に精神の異常は最後までみられず、綿密なメモに基づく彼の語りには、ゆらぎも破綻もない。彼が小松を殺そうと決心する場面は一度もなく、忠実な友「ホレイショー」としての役割が前景化される。シェイクスピア原作のホレイショーは、ハムレットの死後、その物語を語る役割を託されるわけだが、小松の「物語」をホテル滞在客に報告する祖父江もその役割を担っていることになる。また小松が住むのは伊豆の架空の城ではなく、東京の落合という実在の場所に変更される。時代も少し手直しされて、クライマックスがアメリカ軍の東京大空襲と絡んで引き起こされるのも重要な変更点である。阪井に「死んでくれ」と説得された小松はみずから防空壕に入り、その上に阪井一家が土を入れて小松を生き埋めにしようとする。ところが、その直後のアメリカの爆撃が阪井を八つ裂きにして殺し、小松を「再生」させる。後でみるように、この奇妙かつ意味深長なクライマックスは、原作『ハムレット』の「墓掘の場面」(第五幕第一場)を思い起こさせつつ、その意味を大胆に再利用しているのだ。このような「刺客」から「ハムレット」への改変は、原作『ハムレット』とのつながりを強固なものにしているとも思われるのだが、その背後には久生の政治的な動機があることも後に論じたい。

「刺客」から「ハムレット」へ——書き換えの背景

「刺客」が書かれた一九三八年には、すでに日中戦争(一九三七—三九年)が全面的に始まっていた。国家総動員法も成立し、日本はすでにどっぷり戦時体制下。概して久生は、国や政治にとらわれぬコスモポリタン的志向の強い作家だといわれるが、この時期には、戦争に言及したり愛国的表現も用いたりと、当時の熱狂的な雰囲気に(少なくとも部分的には)流されていたと考えられる。[2] たとえば「戦場から来た男」(一九三八年)では、「戦場への猛烈な郷愁」(635)が語られ、「モンテカルロの爆弾男」(一九三八年)もまた、異国で窮地に追いやられた男が、きわめて激しい愛国主義的な感傷を顕にする場面がある。とはいえ、同年に書かれた「刺客」に久生のそうした愛国的な感慨は見当たらない。短編の時代設定がなされる一九一三年から一九三八年というのは、ちょうど日本が帝国主義政策の下で戦争をはじめた時期に重なるわけだが、テキストを読むかぎり、そうした時代の雰囲気もきな臭い背景もまったく書き込まれていない。そもそも翻案の素材となったシェイクスピア『ハムレット』にはデンマークとノルウェイの確執やフォーティンブラスの存在など、国際政治や戦争に関わる要素も多いわけだが、久生はあえてそうした側面を無視した、あるいは翻案化に活用しなかったということになる。つまり、「刺客」執筆時の久生は、この作品をとくに日本の戦争や愛国心といった文脈からは捉えていなかったということが分かる。

補助線としての『だいこん』

その後も第二次大戦中の久生作品には、戦争や戦時下の状況への言及や、愛国的な表現が頻繁に現われつづける、しかし何にもまして日本の敗戦・占領という結果が彼を強く打ちのめしたようで、戦後作品にはそうした要素がもっとも色濃く影を落とすことになった。なかでも小説『だいこん』(一九四七—四八年に『モダン日本』に掲載)は、めずらしく久生自身の愛国的感情が露骨に表明された作品として知られる。興味深いことに「ハムレット」と同じくこの小説も、戦前の自作を書き直したものである。[3] 戦前版『だいこん』は、太い脚ゆえに「だいこん」とあだ名される少女の一人称語りの小説であるが、政治的問題や戦争への言及はまったく見られない。[4] ところが戦後版は、アメリカ占領下の日本に生きるだいこん嬢の日記という形に書き換えられ、たとえば「涙あふるる思ひ。だがものは考へやうだ。日本は参つたがなくなつたのではない。古い日本の終りは新しい日本の始まり[5]」などと

いった愛国的感情が表明される。さらに

原子爆弾の洗礼を受けたのは日本だけだから、自らの体験によつて、これからの戦争は危険だと警告する役をひきうけ、世界平和を建設するための有効なアポッスルになり得る。あの方が考へてゐられるやうに、戦争放棄の新しい憲法でもできたら、咲く花は小さくとも、世界に二つとないユニークな花になるだろう（201―202）。

という文章には、〈あの方〉――つまり昭和天皇――への愛、日本の再生への願いが切々と語られる。次の詩は『だいこん』末尾に付されたエピローグである。

われ山の上に立つ。
ここより日本の全景を眺め讃ふべし。
焼野原、壕舎、監獄、墓地。
ねがはくは日本よ、なんぢ朝の薄きスフの外套に包まれ、生ける国に恢復るその日まで、
感冒にをかされず眠りてあらんことを。（202）

本文とは切り離されたエピローグに作者が自身の声を忍ばせるのは珍しくないとはいえ、個人的な思いや伝記的事実を語ることも記すこともほとんどなかった寡黙な久生にしては、これはかなり異例の

強い個人的感情の発露であるといえよう。

さて、『だいこん』は「ハムレット」を解釈するうえで貴重なヒントを提供してくれる。というのも後者は前者の掲載開始（一九四七年一月）にほんの数ヶ月のみ先立つ一九四六年十月に発表されており、おそらく久生はこれら二作品の書き換え作業（つまり『だいこん』書き換えと「刺客」から「ハムレット」への書き換え）を連続して、または同時に行っていた可能性も高いことが推測されるからである。だとすると、書き換えられた『だいこん』に表明される祖国日本への憂いや天皇への愛という主題は、おそらく久生「ハムレット」にも通底する構成素となっているはずである。そこにヒントを得た批評家たちは「ハムレット」のなかに、昭和天皇をめぐる物語の寓意を指摘する。[6] また「ハムレット」発表のほんの数ヶ月前に、昭和天皇の「進退」をめぐる議論がとりわけ盛んになったという時代背景も、この解釈を支えるものである。[7]

もちろん、『だいこん』との関係性や執筆時期の問題だけではなく、内容的な面でも小松の人生と天皇の人生には重なる部分が多く見出せる。昭和天皇の戦争責任については議論の絶えないところではあるが、少なくとも天皇擁護者は、戦時中の昭和天皇が、軍部の操り人形として、自分の意思もアイデンティティも隠して「現人神」としての演技を強いられ、仮の人生を生きていたのだと信じている。[8] そんな戦時下の天皇の演劇的人生は、小説における小松の生きざま――つまり阪井の操り人形として、沈黙と演技を強いられ「ハムレット」として虚構の人生を生きた姿とだぶって見えてくるわけだ。おそらく久生は一九四六年の段階で過去の自作品のなかに、その時点で書きたかった主題をうまく載せられる素材を「再発見」し、「刺客」を「ハムレット」へと書き換えたのではなかろうか。「ハムレット」のもつ大きな政治寓意性については、先に述べたように数名の批評家がすでに指摘するところではあるが、作品テキスト全体におよぶ総括的で具体的な検証はなされていない。以下では、久生が書き換えた箇所や内容に着目しながら、その寓意のメッセージをくわしく読み解いてみたいと思う。

2 書き換えの手法

時代や場所の変更

まず久生は、意図する政治的寓意を伝わりやすくするために「ハムレット」の時空間を調整する。それにより虚構世界と同時代日本との関連性が強調されるのだ。先述のとおり「刺客」では戦争への言及がまったくないのに対して、「ハムレット」では冒頭第一文が「敗戦一年目のこの夏」と語りだすことで、読者はいきなり敗戦直後の日本へと誘い入れられる。さらに小松の住む場所も、伊豆にある架空の城から、東京の落合という実在の場所へと移される。そして（後に詳述するが）最終部では小松再生のドラマがアメリカ軍の東京大空襲によって引き起こされるべく、時間軸も修正される。こうした書き換えにより「ハムレット」の虚構世界は、否が応でも一九四六年当時の同時代日本のリアリティを帯びることになるのだ。

物語形態の変更と語り手の信頼性の補強

さらに物語の形態も大きく変更される。上でも述べたように「刺客」は祖父江の手紙で構成される書簡体小説であるが、末尾に付されたJ博士の付記が祖父江の発狂を明らかにすることで、それまでの手紙全体の信憑性がすべて失われる。つまり「刺客」とは（末尾の付記以外）祖父江の狂気のうちに生みだされ、狂気のうちに崩壊する物語だといっても過言ではないわけだ。それに対して「ハムレット」では、祖父江の語りの信頼性が確保される。まず冒頭の三人称の語りが、祖父江と小松が仲睦まじく戦後を過ごし、前者が後者を守るかのようにつき従う様子を客観的に描写することで、二人の良好な主従関係が強調され、祖父江が小松に関して虚偽を語る可能性はないという印象が打ち出される。またホテル滞在客に問われて語る祖父江の物語は、三日間かけて作った綿密なメモに基づいているという点でも揺らぎのない信頼性を保証されることになる。

いずれの作でも祖父江は小松から「ホレーショ」と呼ばれるほどの信頼を得ることになるが、とりわけ「ハムレット」においては、一八七九年に起こった相馬事件(9)という歴史的事件への言及を加えることで、祖父江の忠臣ぶりを際立たせ、ハムレット王子の人生を「すべてをありのままに伝えましょう」(5. 2. 369-70)と宣言するシェイクスピアのホレイショーさながら、主君についての真実を語り伝えようとする忠臣・祖父江の役割が前景化されることになる。(10)

さらに興味深いことに、久生は祖父江の出自や経歴をも書き換えることで、この忠臣・祖父江・ホレイショーに自らの姿を重ね合わせる。「刺客」では祖父江は賎しい「賎民の子」とされるが、「ハムレット」では著名な建築家の息子で、ロンドンやパリで演劇や映画に関わった人物という具合に変更されているが、これは久生自身の経歴に重なるところも多い。久生は、いわば自分の分身を、信頼のおける忠実な語り部として小説内に配置し、その口を借りて自らの〈主君〉つまり天皇の人生を語りだす構造を確保しているわけである。

小松をめぐる改変

小松をめぐる書き換えについても、その細部を吟味すれば、久生が意識的に小松＝天皇のアナロジーを構築していることが明白になる。「ハムレット」では、小松のもつ「超人的」性質がくりかえし強調され、周囲の人間を惹きつけてやまぬ小松の「不思議な親和力」への言及も繰り返される。まず小説冒頭の語りは、小松の素性を知らぬホテルの滞在客たちが不思議な魅力を放つ老人に魅了され、よく話題にしていたことを告げる。

それは輝くばかりに美しい白髪をいただき鶴のように清く痩せた、老年のゲエテ、リスト、パデレウスキなどのPhenotype（顕型）に属する荘厳な容貌をもった、六十歳ばかりの老人だが、このような霊性を帯びた深い表情が日本人の顔に発顕するのはごくまれなので、いったいどういう高い精神生活を送ったひとなのだろうと目を見張らせずにはおかなかった。(22)

こうした小松の不思議な力は、祖父江の語りのなかでも、「小松のそばにいると、精神が高められ、魂が浄められるような清清しい気持ちになる」、「北山がみょうな親和力といったものの正体がぼんやり掴めるような気がし」たという風に報告される。「刺客」の小松にも気高く美しいという描写が与えられるが、「超人的」「親和力」といった表現は用いられず、「ハムレット」の小松に与えられる不思議で超越的なオーラは感じさせない。

さらに小松の年齢についての改変もまた、久生がアナロジーを意図していたことを裏打ちしてくれる。「刺客」「ハムレット」のいずれの作品においても、小松の記憶が戻っているかを確かめるべく祖父江は小松に年齢を尋ねるシーンがあるのだが、前者において小松は、自分は「三十二歳だ」と答えるのに対して、後者では「四十四歳」と返答する。しかし物語の設定において、小松が現実には五十四歳であることを祖父江も読者も知っている。久生はなぜ四十四歳という年齢を選んだのか。批評家

図 12 ●昭和天皇

図 13 ●人間宣言後の天皇　(NHK News Web より)

にも見落とされているところだが、この年齢は終戦時の天皇の年齢である。異常なまでに細部にこだわる久生のこの改変が、単なる偶然であるとはとても思えない。

　衣服をめぐる書き換えもまた示唆に富むものである。小松は、阪井に説得されて防空壕に入る前に「死ぬ前に、この道化た服をぬいでさっぱりしたいもんだ。背広はないかね」と言って、ハムレットの衣装から洋服へと着替えをする。この謎めいた衣装替えも、天皇との関連で考えてみると新たな解釈が可能になる。戦時中の昭和天皇は、主に軍服、もしくは仰々しい衣冠束帯（公家の正装）に身を包んでいたことが知られているが、敗戦後のアメリカは、天皇を「人間」化させる戦略の一つとして、天皇を洋装のスーツで人々の前に登場させた[11]。つまり、この小松の衣装替えのくだりには、現人神として「道化た」服を着せられていた天皇が人間化したプロセスの比喩を読み取ることも可能なわけである。さて、そう考えると小松の着るスーツがあくまで北山からの借り物である点は注目に値するだろう。そもそも作品を振り返ってみれば、この、身にそぐわぬ借り物の衣服のイメージは、じつは冒頭部から強調されている。冒頭の語りは、小松の洋服の「着方にどこがどうとはっきりと指摘できぬ何ともいえぬもどかしい感じがある。［……］この老人の着方にも［……］なんとなくぴったりしないところがあった」と描写している。ひょっとすると久生は、アメリカ軍に演出された戦後の天皇の姿に不満があったのだろうか。洋服を着て公衆の前に登場させられた天皇は、本来あるべき姿ではないとでも久生は言いたかったのかもしれない……そんな深読みも可能になるのである。

久生はこのように小松と天皇のアナロジーを確立しつつ、大胆なメッセージを織り込んでくる。上述の小松の超然としたイメージは、冒頭の次のような描写にも現れている（「刺客」に相当部分はない）。避暑地で、他人から話しかけられたときの小松の様子の描写である。

言語は非常に明晰でニュアンスに富み、頭脳のみだれも思考の障害も感じさせないが、最近二十年間ぐらいの日本の社会事情に触れると当惑の色をあらわしてしどろもどろになってしまう。満州事変も上海事変もまるで知らず、太平洋戦にいたっては、そんなことがあったそうだという程度の薄弱な認識ぶりだった。やはりこれは外国の、それも思い切った辺境に長らく住んでいた

人なのだと察してたずねてみると、ずっと日本にいて、いちども外国へなど行ったことがないという意味の返事だった。(23)

この、きわめて知的でありながら、過去二十数年の日本についてははなはだしく無知な小松の姿とはいったい何を意味するのか。おそらく久生はここで、執筆時きわめて慎重に扱う必要のあった、天皇の戦争責任に関するメッセージを忍び込ませていると考えられる。先述のとおり、この時期は昭和天皇をめぐる議論が盛んになるなかで、彼の戦争責任も問われていた。はたして昭和天皇は、軍部の操り人形にすぎなかったのか、それとも、ある程度以上の道義的責任を負うべきなのか？久生は前者の立場であったのだろう。むろん昭和天皇が、上の引用の小松ほど時事問題に無知であったはずはないのだが、この世事に疎く超然とした小松の描写を通して、軍部の操り人形としての昭和天皇が時事問題にはいっさい関与せず、それゆえ戦争責任も問われるべきでないことを暗に訴えているのではないだろうか。

3　最終部の書き換え

生き埋めと再生

やや荒唐無稽とも思われる最終部もまた、小松＝天皇のアナロジーを念頭に読めば新しい意味の次元が立ち現れてくる。まずは結末部（43―47）のあらすじを説明しておこう。監禁中の小松の記憶がじつは戻っていたことを知った阪井は、自分達の罪の露見を恐れて、祖父江に小松殺害を命じる。しかし祖父江は小松への愛ゆえにその命に逆らい、その結果毒入りの酒を盛られる。毒にやられた祖父江は、意識はありつつも体が麻痺した状態で床に転がされ、小松と阪井夫妻のやり取りを目撃することになる。祖父江の見守るなか、阪井夫妻は小松に「なるたけ美的に［……］消えるように死んでもらいたいんだ」と依頼する。「そんなうまい方法があるのか？」と尋ねる小松に、阪井は「君がじぶんで防空壕へ入って『おれはもう死んだ』と中から声をかけ」れば、自分たちが彼を生き埋めにするという突飛な計画をもちかける。「防空壕が墓になるとは、戦時らしい趣向だね」と応える小松。とうとう説得されて防空壕に入り、約束どおり「おれはもう死んだよ」と言ったところ、阪井夫妻が生き埋めの作業を始める。しかしその後、アメリカ軍の爆撃が小松を「墓」から吹き飛ばして再生させる。

防空壕のそばへ爆弾が落ちると、爆風と地動で土盛が崩壊し、ハムレットが中からとびだしてしまいました。お前はまだ死ぬ必要はないといって、いったん受け取ったものを地獄の番卒が投げ返してよこしたといったふうでした。(47)

同じ爆弾により、阪井は「掴み裂かれたように、股から真二つに裂けて死んでいた」ことも判明する。

この奇妙な結末はいったい何を象徴しているのだろうか。上でも触れたが、敗戦後の日本では昭和天皇の戦争責任が問われるなど、天皇(制)は危機に瀕していた。とくに左翼系が天皇の退位を強く求める一方で、アメリカ軍も天皇起訴を検討しており、天皇自身も退位の意向を示したという。しかし結果的には、アメリカ側が日本をコントロールするための戦略として天皇制存続を決め、一九四六年には昭和天皇に「人間宣言」をさせた、すなわち昭和天皇を人間として「再生」させたということだ。つまり(少なくとも昭和天皇に共感を抱く人からすれば)天皇は数十年のあいだ軍部によって沈黙と演技を強いられた後、いったんは存続の危機に瀕しながらも、結局アメリカの介入により命拾いをしたという見方が可能になるわけである。ここに、作品最後で描かれる小松の奇妙な再生劇とのアナロジーを読み取ることは難くないだろう。

そしてこのアナロジーを念頭におけば、小説の各部に面白い解釈が可能になる。たとえば、防空壕に入るよう小松を説得する際の阪井の言葉「この戦争の成行きから見て、君のような状態で、これからさき生きのびると、いよいよ不幸を深めるばかりだということを、君はよく知っているからだ」(46)などという言葉も、非常に毒のある意味深なものと読めてくるわけだ。

墓のモチーフ

さらに久生は、原作のなかの墓のモチーフを巧みに利用している。シェイクスピアのハムレット王子は亡霊にむかって「あなたが安らかに埋葬されたその墓が、なぜにその重々しい大理石の顎を開いて、あなたをこの世に投げ返したのか?」(1.4.48-51)と問いかける。擬人化され、まるで意志をもつかのようなこの墓のイメージが久生の想像力をつよく刺激したのかもしれない。「ハムレット」結末部に、原作の墓のモチーフが共鳴していることは明らかである。そして、さらに重要なのは、第五幕第一場「墓掘の場面」の最終部との関連性である。同場でハムレット王子はオフィーリアの埋葬された墓に飛び込む。そして「われこそはハムレット、デンマークの王者」(5.1.246-47)と王家の名乗りを上げてレアティーズに挑み、それから墓を飛び出す。優柔不断で復讐を遅延するばかりだった王子が変貌を遂げる「転機」である。まるで死者の空間である「墓」に飛び込んだことで、ようやく彼は自身のあるべき姿と使命に気づき、(少なくとも言葉の上では)クローディアスの王位を奪回したかのようでもある。このように原作においては、オフィーリアの墓に「出入り」する体験が主人公に転機をもたらし、彼を本来の姿へと甦らせるわけだが、久生作品においても小松ハムレットは、墓から投げ返されるこの瞬間に、阪井クローディアスからもそれまで強いられていた役柄からも自由になり、自分自身としての姿を取り戻すことになる。「死」を介して人を再生させる、象徴的な場としての墓のイメージを、久生は原作から巧みに採り入れているといえよう。さらにいえば、阪井一家が小松を生き埋めにしているグロテスクな光景も、墓掘りの道化が穴を掘る場面のパロディとして意図されていたのかもしれない。

責任の所在

ここまで確認してきたように、久生は天皇の戦争関与を否定し、その潔白を信じていたであろうことが推測されるわけだが、だとすると彼は、日本の受難の責任や原因をいったいどこに求めているのだろう。阪井一家こそが、天皇を苦しめ日本を窮地に追いやった軍部のアナロジーだと主張する批評家もいる一方で[12]、川崎賢子は、久生が最終的な責任を、特定の個人や国というよりも歴史や運命といったより大きな力に帰する傾向を指摘する[13]。たしかに作品を通じて、個人レベルの意志や悪を凌駕する、抗いがたい歴史のうねり、宿命的な力——それはトルストイの『戦争と平和』を彷彿とさせるようなものである——が強調されている。「悪者」である阪井でさえ、その悪の根源は、彼自身の道徳や努力では如何ともしがたいものとして描かれるのだ。祖父江は心理学・性格学を学んだことになっており、専門知識を用いて阪井を次のように描写する。

性格学の研究で養われた眼で見ると、阪井の顱頂はアッシャーヘンブルグの類型による典型的なアッテーケン型であることに気がつきました。こういう形の頭をもっている人間は、どうしても犯罪を犯すほかに人生の行き道がないという先天的に陰惨な運命を指し示されている犯罪者のアプリオリなのです。［……］

あまり専門的になることは避けますが、個性の進展というものは、要するにその先祖の一貫した全道程を表現しているもので、血統の上に先祖の影響が強く残っているものなのです。いいかえれば人間というものは長い家族史の梗概のようなものなので、いったい阪井の先祖にどういう大悪党がいたのか調べてみたい衝動を感じたほど猛烈なものでした。(28)

久生は、犯罪学者グスタフ・アッシャーヘンブルグの考えを、より早期の犯罪学の説と取り違えているようであるが(14)、それはさておき、上のように描写される阪井自身もまた運命の力を信じ、それをたびたび口にするのが興味深い。小松に防空壕へ入るように説得する彼は「君の不幸は宿命というもので、君が生まれたとき、すでに身につけて来たものなんだよ」(45)「君とわれわれの一家は、とうてい両立しない星のめぐりあわせになっているんだね」(45)「おれと君ほどの悪因縁はこの世にすくないだろう」（46）という具合に宿命や歴史の力を強調し、小松もその論理に説得されるわけだ。

さて、宿命や歴史の作用とその偶発性や不測性は、書き換えられた結末におけるアメリカ軍爆撃の描写によりさらに強調される。（歴史的事実に即していえば）日本の兵器産業などの製造機能を破壊すべく狙い撃ちされたはずの東京大空襲は、爆撃者の意図とはかけ離れ、小説内のどの登場人物たちの予想ともかけ離れた、まったく偶発的な結果——殺人者である阪井が殺され、殺されたはずの小松が再生する——をもたらすことになる。(15) しかし久生はこの偶然の出来事を、聖書を引用しながら「黙示録」や「摂理」に結びつけ、そこに宗教的な意味づけを与えるのである。「外枠」を形成する小説最後の語りは、祖父江の言葉を引用する。

……さて、神は大いなる魚を用意してヨナを呑ませたまえり、という章句は美しいですね。摂理というものは、機械の組織のように、抜目なく出来ているものだと、わたしもこのごろ信じるようになりました。（47）

ここで「摂理」が持ち込まれることにより、爆撃を行ったアメリカ軍の道義的責任も、彼らへの糾弾の響きも背後に遠のくことになる。久生は日本の受難と天皇の運命を寓意として描きながらも、けっして特定の国や個人に原因・責任を求めるわけではなく、大きな歴史の力、運命の力、宗教的な摂理をもって説明しようとするのである。

このように、天皇の受難とその思いがけぬ再生を寓意的に描く「ハムレット」であるが、結末のトーンは必ずしも明るいとはいえない。おそらく、久生がこれを書いていた一九四六年前半の時点では、戦争は終わったばかり、日本は荒廃し、東京裁判も始まったばかりであった。日本の未来にも天皇制の存続にもまだまだ久生は確信がもてなかったようであり、その不安は繰り返し「ハムレット」のなかに立ち現れる。作品冒頭では、ホテルの滞在客に「それであの人はいま幸福なのですか」と問われた祖父江が「たしかに幸福だともいえるのでしょうが、［……］再生したことがかえって真の悲劇という感じを深くしているようにわたしには思われるのです」（24）と答える。また作品末尾には、祖父江の「地獄がハムレットを投げかえしてよこしたことは、ハムレットにとって、幸福なのか、不幸なのかわたしにはまだわかりかねています」（47）という疑念が記される。先述の『だいこん』も「ハムレット」も似通った主題、つまり日本や天皇の再生への願いを表現しているものの、スーツをきて防空壕に横たわり、爆撃で地上に投げ戻される小松のグロテスクな復活は、『だいこん』のエピローグにある「スフのコートにくるまれて眠り、生き返る日をまつ日本」（202）の姿よりも、はるかに陰鬱な再生のイメージを与えるといえよう。

久生と西洋・『ハムレット』

最後に、西洋文学やその代表格としてのシェイクスピア『ハムレット』に対する久生のスタンスに触れておきたい。本書の各章で『ハムレット』翻案を手がけた各作家が、西洋やシェイクスピア、その権威性の象徴としての『ハムレット』にどのような態度を示すかという問題に触れてきたが、久生のそれを考えるうえで、上記の聖書への言及はきわめて重要である。先にも述べたとおり、久生はきわめてコスモポリタンな作家として知られ、その作品も国際的志向をもつことがしばしば指摘される。江口雄輔は、若い頃のフランス体験のおかげで久生は、日本と欧米を考える際にも「二項対立的で固定的な枠組み」から自由でいられるのだと論じる。[16] だからこそ、フランスをこよなく愛し、西洋文学・文化一般に造詣が深かったにもかかわらず、彼はけっして単純な西洋崇拝に陥ることなく、つねに日本をふくむ世界の国々を相対化して捉える視点を維持できたのであろう。

久生が一九三〇年代後半に愛国主義的傾向の強い作品を書いたことはすでに述べたが、そうした作においても、やはり彼は世界の国々や日本に対してバランスのとれた、柔軟性のある見方を提示する。もっとも愛国的傾向の強い作品『だいこん』でさえ、日本人だけでなく、さまざまな国籍の人々や国境を越えて生きる人々、多国籍的なもの——アメリカ人捕虜に恋する日本人女性や、アメリカ占領軍として日本にやってくる、だいこんがパリで出会ったアメリカ兵など——への共感に満ちている。翻案「ハムレット」もまた、天皇の受難と再生というきわめて日本的・愛国的な主題を扱いながらも、聖書という西洋の「バイブル」からヨナの物語を借り、そこに深い意味を負わせることにより、本作が排他的なナショナリズムの書に終わることのないようにしている。久生のそうした開かれた姿勢は、彼が天皇の寓意として小松を描写する際に、西洋文化やキリスト教的テキスト・イメージの断片をつなぎ合わせる手法にも端的に窺えよう。冒頭から、小松は多くの国籍の奇妙な寄せ集めのように描かれるのだ。小松の荘厳な容貌は、「老年のゲエテ、リスト、パデレウスキ」に喩えられ、彼の洋服は「英国のウォーステッド」素材だが、その着こなしは「アフリカの土人」のようなところがあるという。さらに小松は“Spiter”という「五〇〇年ぐらい前」の英語を用いてランチを注文したり、「十六世紀のヨーロッパ人がそうしたようにベーコンを右手人差し指に巻きつけて食べ」たりするのである(22—23)。

そしてもちろん、翻案「ハムレット」の示すコスモポリタニズム的な志向は、デンマーク王子の物語——しかも、おそらく西洋文学中でもっとも著名な作品である——を借りて日本の天皇の寓意を語るという、まさにその事実にも明白であろう。最初に紹介したように、「刺客」も「ハムレット」もシェイクスピアとピランデルロの着想を借りているという意味では、いずれの作品にもイギリス、イタリア、日本の文化的・文学的要素が多く混在するわけだ。一九三八年の段階において、そこにはさしたる意味はなかったのかもしれない。しかし、日本が原爆を投下され、大戦に敗れ、占領下に置かれ、西洋との関係を修復・再構築せねばならなかった、そんな一九四六年という時代において、久生のこの開かれたジェスチャーには大いなる意味が見出せるのではないか。タイトルを「刺客」から「ハムレット」へと変えて、英国のテキストとのつながりを前面に打ち出したことも、そんな彼の態度を端的に表すものだろう。そして実際のところ、この外国文学の「隠れ蓑」こそが、ナショナリズムの疑いから久生を守ったと考えられる。愛国的メッセージをより前面に押し出した『だいこん』はGHQの検閲で書き換えや削除の対象となっているからだ。

総じて久生「ハムレット」の偉大さは、多くの日本人作家たちがシェイクスピアにアプローチする際に垣間見せた劣等感やライバル心をいささかも見せることなく、さりげなく柔軟に開かれた態度で、世界文学の「雄」たるデンマーク王子の物語をうまく活用したこと、日本が政治的・文化的危機に瀕していたときに、英文学の古典を利用してきわめて愛国的な主題を寓意化した点、それと同時に、そうした寓意に気づかずとも、十分に楽しめるエンターテイメント性・自律性を作品に与えている点にある。久生の「股のぞき」は、一方では敗戦後の日本に対する愛国的なジェスチャーでありつつも、フランスや世界に「開かれた」コスモポリタンなポーズでもあったということだ。

おわりに

昭和天皇の侍従を務めた小林忍の日記が二〇一八年になって発見され、大きな話題を呼んだ。日記によれば、戦後四〇年近く経った一九八七年四月七日、昭和天皇は「仕事を楽にして細く長く生きても仕方がない。辛いことをみたりきいたりすることが多くなるばかり。兄弟など近親者の不幸にあい、戦争責任のことをいわれる」と発言したという。(17)「凶暴な運命の矢玉を忍んで」(3.1. 56-57) 生きつづけるべきか、それとも死ぬべきかの悩みを吐露したハムレットを彷彿とさせる言葉ではないか。あらためて昭和天皇とハムレットを比較してみると、その共通点の少なくないことに気づく。本書では天皇の戦争責任論への深入りは避けるが、積極的加担や主導は仮になかったとして、しかし天皇のどっちつかずの態度やあいまいな言動が日本を戦争に導き、悲劇的結末につながったというのが（右派を除く人の）一般的認識であろう。同じことがハムレットにも当てはまる。デンマーク王子である彼の優柔不断な行動や、死に際に他国の王子に自国の王位を譲り渡すという無責任な判断が、デンマーク国にとって悪い結果を招いていると考えられるからだ。もちろん二人には違いもある。悲劇的大団円ののちハムレットが死んでしまったのに対して、昭和天皇は（アメリカの戦略もあり）生かされ、表向きは責任を負わずに幕引きを迎えたのである。だからこそ、上述のように天皇はその後も苦しむことになったのかもしれない。もちろん久生は、昭和天皇の戦後の煩悶を知る由もなかっただろうが、上のような相似点は、ハムレットを天皇に見立てた久生の発想が単なる思いつきを超える妥当なものであることを痛感させる。

注

（1）このペンネームは、有名なフランスの演出家・役者シャルル・デュランから取られたと考えられている。久生はパリで、デュランが指導するアトリエ座の研究生になっていた（江口、91頁）。

（2）堀切直人、6頁。

（3）より厳密に言うならば、『だいこん』の改訂は三度行われている（1939, 1947-8, 1949）。ただし、最後の改変は、第二のものとかなり似通っているため、ここでは「戦後」版として同一視することにする。

（4）『だいこん』はジュール・ルナールの小説『にんじん』（1894）のパロディであると考えられている。

（5）久生『だいこん』、20頁。以下、久生の全作品への引用は国書刊行会の全集からとし、引用後に（必要であれば作品名と）ページ数を付す。

（6）「ハムレット」を真正面から論じる批評はきわめて乏しいのだが、たとえば川崎賢子は『蘭の季節』において、小松の演技と再生の歴史的背景には天皇の人間宣言があることを指摘し、武井孝文は小松と天皇のつながりを論じている。

（7）詳細については奥武則64―81頁を参照のこと。

（8）日本の敗戦後には、彼は戦犯としてアメリカ軍に起訴されかねない危機にあったし、また日本の左翼もまた彼を退位させようとした。天皇自身も、自らは退位して息子に後を譲る意志を表明していたという。結局は、アメリカの利益のために、天皇制の存続が決定したわけだが、彼は「人間宣言」を一九四六年にさせられることになる。詳細については、吉田裕を参照のこと。

（9）奥州の旧相馬藩主・相馬誠胤は二十四歳のころから精神状態に変調をきたし、一八七九年から自宅に監禁される。〈忠臣〉錦織剛清は、これを家令志賀直道（作家志賀直哉の祖父）らによる陰謀であると判断し、志賀らを告発した。これをきっかけにお家騒動が始まり、十年以上も世間を騒がせることになった。

(10)「ハムレット」と相馬事件との関係や、忠臣・祖父江の役割については、武井の論文を参照のこと。
(11) 天皇が「普通の」人間であるということを知らされた日本人は、最初はその事実にとまどったが、比較的すぐに新種の敬意を抱くようになっていったという。
(12) 武井孝文、36頁。
(13) 川崎賢子「久生十蘭論——ハムレットの系譜」、66頁。
(14) グスタフ・アッシャーヘンブルグ (Gustav Aschaffenburg, 1866-1944) は、生まれついての犯罪者という概念を否定していた。
(15) 爆撃の詳細については、John W. Dower, p.40を参照。
(16) 江口雄輔、173頁。
(17) このニュースは各紙が報道している。たとえば毎日新聞二〇一八年八月二三日、朝日新聞二〇一八年八月二四日を参照のこと。

第III部 ―― グローバル時代と東西文化の融合

第6章……仮名垣魯文と織田紘二の『葉武列土倭錦絵』をめぐって
――〈文化融合〉の背後にあるもの

はじめに　二つの「受け皿」

当然のことともいえるが、劇作家シェイクスピアの「受け皿」は主に二つある。つまり文学的な受容と演劇的受容であり、本書の第一部・第二部では主として前者、第三部では後者を扱ってゆくことにする。むろん、いずれの領域においてもシェイクスピアは「異文化」の作家であり、その受容には文化的衝突、葛藤、無理解、抵抗などさまざまな困難がつきまとう。しかしながら、こと『ハムレット』の受容初期においては、両分野における受容の進展や態度に大きな差が見られた。文学界、とくに純文学界は比較的早期から『ハムレット』の体現する西洋近代や先進性、とくにそれが端的に現われる王子の第四独白に魅了され、さまざまな形で積極的に吸収しようとしたのに対して、演劇界の受容はなかなか進まなかったのである。このあたりの事情を河竹登志夫の本は詳しく論じているが、要するに純文学は「思想界の尖端と踵を接しつつ、少数の先覚的な頭脳と感覚によってしばしば飛躍的に啓蒙され、変貌する」反面、大衆芸能や演劇は「一般大衆と離れては存在し得」ず、「大衆そのものの思想や感覚の（無意識の）保守性と同次元の、ごく漸進的な動きかた」しかできなかったことが原因であるとする。[1] これに補足するなら、文学的受容は作家個人の能力と、あとはペンと紙さえあれば可能になるのに対して、上演としての受容を実現させるためには、集客や劇場探しといった興行的課題に加えて、それぞれの伝統演劇（能や歌舞伎など）のもつ「様式」「型」との融合といった、形式的かつ（演技や演出に関わるという点で）きわめて物理的な課題にも対応する必要があることも関係するだろう。

一五〇〇年以上におよぶ『ハムレット』の演劇的受容史のなかに興味深い試みの例が多数あるのはいうまでもない。しかし本書はそれらを網羅するのではなく、二十世紀後半から終盤にかけて上演された三つの翻案を取り上げる。それらはそれぞれの形で、本書の鍵概念である「股のぞき」の例を提供してくれるのみならず、上で述べたような、こと演劇的な受容に関わる問題や、異文化との向き合い方などを映し出してくれるからである。三作とも二十世紀後半から終盤にかけて実現した舞台、つまり演劇界で受容がなかなか進まなかった十九世紀中盤からはずいぶん時を経て生まれた上演でありながら、そのいずれもが、『ハムレット』受容をめぐって日本演劇界が経験してきた困難、問いかけやその顛末――異文化をどう理解するか、異文化演劇と日本演劇、西洋文化と東洋文化をいかに融合させ、妥協させつつ両立させるか――を蒸し返したり、変形させたり、利用したり、それらに言及したりする。そうした三作を取り上げる過程で、第三部の議論は結果的には『ハムレット』の演劇的受容の全体を巻き込むことになるだろう。

三つのシェイクスピア

序論でも触れた批評家ジェイムズ・R・ブランドンは、日本を含むアジアの演劇におけるシェイクスピア受容を概観するなかで、アジア各国が驚くほど似た展開を見せることを指摘しつつ、それを大きく三タイプに分類している。第三部の議論で有効になるので、ブランドンの挙げる三つの型を紹介しておこう。その第一は「正統的シェイクスピア」(Canonical Shakespeare)。これは、エリート性と教養を体現するシェイクスピアのオリジナル・テキストにこそ正統性を見出し、それをできるだけ「ありのまま」に再現しようとするタイプの舞台である。日本でも十九世紀末から二十世紀初頭にかけて、文明近代化を目指す過程のなかで知識人たちはシェイクスピアに憧れたが、彼らは西洋の「正統な」スタイルを複製する上演を目指した。夏目漱石や志賀直哉が観劇した一九一一年帝国劇場の坪内逍遥演出『ハムレット』も(実際にどうだったかは別として)理念的にはこれに分類される。

第二のタイプは「土着化されたシェイクスピア」(Indigenous Shakespeare)。それぞれの国や地域の演劇伝統のなかに正統性を求める上演であり、シェイクスピア劇であるとは識別できないほどに「土着化」される場合もある。日本ではたとえば『何桜彼桜銭世中《さくらどきぜにのよのなか》』(一八八五年初演の『ヴェニスの商人』翻案)や、二十世紀初頭に行われた、川上音二郎一座による一連のシェイクスピア翻案上演などもここに分類される。そして第三のタイプは「インターカルチュラル・シェイクスピア」(Intercultural Shakespeare)であり、ブランドンによれば「この約五十年間に起こったポスト・コロニアルかつポストモダンな現象」とされる。これは、第一、第二のタイプを意識しつつ「シェイクスピアのテキストに宿る正統的価値を、土着演劇の技巧や美学の生み出す即時性や活力と衝突させる」ことに主眼を置く。(2) 日本では一九六〇年代あたりから鈴木忠志や蜷川幸雄が、能や歌舞伎、狂言文楽などの伝統演劇とシェイクスピアを融合させるような上演スタイルを模索しはじめたのがその走りであるが、現在においても興味深い試みが各方面でなされている。

なお、誤解のないように断っておくが、第三部で取り上げる三つの舞台はこれら三タイプのひとつずつ対応するものではなく、じつは三作ともが「インターカルチュラル・シェイクスピア」に分類される。ただし、上述のように、各々の例が興味深い形で日本的受容全体の顛末やさまざまな側面――つまり「正統的シェイクスピア」や「土着化されたシェイクスピア」の例やそれらが投げかける課題――とも複雑に絡み合い関係しながら成立しているという点で、第三部の議論は日本演劇の『ハムレット』受容全体についての議論を包含することになる。

「原作」と「初舞台」

明治の戯作者・新聞記者でもあった仮名垣魯文（一八二九―一八九四年）が手がけた『葉武列土倭錦絵』（一八八六年）は、『ハムレット』翻案としては本邦初の完結作といわれる[3]。下で述べるように、仮名垣がシェイクスピア原作を徹底的に「日本化」して日本中世のお家騒動へと置きかえ浄瑠璃本風に仕上げたもので、戯曲そのものとしては、上で紹介した「土着化されたシェイクスピア」と呼ばれるタイプの典型例である。当時は上演がかなわなかったものの、執筆後一〇〇年以上を経過した一九九一年になり、ようやく舞台化の日の目を見ることになる。国立劇場の織田紘二がこれを歌舞伎脚本化し、七代目・市川染五郎（十代目・松本幸四郎）を主演、河竹登志夫を監修としてパナソニック・グローブ座（現在の東京グローブ座）で上演した。

図14●仮名垣魯文（1829-1894）

当然のことながら、織田の脚本の大部分は仮名垣の翻案から成り立っており、上演においても、仮名垣原作にある歌舞伎的な趣向や劇的意匠がほぼ踏襲されたかのように見えた。実のところ、この一九九一年公演は往々にして『倭錦絵』の忠実な初舞台とみなされ、存命中の仮名垣が果たせなかった夢の結実であるかのように語られることも多い。しかしながら、仮名垣の翻案と織田による脚本および演出を比較してみるとき、そこには看過しがたい断層があるのもまた事実である。本章では、「原作」とその「初舞台」として直線的に捉えられがちな二作品、つまり仮名垣翻案『倭錦絵』のテキストと織田の『倭錦絵』台本・演出を、（むろん密接な相互関連性はあるとはいえ）別個の文化的産物として位置づけ、それぞれの作品成立に作用した諸事情を、時代的・文化的背景も踏まえながら考えてみる。そして、それぞれの作に実現されている、東西の〈文化融合〉の特質を明らかにしつつ、ややもすると同一視されがちな両者のあいだに見られるズレ／亀裂を指摘する。さらに、それらの考察を通して、両者を隔てる約一〇〇年間に生じた日本シェイクスピア受容の異なる様相を浮き彫りにするとともに、二十世紀終盤の日本における『ハムレット』受容のあり方にも光を当ててみよう。

1　仮名垣魯文の『倭錦絵』

上でも触れたように、仮名垣魯文はシェイクスピアをこれ以上ないというほどに「土着化」した。デンマークを舞台とするシェイクスピアの原作は、南北朝時代の最上郡・斯波《しば》家のお家騒動に仕立直され、場所も人物名も徹底的に日本化された。筋立は原作にかなり忠実に従っているとはいえ、物語が根ざす思想的基盤や登場人物の行動原理が、封建的・江戸的な思想、つまり武士道や忠孝思想へと挿げかえられる。たとえば、結末で葉叢丸（ハムレットに相当）と晴貞（レアティーズに相当）が親の仇討ちを果たして切腹にいたる件にそれは顕著である。葉叢丸による叔父兼寿（クローディアスに相当）殺害は、父の仇討ちという点では忠孝思想のコードに適う反面、年長者である叔父に刃を向けるという点において、葉叢丸に切腹を余儀なくさせるものである。晴貞が葉叢丸の命をねらう行為も同様に、父の仇討ちの面では是とされても、主君に歯向かうという点で封建社会の規範にもとる大罪となり、やはり晴貞の自害は避けられないのである。実刈屋姫（オフィーリアに相当）もまた、葉叢丸を許婚と定めた先代への義理や父への孝といった封建的価値観、さらには葉叢丸への愛情のはざまで苦しむ。

こうした徹底した日本化の傾向は、登場人物の造形にも顕著である。そもそも『倭錦絵』は、『東京絵入新聞』に挿絵つきで連載された。ほぼ毎回、進行中の場面を描き出す挿絵が掲載されるわけだが、挿絵のなかの登場人物たちは、当時存在した歌舞伎役者に似せて描かれていた。そうした事情から、仮名垣が執筆当時、現実の歌舞伎上演を想定しながら、登場人物たちを歌舞伎の類型的な「役柄」に合致するよう書き換えたのだと一般的には信じられている。[4] 最大の改変がなされた人物は、おそらく芹戸の前（ガートルードに相当）である。彼女はシェイクスピア原作のような謎や矛盾をかかえた女性ではなく、義理の弟・兼寿の犯罪に手をかす確信犯的な悪女、つまり歌舞伎でいう「悪婆」

という毒婦役に変えられている。ただし、彼女は最後に「もどり」となって前非を悔い、息子の代わりに毒酒を飲んで自害する。宗晴（ポローニアスに相当）も、忠実な老僕というよりは、陰謀のチャンスを虎視眈々と窺う悪党、すなわち歌舞伎における「実悪」のご家老役に鋳直される。立役・葉叢丸は、独白をまったく語らないため、複雑な心理や内的葛藤をほとんど感じさせず、途中までは一条大蔵卿ばりの「作り阿呆」の「バカ殿」の役を演じるものの、最終的には原作より

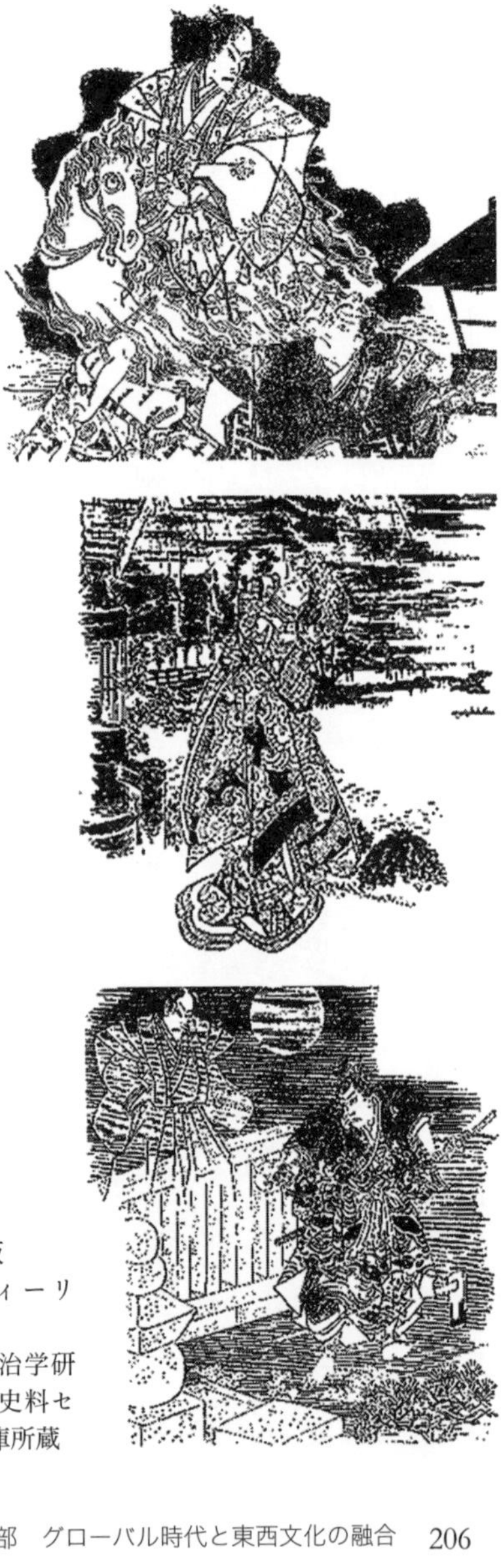

図 15●『東京絵入新聞』の図版（上：幽霊、中：オフィーリア、下：墓掘の場面）
東京大学大学院法学政治学研究科附属近代日本法制史料センター 明治新聞雑誌文庫所蔵

も強い行動力と意志を持つ武士へと変貌させられる。全体として、シェイクスピア劇に特徴的な、登場人物たちの多面的で曖昧な人間像が、きわめて分かりやすいいくつかの歌舞伎の役柄に類型化されているといえよう(5)。

仮名垣と文明開化

仮名垣魯文といえば江戸の人気戯作者として知られるが、明治時代以降も政府の方針や時代動向にうまく歩調をあわせつつ、新しい時代の変転する風俗模様を描く際物作家・ジャーナリストとして大活躍した。なかでも当時流行した西洋旅行をコミカルに描く『西洋道中膝栗毛』（一八七〇年）や、流行食であった牛鍋に取材した『牛店雑談安愚楽鍋』（一八七一―七二年）がよく知られる(6)。そんな開化主義派の仮名垣が『ハムレット』を翻案化したと聞けば、時流にのって西洋文学を紹介・推奨し、その人気にあやかろうとしたにちがいないと考えるのが自然である。

図16●仮名垣魯文『安愚楽鍋』挿絵

　実のところ、一八八六年という年は『ハムレット』翻案化には絶好のタイミングであった。一八八二年に『新体詩抄』がハムレット王子の第四独白を掲載して以来、文学界での同悲劇の

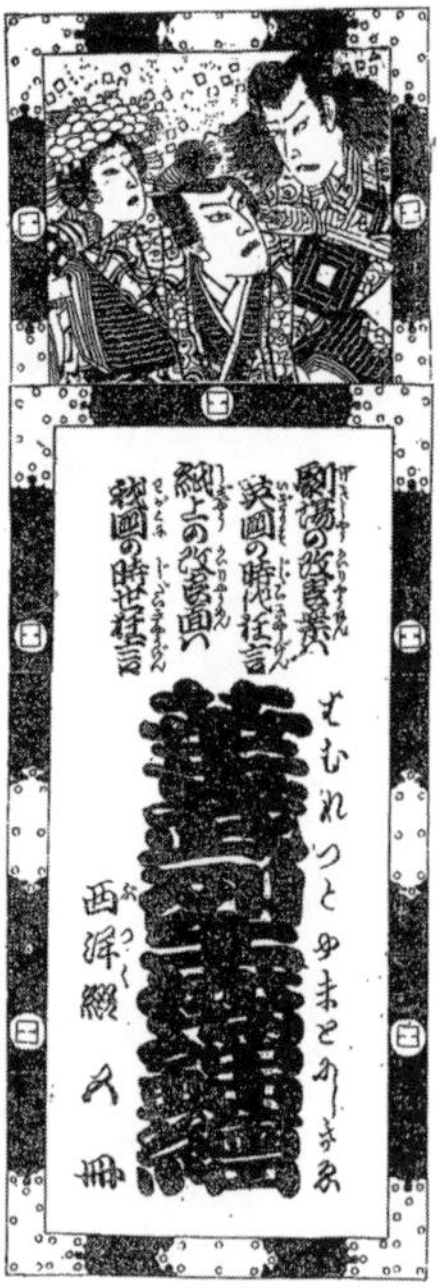

図17●新聞角書
（1886年10月7日）

人気は高まる一方だったうえ、一八八五年には坪内逍遥による浄瑠璃風部分訳（第一幕第一場のみ）が『中央学術雑誌』に発表されてもいたからだ。さらに演劇界でも、一八八五年に上述の『何桜彼桜銭世中』（『ヴェニスの商人』翻案）の上演が成功してシェイクスピアの知名度はぐんと上がっていた。[7]加えて、日本演劇の西洋化を唱える政府主導の演劇改良運動が頂点に達したのも一八八六年のことであった。仮名垣がこの運動をおおいに意識していたことは、『倭錦絵』の角書に「劇場の改良案は英国の時代狂言、紙上の改良面は我国の時世狂言」と「改良」を強調していることや、翻案最終部分の義太夫節でも「わざおぎの改まる日に魁《さきがけ》の……」（42）と演劇改良運動の最先端をゆく作品であることを強調している点からも明らかである。

しかしその反面、一八八六年ごろの仮名垣は、西洋の文物に対して以前とは異なる心境にあったことが窺える。こと西洋文学に関しては、その本質的な理解や受容という点でかなり悲観的になっていたようである。興津要によれば、一八八一年以降の仮名垣は作家として低迷状態に陥っており、一八九〇年の引退まで往年の精彩を取り戻すことはなかった。そんな低迷期の仮名垣は、ただ古い戯作的手法と江戸的感性に依存するばかりで進むべき方向を見出せぬなか、新しい文学への反動的色彩を濃くしていったのだという。[8] 彼自身、一八八四年に記した文章「稗官者流」のなかで、英仏の小説には秀れた作が多いことを認めつつも、実際に翻訳を手にしてみると「其の微意のあるところ、波濤数千里、風土情態異なるが故に、深く味わいて、佳境に入るの句句を弁ぜず」と述べて、古い感覚を引きずる自分の理解の限界を認めている。[9]

くしくも『倭錦絵』が発表される前年の一八八五年には、坪内逍遥の『小説真髄』が刊行されたり、硯友社が結成されたりするなど、江戸文学と新文学が交代を告げる象徴的出来事が起こっていた。そうした新旧交代の流れのなかで晩年の低迷にあえぐ仮名垣が、自分には理解できない、しかしながら世ではもてはやされている新文学・西洋文学に対して、ある種の苦々しさと抵抗を覚えたとしても不思議はあるまい。そう考えると、仮名垣の翻案化のプロセス——つまり西洋文学の代表格ともいえる悲劇『ハムレット』を選び、文学界では近代精神の象徴とも謳われたハムレットの独白をすべて削ぎ落とし、作品を江戸的世界・歌舞伎的コンベンション（決まりごと）のなかに封じ込めるというプロセスには、西洋文学を日本に採り入れて世に紹介しよう、文芸の西洋化に貢献しようといった前向きな姿勢というよりは、むしろ後ろ向き、反抗的な姿勢が感じられてならないのだ。この翻案化を通じて彼は、開化熱に浮かされる明治の文化的風潮にささやかな抵抗を示し、去りゆく旧時代を懐かしんでいたのかもしれない。

こうした仮名垣の「後ろ向き」の姿勢は、十一年前の作品との差にも窺える。実のところ彼は一八七五年にも『ハムレット』翻案化を図り、『西洋歌舞伎葉武列土』として新聞連載を開始したのだが、読者の人気を得られず三回で中絶している。[10] この件については、仮名垣自身も「当時の看客未だ西洋小説の微意有を味ふ者なく闇雲に面白からずとして頗る不評なりしかば断然続稿を廃し次号の掲載を見合わし」(『東京絵入新聞』一八八六年一〇月六日)と十一年前をふり返って認めている。前作では固有名前も「葉武列土」(ハムレット)、「丁抹国」(デンマーク)といった具合に、原作での相当名詞の音に近い漢字を当てはめる程度の置き換え作業しかしていなかったのに対して、『倭錦絵』ではそれぞれ「葉叢丸」、「最上郡」という風に、名前や設定における日本化の度合いを強めている。十一年前と同じ轍は踏むまいという思いもあっただろうが、文芸界にも広まりつつあった「ハムレット」という名前をあえて日本化したり、世にもてはやされた独白をバッサリと切り捨てる手法には、表向きは改良運動や開化路線に乗りつつも、内実それに抗うかのような反動的な姿勢が感じられてならない。

演劇改良運動と仮名垣

さらに、そうした仮名垣の姿勢は、当時勢いづいていた演劇改良運動に対する彼の反応にも窺える。演劇改良運動というのは、一八八六年に英国帰りの政治家・末松謙澄が、政財界を中心に立ち上げた運動である。末松は、当時の西洋に浸透していた東洋人劣等論をはねのけるべく日本演劇の西洋化を目指し、同年八月六日には日本の因習的演劇の打破、劇作家の地位向上、洋風劇場建築の三点を旨とする趣意書を発表した。(11) さらに末松は、ちょうど『倭錦絵』連載が始まる直前の一〇月三日に第一高等中学校で二時間にわたる演説を行い、日本演劇「改良」のための具体的な提言をしている。演劇改良会の趣意書は新聞各紙で公表されていたし、末松の演説の要約も、まさに『倭錦絵』連載期間中に、同じ新聞紙上で六回にわたって詳しく記載されている。(12) 仮名垣がこうした趣意書や演説内容を知らなかったとは考えにくいこともあり、おそらく彼は、演劇改良運動の具体的な提言に意図的に逆らう形で、あるいは無視する形で翻案化を行ったのではないかと推察できるのだ。

たとえば上記演説で末松は、日本演劇に「名文句」がないことを嘆き、とりわけ「獨物語の極めて少なひには大に西洋芝居に劣って居る彼のハムレット親王が（ツー、ビー、オーァ、ナット、ツー、ビー）云々と獨り語りする様な名文句が更らになひのは日本演劇に取りては遺憾千万でござります」と、他でもないハムレットの第四独白に言及している。(13) しかし、上述したように仮名垣は、そんな「名文句」第四独白をはじめ、やはり高い認知度を誇る第一独白も尼寺のスピーチもすべて切り捨てたのである。仮名垣と改良会の関係がかなり悪かったことを考えあわせても、(14) 仮名垣の翻案に改良運動への反抗的精神が宿っていることは、もはや疑問の余地がないように思われる。

以上、執筆当時の仮名垣をとりまく個人的・文化的背景を考慮しながら、彼の翻案の性質を考えてきた。つまるところ『倭錦絵』という作品は、文化的な地殻変動の激しい明治期に、低迷状態の作者が起死回生をかけて新しい時代の流れに乗ろうとしつつも、それと同時にその新しさに反発したり、それを揶揄したり、過去を懐かしんで振り返ったりする……そんな矛盾した態度のなかに生まれ落ちた作品だといえよう。本作品は日本初の『ハムレット』翻案作品であるがゆえに――おそらくその完成度の高さも手伝って――日本の『ハムレット』受容や文芸近代化を押し進めた、画期的「一歩」と認識されている。また、インターカルチュラリズムの流行する昨今においては、日本近代演劇における文化融合的アプローチの初期的試みとして評価されることもある。しかし作者・仮名垣にとっては、そうした、後世の学問的見地からふり返った「近代化」も『ハムレット』受容の「進展」も、さらには、概念としてのインターカルチュラリズムも文化融合も、とうてい思い及ばぬことであったろう。彼にとってみれば、自分に見渡せる小さな現実のなかで、身に寄せくる文化的変動の大波小波を必死に乗りこなし、時代や生活上の要請と、自らの衝動にまかせて作品を書いた、ただそれだけのことであったのだ。タイトルの言葉を使って表現するなら、仮名垣は、なじみと未練を感じる過去の文化を振り返りながら、しかし前方から迫りくる魁《さきがけ》の書『ハムレット』を、怒りと反抗心をもって「股のぞき」したということである。

2　織田の『倭錦絵』

書き換えにおけるシェイクスピア回帰

仮名垣の翻案執筆から一〇〇年以上もたった一九九一年、織田紘二はパナソニック・グローブ座からの依頼を受けて、仮名垣のテキストの書き換えに取りかかる。そのまま演じれば八時間に及ぶであろう仮名垣の五幕十九場を整理し、三幕十一場の歌舞伎脚本に仕立て直した。織田の書き換えは、もっぱら時間的短縮のためだったということだが、彼の書き換え方や演出方針を検討してみると、そこには仮名垣の原作を時間の許すかぎり「忠実に」上演しようという目的以外の思惑が見え隠れし、その結果、仮名垣の原作と織田台本とのあいだに断層が生じている。[15] 以下ではまず、織田の書き換えの特徴、および演出上の主要な特徴を紹介したい。なおこの舞台は一九九七年に再演され、その際にさらなる変更が加えられるのだが、ここでは議論の対象を初演に限ることとする。

織田の書き換えにおける顕著な特徴としてまず挙げられるのは、仮名垣が省いていたシェイクスピア原作の有名な台詞や場面を回復しようとする傾向である。代表的な例はハムレットの第四独白。仮名垣が完全に削除していたこの独白を、織田は坪内逍遥訳を使って、冒頭部分のみではあるが追加した。

存うる?存へぬ?それが疑問じゃ。残忍な運命の矢石を、ひたすら堪え忍んでをるのが大丈夫の志か、あるいは海なす艱難を迎えうって、戦うて根を絶つが大丈夫か?死は…ねむり…にすぎぬ。眠って心の痛みが去り、この肉に付きまとうている千百の苦しみが除かるゝものならば…それこそ上もない願はしい大終焉じゃが。死は…ねむり…眠る。あゝ、おそらくは夢を見よう。(16)

織田はこの独白を、仮名垣原作の「葉叢丸そら物狂い」の景事の場(音楽・舞踏を主とする部分)に放り込み、病鉢巻をした葉叢丸に語らせる。しかし初演の収録映像を見るかぎり、織田はこの台詞を、葉叢丸の狂気または狂気偽装の言葉として聞かせようとしたわけではなさそうである。(17) 暗い舞台に差し出し照明で浮かび上がる染五郎が、三味線を伴ってこの独白を堂々と朗誦してみせるとき、それは一つの圧倒的な見せ場となり、観客は葉叢丸の内心の表出としてこの台詞を聞く。しかしこの台詞の追加が、葉叢丸像を豊かにしているとはとうてい思われない。というのも、先に述べたように仮名垣の生み出した葉叢丸は、独白も語らず葛藤も内的複雑さもほとんど見せぬ、迷いのない男に仕立て上げられており、そんな人物に第四独白を一部だけ語らせても、そもそも彼のキャラクターにはそぐわないのである。結果としてこの独白は、一つの見せ場を提供してはいるものの、どこかに取ってつけたような印象がつきまとう。シェイクスピアの有名な台詞を取り戻そうとする織田の傾向は、第一独白や尼寺のスピーチの処理にも見られる。織田脚本では、第一独白は仮名垣の原作どおり割愛されていたが、初演を記録した映像では追加されている。つまり、稽古の過程で、第一独白を追加するよう方針が変更されたと推測できる。また、染五郎が葉叢丸と実刈屋姫の二役を兼ねる以上、二人が対峙する場面での「尼寺へ行け」のスピーチは不可能なはずだが、葉叢丸の語った言葉を宗晴が兼寿夫妻に報告するという形で、同スピーチも部分的に復活させられる。

さらに織田は、結末部分も大幅に書き換えている。次に引用する仮名垣原作の最終場面においては、決闘で生き残った葉叢丸と晴貞の和解から両者の切腹に至るまでの過程が一気呵成に描かれ、最後の義太夫節が彼らを「もののふの写真鏡」を高らかに称える感動的な幕切れとなっている。低迷期とはいえ、仮名垣の筆の冴えわたるところである。

(葉) ヤヨ晴貞大逆無道の悪人ながら伯父を害せし人倫の名義に反きし葉むら丸汝に首は與ふるぞ　我に討たれし父宗晴が墓前に手向　孝養の道を立よ　と我と吾が腹に突立ひき廻すを走寄る晴貞しばしと押とめ (禮) 今更強て御とどめ申しあげたりとも　かねてより御覚悟の御生害　遺憾きは数代の名家御血統もはや是まで　かかる始末も兼壽公の逆意に組せし拙者が父宗晴の不良心　たとへ御手にかかりしとて仇と狙ふ道理なき　奸者を見出す一時の計略 (葉) アイヤ余とても汝と同意　亡父の仇は報いしかと　叔父と母との非業の最期も我身の罪にかかる生害　もはや

此世に望みなき葉むらが介錯はや首うて　と苦痛にめげぬ丈夫の魂ひ　左りの方へ引まはし　継息毎にほとばしる血汐のみなぎり堰あへず　うしろにまはりて（禮）南無阿弥陀仏首は前にぞおちこちに聞ゆる陣鐘陣太鼓偖は敵勢此内乱を疾くも知りて寄せ来たりしな仮初ながら若君と刃を交へて手疵を負し此身の果もおなじ道　イデヤ冥途の御従者と腹掻切て引抜く切先咽喉につらぬき我手の止めかつぱと伏て死したりしは勇ましくも又潔ぎよき實にもののふの写真鏡朽ぬその名の石版刷皇国に模す錦絵かすみ引なる横文字を　仮名に訳してわざおぎのあらたまる日の魁けの梅の早咲のかほりを四方に傳へける　結局（42[18]）

さて、仮名垣翻案では、フォーティンブラスに相当する白鳥十郎は、全篇を通じてほとんど存在感がない。右の引用部でも白鳥の軍勢が入ってくることが触れられる（傍線部）だけで、晴貞の後追い自害のきっかけを与える以上の重要性は有さない。ところが織田は、この辺りにずいぶん手を加えて、シェイクスピア原作にほぼ忠実に従う形に書き換えている。つまり、死に際の葉叢丸が国主の座を白鳥にゆずる意志を伝え、そこへ入場してきた白鳥が、葉叢丸の亡骸を丁重に弔おうと語るのである。そしてその後でようやく、引用波線部分の義太夫節が入り、幕が下りる。

織田のこの改変は、若者二人の自害から最後の義太夫節まで一気にもってゆく仮名垣の力強い幕切れを、白鳥入場とその後のアクションにより分断してしまう。つまり、よくも悪しくも外的要素をそぎ落として、原作をお家騒動の枠に封じ込めた仮名垣の一貫性も、結末まで一気呵成に運ぶその筆の勢いも、これにより損なわれるわけである。なぜ織田はこうした犠牲を払ってまでも、『ハムレット』劇の有名な台詞や場面を取り戻そうとしたのであろうか？

視覚的効果優先の傾向

その問題を考える前に、織田の演出上の特徴にも言及しておきたい。これが顕著となるのは、舞台の目玉である染五郎の一人三役（葉叢丸と白鳥十郎、女形として実刈屋姫の三役）においてである。歌舞伎には、一人二役、三役、ときに七役といった手法があるが、そこには対照的な役の演じ分けや早替りの披露などの明確な意図がある。仮名垣の原作には、葉叢丸と実刈屋姫の会話があること、さらに白鳥十郎はそもそも出番がないことから、仮名垣がこの一人三役や二役を意図していないことは明らかだが、それにもかかわらず織田はあえてこの手法を採り入れた。その狙いはどこにあるのか。

まず、葉叢丸と実刈屋のダブリングの意義について考えてみよう。上述のように、そもそも仮名垣原作にはこの二人の会話部分が存在したのだが、織田はそれらをカットしてまで――言いかえれば、主役とその恋人の感情や関係性の描写という重要な劇的要素を断念してまで――この二役を染五郎に演じさせる選択をした。そこには、多くの批評家が指摘するように、染五郎を女形として登場させていかにも歌舞伎的なスペクタクルを作ること、早替りを披露することといった視覚的効果やケレンを優先する方針が浮かび上がってくる[19]。こうした織田の思惑はそれなりに功を奏したようで、日英を問わずほとんどの劇評がこの一人二役の趣向や染五郎の女形としての美には触れるものの、二人の関係性や心理描写が物足りないことなどへの批判を表明している。たとえばインディペンデント紙の評者ポール・テイラーは、恋人達の関係が「演劇的実体」を伴わないことを指摘する[20]。

次に葉叢丸と白鳥十郎の二役を重ねる意味について考えてみる。むろんシェイクスピア原作では、ハムレットとフォーティンブラスは「復讐する息子」としての類似性と、行動力における対照性を示すため、これらの二役を重ねる手法を選ぶとしてもそれなりの意味が見出せる。しかし仮名垣翻案では、先述したように白鳥の役割は大幅に減じられる。語られるだけで登場の機会も奪われた白鳥は、もはや葉叢丸との類似や対比を成すほどの存在ではない[21]。それにもかかわらず織田は、染五郎の着替え時間を稼ぐ冗長な会話を書き足してまで、このダブリングを実現させた。ここにもやはり、一人二役、三役（ときに早替り）という歌舞伎的仕掛けや話題性へのこだわりと、染五郎の変化で観客の目を楽しませようという視覚効果・ケレン優先の演出方針が見え隠れするのである。

さらに衣装の点においても、同様の傾向が指摘できる。たとえば劇冒頭での葉叢丸の衣装である。周知のとおり、シェイクスピアのデンマーク王子は黒の喪服を身にまとって登場するが、それが彼の悲しく暗い心情のみならず、周囲からの心理的隔絶・孤立状態をも視覚的に示す有効な演劇的手段となっている。原作のそうした意図を汲んでのことか、仮名垣は、黒と正反対の「雪の喪服」（15）、つまり真っ白な衣装を葉叢丸に与えている。ところが織田の演出した葉叢丸は、黒でも白でもなく、あでやかな紫の色裃を着て登場するのだ。この派手な色裃の衣装からしても、葉叢丸が着用する前髪つきの鬘からしても、織田は葉叢丸を歌舞伎の役柄「若衆方」の美少年タイプとして演出しようとしたことが推察されるのだが、イズミ・カドノも論じるとおり、こうした衣装や鬘が示唆する役柄は「もののふの写真鏡《かがみ》」となる葉叢丸にはそぐわない。つまり、冒頭での葉叢の衣装や鬘は、シェイクスピア原作にも仮名垣原作にも基づかぬのみか、歌舞伎コンベンションの記号にも合致せぬ、なんの根拠のない選択ということになってしまう。ここでもやはり、染五郎の若さと美しさを強調し、観客の目を楽しませようという視覚優先の演出方針が優先されているのである。

二十世紀末日本におけるシェイクスピアと『ハムレット』

以上、織田の脚本書き換えと演出に顕著な傾向を検討してきたが、その背後にある時代的・文化的事情を考察する必要があろう。まず注目したいのは一九九一年という時代である。これまでにも何度か述べたとおり、日本は明治開国以降、欧化政策の一環としてシェイクスピアの摂取に努め、各方面での試行錯誤と紆余曲折を経ながらも着実に受容の歴史を積み上げていた。こと演劇分野においては新劇が中心となって西洋スタイルの模倣上演に努めた結果、一九九〇年代に入った頃にはようやくシェイクスピアを「我が物にした」という自信を持つにいたる。[22]「外国人作家」「異文化」であったはずのシェイクスピアに対する意識の点でも、一九八〇年代後半に大きな転機が訪れた。演劇国際化とバブル経済の波に乗ってイギリス以外の劇団が多数来日し、自由で大胆なシェイクスピア解釈を日本人に見せつけた。『ハムレット』を例にとれば、一九八八年のアンジェイ・ワイダ演出（ポーランド）、一九九〇年のユーリー・リュービーモフ演出（ロシア）、イングマール・ベルイマン演出（スウェーデン）などが挙げられよう。こうした舞台をきっかけに日本人は「本場イギリス」や「正統なシェイクスピア」に対するコンプレックスから解放されていった。また、それと同時に「異文化が生み出すシェイクスピア」の魅力と可能性に開眼することになったのだ。一九九〇年の東京では、少なくとも十八の『ハムレット』劇が上演されたが、その三分の二が、独自の解釈による翻案上演だったという事実も、当時の日本人の意識の変化を物語るものであろう[23]。

さて、このような日本独自のシェイクスピア解釈を模索する動きのなか、世界の多文化主義的な動きの隆盛にも後押しされて、とくに伝統芸能とシェイクスピアを掛け合わせるような翻案上演、つまり第三部冒頭で述べた「インターカルチュラル・シェイクスピア」型の舞台や演出がきわめて高い注目を浴びるようになっていた。つまり織田の舞台は、国内外いずれにおいても需要と人気の高い、流行の「商品」となりうる条件をぞんぶんに備えていたわけである。もちろん、それは偶然のことではない。そもそも本公演は、パナソニック・グローブ座の「日本文化の中のシェイクスピア」というシリーズ用に企画されたと同時に、ロンドンで同年開催されたジャパン・フェスティバル用の企画でもあり、「狂言フォールスタッフ」（『法螺侍《ほらざむらい》』）や文楽版『テンペスト』（『天変斯止嵐后晴《てんぺすとあらしのちはれ》』）などと共に、そうした国内外での演劇市場に出すべく用意されていた。[24] つまり織田の公演は、「インターカルチュラル・シェイクスピア」を求める国内外の需要に応えるための「商品」として企画されたものであり、そもそも文化融合的な性質に満ちた仮名垣の翻案は、それ自体が格好の素材として選び取られていたわけだ。

しかし仮名垣のテキストがそのまま通用するわけでもなかった。というのも、批評家ジョン・ギリスも指摘するように、シェイクスピアの土着化バージョンを成功させるためには、その土着文化を単純化・商品化せざるをえないという問題がつきまとうからである。[25] この場合で言うならば、歌舞伎をほとんど知らない現代日本人や、言葉の通じない外国人観客を退屈させないために、ある程度の商品化・ステレオタイプ化を施した、カッコつきの「歌舞伎」、わかりやすい「歌舞伎」を作らざるをえないわけである。先ほど紹介したような歌舞伎的スペクタクルやケレンに頼る織田の傾向も、こうした事情によるものと思われる。初演の劇場となったパナソニック・グローブ座の観客が、歌舞伎になじみのない若い世代を中心としていた点も、織田のこうした傾向をさらに助長したと考えられよう。

扇田昭彦によれば、同じジャパン・フェスティバルに出された蜷川幸雄演出の英語版『タンゴ・冬の終わりに』（清水邦夫作）は、日本の現代演劇を紹介しようと試みたものだが、予想外に客足がのびず早々に幕を下ろしてしまったという。ステレオタイプ化された伝統芸能やオリエンタリズムに訴える表現が「文化的通貨」として受け入れられやすい反面、「ありのまま」の日本演劇がなかなか評価されにくい点を扇田氏は指摘するが、その意味では、「歌舞伎」商品化という織田の戦略は、少なくとも興行的には功を奏したということになろう。

それでは、織田の台本書き換えにおける傾向、つまりシェイクスピア原作の重要部分や有名な台詞を取り戻そうとする傾向は、どのように説明したらよいだろう。この問題を考えるうえで大きなヒントになるのは、主演・市川染五郎の言葉である。織田は当初、仮名垣の原作どおりに第四独白のない台本を書いていたのだが、それを見た染五郎は「これ（第四独白）がないのは『ハムレット』じゃない」と感じたという。そして、そんな染五郎の要請を受けて、織田は監修役の河竹登志夫とも相談のうえ、坪内逍遥訳により独白を一部追加したのだ。(26)「第四独白がなければ『ハムレット』じゃない」――この染五郎の感覚は、今では「当然」と感じられるかもしれないが、歴史的に言えば必ずしもそうではない。というのも、上でも触れたとおり、明治初期の日本人は（一部インテリ層を除いて）、ハムレット第四独白がなくて違和感を感じるというよりはむしろ、それを芝居に組み込むことに四苦八苦したからである。(27)つまり、染五郎のみならず「第四独白がなければ『ハムレット』ではない」と感じる二十世紀末や現代の日本人のあり方そのものが、『ハムレット』への精通度を表すものであり、我々が明治時代の受容段階から遠い道のりを歩んできたことの証左ともなるのである。そして、あえて先回りして書いておくと、そうした二十世紀末の受容のあり方が、第八章で扱う『仮名手本ハムレット』においては嘲笑と批判に晒されることにもなる。

第四独白にかぎらず、織田が『ハムレット』劇の重要箇所や知名度の高い台詞を取り戻そうとした理由のひとつはここにある。つまり『ハムレット』を見るからには／やるからには、劇の「ツボ」は押さえてほしい／押さえねばならないという思いが、観る側にも作る側にもあって、それが織田の書き換え方に影響を与えていたということである。とくに海外の観客を意識したときには、日本人が作品の核心を捉えていることを示したいという、ある種の国民的自負心も作用していたのかもしれない。このように、織田の演出や書き換えに見られる傾向は、とりわけ二十世紀末の演劇界の置かれていた状況や、日本のシェイクスピア受容が迎えていた局面を強く反映していたのである。

おわりに

本章のタイトルにあげた〈文化融合〉という言葉をつかって総括しておこう。明治という怒涛の文化的変遷期に生きた仮名垣魯文。晩年の低迷状態にあえぎながら、去りゆく江戸文化と迫りくる西洋文化のはざまで起死回生をかけた彼は、西の素材を東の枠組みに強引に流し込む形で〈文化融合〉を成し遂げた。しかし、その背後にあるのは、純朴な西洋崇拝精神でもなければ、能天気な開化主義精神でもない。侵入者・侵略者たる西洋文明やシェイクスピアに対する屈折した心理、当時の日本に横行した欧化主義的政策に対する反発、去りゆく江戸文化への懐古、そして自己保身本能と日和見主義的な横領精神……そうしたものが複雑に入り混じっていた。仮名垣にとってのシェイクスピアとは、自分の快適な文化的・文学的空間を脅かす「招かざる客」でもあると同時に、自らの作家生命のために手を結ぶべき「有力な友」ともなりえたわけだ。

こうして『倭錦絵』に封じ込められた東西の〈文化融合〉の要素は、当然ながら織田の台本や舞台にも引き継がれた。しかしそれは、二十世紀末の特殊な文化状況のなかで「商品」として戦略的に選び出されていたものであり、さらに当時の状況のなかで再構築・加工されたものでもあった。織田にとって、あるいは二十世紀末の日本演劇界にとってのシェイクスピアとは、もはや見知らぬ「侵略者」ではなく、すでに慣れ親しんだ文化的アイコンであり、さらには国内外での商業的成功を約束してくれる、頼りになる文化的な国際通貨・文化的資本でもあったわけである。織田は、仮名垣テキストの有する強烈な土着性を弱めつつも維持し、そこにシェイクスピアの正統性を持ち込むことで「インターカルチュラル・シェイクピア」の商品を生み出したということである。タイトルの概念を用いて説明するなら、仮名垣は複雑な動機を秘めて『ハムレット』を「股のぞき」し、徹底的な「土着化」・さかさ読みを試みたわけであるが、織田はシェイクスピアの正統性を取り戻すことでその「股のぞき」の度合いを弱め、作品をいくぶんかは「まっすぐ」に眺める要素も付加することで、国際演劇マーケットに通用する商品として調整したということができる。

注

(1) 河竹登志夫、159—60頁。
(2) James R. Brandon, p.31.
(3) 以下、作品名は『倭錦絵』と略して記す。仮名垣の作品からの引用は、機関紙『ひと』(1936年) に掲載されたテキストを用いて、引用末尾にページ数を示す。なお実際の連載は、一八八六年一〇月六日 (予告)、七日、九日、一二日、一四日、一六日、一九日、二一日、二三日、二六日、二八日、三〇日、一一月二日、五日、六日、七日、九日、一〇日、一一日、一二日、一三日、一四日、一六日の『東京絵入新聞』紙面に掲載された。
(4) 葉叢丸は九代目団十郎、弾正は初代左団次、実刈屋は五代目歌右衛門をモデルにしていると考えられる。しかし仮名垣がどれほど現実的に上演を見込んでいたのかについては、議論の分かれるところである。詳しくは、河竹163—64頁を参照のこと。
(5) 人物像の変更についてはKishiが詳細に論じている (pp.112-13)。
(6) 『西洋道中膝栗毛』は、ロンドンの万国博覧会見物に出かけた弥次・喜多が、海外事情を知らないために失敗を繰り返す物語。『牛店雑談安愚楽鍋』は牛鍋屋に場面を固定し、そこに出入りする人々 (旧時代の人間、新時代を謳歌する人々など) を描き出した文明開化風俗絵巻。
(7) 宇田川文海の翻案小説。勝諺蔵により歌舞伎に脚色され、大阪戎座で上演された。
(8) 仮名垣の晩年の低迷については、興津『仮名垣魯文』183頁以下を参照のこと。
(9) 仮名垣「稗官者流」4頁。

（10）一九七五年九月七日、九日、一〇日の三回にわたり、『平仮名絵入新聞』に掲載された。
（11）演劇改良運動については、倉田、第七章を参考にした。
（12）予告も含めると、末松の演説に関する記事は計七回（一〇月二日、六日、七日、八日、九日、一〇日、一二日）も『東京絵入新聞』に掲載された。
（13）末松謙澄『演劇改良意見』58頁。
（14）改良会が唱えた「活歴」（仮名垣が嘲笑的にもちいた「活歴史」という言葉に基づく、生きた歴史の意味）に対しても、仮名垣が反抗的であった点を河竹は指摘している（165頁）。
（15）織田の脚本に対して批評家達は概して批判的である。たとえばKishiはこれを「シェイクスピアでも歌舞伎でもない」「芸術的失敗作」とし、Rycroftも、織田の書き換えが「改悪」である可能性を示唆する。
（16）『西洋歌舞伎　葉武列士倭錦絵』（東京グローブ座台本）30—31頁。以下、本台本からの引用は、本文中にページ数を記す。
（17）「西洋歌舞伎『葉武列土倭錦絵』：英国ジャパン・フェスティバル」、WOWOW、一九九一年一二月八日放映。パナソニック・グローブ座六月公演を収録したもの。
（18）下線は筆者による。（葉）は葉叢丸を、（禮）は禮之丞晴貞を指す。傍線、点線は筆者による。
（19）このダブリングにおける視覚重視の傾向は、TakahashiやKadonoなど多くの学者が指摘している。
（20）*The Independent* (September 23, 1991) より。その他、参考にした劇評類は、朝日新聞（六月一九日）, *The Observer* (September 15, *Reuters News* (September 22), *Sunday Times* (September 22), *The Guardian* (September 23), *The*

Financial Times (September 23), *The Times* (September 24), *The Times* (September 26), *The Evening Standard* (September 23), *The Irish Times* (September 28, 1991)である。Kadonoもこのダブリングのせいで恋人達の緊張関係が失われてしまった点を指摘する。

(21) 実際、仮名垣版の白鳥は語られるだけの存在であり、実際に舞台に登場する機会すらない。

(22) Suematsu (pp.94, 98). 一九八八年に東京グローブ座が完成したことや、一九九一年に国際シェイクスピア学会が東京で開催されたことも、こうした感覚の醸成を助けたと考えられる。

(23) Suematsu, Kawaiを参照のこと。

(24) Kazuko Matsuoka, pp.229-30.『法螺侍』は、野村万作の依頼により高橋康也が創作した翻案狂言。『ウィンザーの陽気な女房たち』のフォールスタッフが主役となる。『天変斯止嵐后晴』は、山田庄一が『テンペスト』を中世日本に置き換えて脚色した作品で、鶴澤清治が作曲を担当した。後者のロンドン上演は実現しなかった。

(25) John Gillies, p.244.

(26) 市川染五郎、123頁。

(27) 日本演劇界がハムレット第四独白を実演するまでに長い年月を要した経緯については、河竹が詳しい。

第7章……宗片邦義の『英語能ハムレット』——「生死はもはや問題ではない」

能とシェイクスピア

本章が扱う翻案は、二重の意味で漱石の教えに忠実である。まずは、悲劇『ハムレット』のもっとも有名で重要な第四独白の主要部分“To be or not to be, that is the question”を「股倉から」さかさ読みして新たな解釈を生み出している点。さらに一九一一年に漱石が記した、また別の提案をも実践に移した点である。坪内逍遥訳・演出の『ハムレット』が一九一一年五月に帝国劇場で上演され、ひろく話題を集めたことは第二章ですでに取り上げた。この鳴り物入りの興行に夏目漱石も招待されていたのだが、公演終了後に彼が『東京朝日新聞』に発表した劇評はかなり手きびしいものであった。漱石は、シェイクスピアの言語は「常識以上の天地を駆け回」る詩的なものであることを強調して「沙翁劇は能とか謡とかの様な別格の音調によつて初めて、興味を支持されるべきである」と主張した。シェイクスピア劇を能に翻案する――一九一一年に漱石が出したこの提案は、実現までに長い年月を要したのみならず、演劇伝統の融合・混淆のはらむ可能性と困難を露わにするものでもあった。

ケン・タキグチも指摘するように、シェイクスピア劇をアジア演劇の様式に翻案化する場合には「原作テキストに宿る正統性と上演スタイルに宿る正統性との衝突」が生じてしまう。[1] ましてやそれが能とシェイクスピアの組み合わせともなると、問題はさらに厄介である。というのも、能は日本演劇のなかでもっとも古典的かつ様式化されたジャンルであるとともに、テツオ・キシの言葉を借りれば「シェイクスピアの筋立ての複雑さ（と、ときには世俗性）を容易には受け入れられない」からである。[2] しかし、そうした困難にもかかわらず、能とシェイクスピアを融合させようとする試みは一九六〇年代ごろから始められてきた。これは前出の「インターカルチュラル・シェイクスピア」志向――アジア圏のシェイクスピア上演においてシェイクスピアのテキストに宿る正統的価値を、土着演劇の技巧や美学が生み出す即時性（直截性）や活力と衝突させることに主眼を置いた動き――の一環に位置づけられるもので、蜷川幸雄や鈴木忠志、黒澤明といった著名な演出家や映画監督が、能の手法をシェイクスピア上演・映画に採り入れようとした。しかしながら彼らの作品は、程度の差こそあれ、自律的な演劇形態としての能の正統性を十分に認めることなく、むしろ「能っぽい」音楽、演出、動きのみを利用するようなものであった。たとえば『マクベス』の翻案映画として世界的に名高い黒澤の『蜘蛛巣城』（一九五七年）は、能的な表現方法をふんだんに、しかし断片的に採り入れている。楓夫人（マクベス夫人）のすり足や片膝を立てて座るジェスチャー、お囃子の音楽、魔女たちの糸車などが例として挙げられる。[3] また、国際的成功を収めた蜷川の『テンペスト――佐渡の能舞台でのリハーサル』（一九八七年）にも同じことがいえる。蜷川は、舞台後方に小型の能舞台を設けたり、古典能『土蜘蛛』で用いられる白糸をプロスペローに繰り出させたりという具合に、能の演劇的コンベンションをふんだんに利用した演出を行った。[4] しかしながら、視覚的にインパクトの強いこれらの能的演出も、キシに言わせれば「気まぐれ」「大げさ」「恣意的」であり、「深い論理的ないしは演劇的な整合性に欠ける」ものである。[5] こうした中途半端な演出が生まれてしまう背景にはおそらく「異文化」表象をめぐるジレンマが存在する。前出のジョン・ギリスが指摘するように、異文化をありのままの深遠で曖昧で自律的なものとして表象すれば、それは外国人には理解できないため「商品」としては使い物にならず、逆に国際的な演劇市場で受け入れられたければ、蜷川や黒澤の例のように「外国人の消費のために単純化・商品化された」ものにせざるをえないということである。[6]

二十一世紀の試み

しかし、こうした表層的・部分的な試みののち、より深い次元でシェイクスピアと能を融合させよう、つまり両演劇の体現する正統性の衝突・対立を意識しつつも、それらになんとか折り合いをつけようという試みも二十一世紀に入った頃から盛んになっている。たとえば、宮城聰率いる劇団ク・ナウカによる『ク・ナウカで夢幻能な「オセロー」』(二〇〇五―六年)や、りゅーとぴあ能楽堂シェイクスピアシリーズ『リア王:影法師』(二〇〇四―五年:栗田芳宏演出)などがその例に挙げられる。タキグチはこれらの舞台を比較し、両者の対照性を指摘する。いずれも夢幻能の形態をとりつつも、観客が理解できる舞台を作るために、最終的に前者は能上演の正統性を、後者はシェイクスピアのテキストに宿る正統性を優先させたと判断する。[7] とくにりゅーとぴあ能楽堂シェイクスピアシリーズは継続的な試みとして目を見はるものがある。[8] 彼らの『冬物語』は二〇〇六年にルーマニアで開催された国際シェイクスピア・フェスティバルに招聘され、全体としては「能とシェイクスピアの見事な統合」として大絶賛を浴びた。[9] また泉紀子の『新作能マクベス』(二〇〇五年)、『新作能オセロー』(二〇〇六年)もそうした試みの一つとして紹介しておきたい。これらは古典能の様式と言語に合わせて創作・上演され、能の正統性をシェイクスピアのテキストの正統性よりも優先したものである。

多文化主義的な演劇に対する関心の高まりや、右で述べたようなシェイクスピア能化のトレンドを念頭においたとき、宗片邦義の長年にわたる英語シェイクスピア能の試みには、現状よりももっと多くの学術的関心が寄せられてしかるべきであろう。[10] とくに彼の『英語能ハムレット』は、シェイクスピア能化の企てとしてはもっとも長きにわたる本格的なものであるばかりか、演劇の〈文化融合〉の伴う課題や可能性の諸相を映し出すという点でも、たいへん興味深い例を提供してくれるからだ。

1 シェイクスピアと能の融合

シェイクスピアと謡《うたい》

宗片は英文学者として静岡大学で長く教鞭をとるかたわら能の修行も重ねてきた。「西洋と東洋、二つの文化が生んだ芸術の魂を融合し、そこから何か新たな芸術作品を創造」し、さらには「能の中にある悟り、救いの精神をシェイクスピア詩劇の中にとけ込ませたいという願望」を抱きながら、数十年にわたってシェイクスピアの『ハムレット』を能形式に翻案化する作業に取り組んできた。[11] すでに四大悲劇と『アントニーとクレオパトラ』、『ロミオとジュリエット』の能化を手がけている。[12] 各作品の能化における具体的手法に違いこそあれ、宗片の基本的な姿勢は一貫しており、つねにシェイクスピアの原詩と能の様式美を等しく最大限に尊重しようとする。彼は、黒澤や蜷川のような能の利用法が「能的な雰囲気」を作るための「部分的で技術的」なものにすぎないことを指摘し、世阿弥が能の本質と考えた謡と舞による全体的な統一がないことを批判する。[13] 宗片のアプローチは、能の様式を尊重するという点では上述の宮城聰と共通するところが多いが、宮城よりもはるかに早い時期から開始された点で、より一層の注目に値する。

段階的な試みと「決定版」

宗片の『英語能ハムレット』は段階的に発展してきたため、数バージョンが存在する。まず実験的な試みとして、①ハーバード大学エマソン・ホールで演じられた「仕舞・ハムレット第一独白」(一九七四年)があり、その後、②能の伝統的形式である五番立てに合わせた五幕物(一九八二年)、③さらにそれをかなり短縮した二場構成のもの(一九八四年)、④独演用の一幕物(一九八九年)という具合に、(①は除き)徐々に短いものへと移行していった[14]。各バージョンにはそれぞれにそれなりの根拠や長所があるのだが、「本質的でないものはすべて取り除いた[15]」結果として生まれた独演用の一幕物(④)を、宗片自身は「決定版」と評する。そこで本章では、原則としてこのバージョンを、宗片の追究した『英語能ハムレット』の究極の形として分析の対象とする[16]。

この一幕物はハムレット役のシテ一名により演じられる英語約九〇行程度の作品で、上演時間も三〇分ほどである。五幕物や二幕物は、それぞれの長さや幕構成の許す範囲で原作プロットをなぞろうと試みたのに対して、このバージョンは、長大な原作テキストのごく一部分を選びとり、それらを大胆に解体・再構成したものである。「シェイクスピア劇の激しい動きが極度に切りつめられ、冗舌の劇が沈黙の劇へと凝縮された」という岡本靖正の描写が的確にこの作品の本質を捉えている。[17] 筋立てはいたってシンプルである。島流し先のイングランドから戻ったハムレットが舞台に登場し“To be or not to be, that is the question”で始まる有名な第四独白の主要部を吟ずる。その後、舞台に置かれた小袖[18]に気づき、オフィーリアの死を知ったハムレット。彼女を深く愛していたと語る。しかし、小袖の前でしばらく瞑想にふけった後、王子はそれまで自分が自らの生と死に拘泥しすぎており、彼女を真に愛してはいなかったことに気づくとともに、彼女に浴びせた冷たい言葉（「尼寺へ行け、さらば」）や彼女の歌った歌（「どうやって見分けたらいいの／本当の愛かどうか」）を思い返す。こうした瞑想の後、彼は決然と立ちあがり「悟りの舞」を舞うのだが、注目すべきは、そこでハムレットが第四独白のキーフレーズを否定することである。

To be or not to be: is *no longer* the question.
If it be now, it be now,
'Tis not to come, not to come;
If it be not to come, it will be now;
If it be not now, not now,

図 18 ●宗片邦義「悟りの舞」
撮影：Katsuhito Yui（宗片邦義『Hamlet in Noh Style 英語能ハムレット』研究社）

Yet it will come, it will come;
The readiness is all. (emphasis mine)

生死はもはや問題ではない。
今くれば、後には来ない。
あとに来ないなら今来るはず。
今こなくても、いつかは来るのだ。
覚悟さえしておけば、それでよい。（強調は筆者による）[19]

つづく物着（舞台上で扮装を換える）ののち、決闘に倒れたハムレットが「救いの舞」を舞う。レアティーズとの「赦しあい」と無常を謡うハムレット。彼が天へと上がってゆくことが示唆されて幕となる。このように、原作悲劇のプロットやテーマの多く――たとえば復讐をめぐる主人公の遅延逡巡も、クローディアスやガートルードとの確執や対立も、デンマーク国をめぐる政治的側面も、さらに亡霊の出現も、オフィーリアの狂気や水死なども――が（少なくとも表向きは）割愛されて、ハムレット王子の第四独白とその反転を核とした、王子の「悟りと救い」の物語が構築されることになる。そのなかで禅的な価値観――現世・現在からの超越や無常観など――が強く打ち出される。詞章の大部分は原作第三幕第一場のハムレット第四独白と、「墓掘の場面」（第五幕第一場）、最終場（第五幕第二場）のいずれかから取られている。

二つの「正統性」の対立と融合

さて、この翻案能のもっとも注目すべき特徴のひとつは、英語、しかもシェイクスピアの原詩を用いている点である。[20] 当然ながらこれは、上に挙げたタキグチの引用にある「原作テキストに宿る正統性と上演スタイルに宿る正統性との衝突」をもろに招く上演形態である。現実的な上演レベルにおいても、英語と日本語の発声法がまったく違うため、英語の台詞に能の節をつけるのは困難を極めたというが、それでも宗片の方針が揺らがなかったのは、ひとえにシェイクスピアの原詩に対する彼の敬意とこだわりのゆえである。能様式が優先している印象を与えるかもしれないが、宗片の翻案は二つの演劇伝統の宿す正統性を真っ向から衝突させつつも両立させようとするものである。この大胆な手法には「英語の特徴と能の謡いのスタイルのどちらを犠牲にすることもしたくなかった。むしろ、両者が融合のなかでより豊かな生を生きられれば[21]」という翻案者の願いが込められている。そして、その結果としての『英語能ハムレット』は、よくも悪しくもきわめてハイブリッドな作に仕上がっている。

テキストの重層性

シェイクスピア原詩と能の両者が「融合のなかでより豊かな生を生き」られるようにと、宗片が凝らした工夫のひとつは節づけにある。彼は『英語能ハムレット』の重要箇所に、古典能の有名場面の節づけを利用することで、前者の上に後者の意味の層を重ね合わせようとした。たとえば『江口』のキリ（最後の部分）の節づけがハムレットの「救いの舞」に重ねられる。西洋音楽の表記法とは異なるものの、能にも然るべき謡い方（抑揚や音調など）を指示する譜があり、（流派により多少の差こそあれ）基本的には共通の演じ方がある。つまり、古典能のある特定の部分の節づけが使われていれば、能に通じた者にはそれがどの作のどの部分のものであるか判別できるのである。[22]『江口』のキリでは、かつて遊女であった江口が、この世の無常や執着の空しさを謡いながら普賢菩薩に姿を変えて西方浄土へと上がってゆくのだが、その江口の謡の節づけがハムレットの「救いの舞い」に重ねられることにより、（少なくとも能に通じた観客には）ハムレットが救われることが示唆されるわけである。[23]

ハムレットの悟りの瞬間、つまり「悟りの舞」にもまた同種の工夫がある。王子が“To be or not to be: is *no longer* the question.”と謡うとき、その節づけは『山姥』の最終場面から取られている。この曲は山廻りを続ける山姥が現われる、仏教的で難解な作品である。なかでも山姥が何を象徴するのかについて専門家の意見は分かれるようだが、[24]少なくともこの劇が禅的な「超越的智慧」[25]を強調するという点では批評的合意がある。その「智慧」のもとでは善悪の二元論的な認識は却下され、万物の調和が唱えられる。山姥は謡う――「善悪不二、なにをか恨み、なにをか喜ばむや、万箇目前の境界、懸河渺々として、巌峨々たり」。悟ってみれば、善悪も邪正も表裏一体である。それなのに、なぜ怒ったり喜んだりするのか？すべての仏理は目の前にある森羅万象に表れている、ということだ。[26] このようなメッセージを持つ『山姥』の最後の一節がハムレットの「悟りの舞」に重ねられるとき、能の知識をもつ観客は王子の超越と悟りを肌で感じることになる。

分かりやすさと継続性

ただし、翻案者がいかに工夫を凝らしても、それが劇場で実際に機能するかはまた別の問題である。実のところ、この手法は観客にはなかなか手ごわいもの、つまり日本人にとっても英語話者にとってもかなり理解しにくいものになってしまったようだ。日本映画や日本文化の大御所であるドナルド・リチーは二幕物の劇評において宗片の舞台を絶賛するが、唯一の難点として英語の使用を挙げ、「もし劇が英語で上演されていなかったら、これらの要素——謡、舞、囃子プラスシェイクスピア——はすべて、より緊密に結びついていたであろう」と述べる。[27] また演劇評論家の鳴海四郎も「子音が強く母音に長短強弱のある英語のリズムは日本語式のリズムの地謡には乗りにくく、かなり聞き取りにくかった」と述べて、英語と能の謡との相性の悪さを指摘している。[28] 宗片自身、筆者とのインタビューのなかで、分かりやすい英語で謡える役者を（彼自身以外には）探すことが難しかったこと、そしてそれが独演版を考案するきっかけの一つでもあったことを話してくれた。しかしもちろん、分かりやすければよい、というだけの問題でもない。そもそも、能を鑑賞する現代日本人のほとんどが古典の日本語を理解できないわけだが、それはちょうど現代の一般的イギリス人がシェイクスピア劇の詩や外国語のオペラを聴き取れないのと同じであり、だからといって、それがその劇体験を損ねてしまうと決めつけるわけにはいかない。劇評家のマイケル・コヴェニーは、これまでに観てきた多くの『ハムレット』のなかでもっとも感動的だったのは、「規範的」演出とはかけ離れたもの、「外国語で演じられ、見知らぬ政治風土に設定されたもの」であったと述べる。[29] つまり『ハムレット』のようによく知られた作品の場合には、風変りな演出によってある種の新鮮さや新奇さが加えられた時にこそ、かえってその偉大さが引き立つと言っているわけだ（この問題については、最後にもうすこし考えてみたい）。その意味において宗片の英語能は、日本語話者、英語話者のいずれにとっても、明らかに新奇なもの、異質なものと映るだろうから、ある種の利点もあるのかもしれない。とまれ、今後の上演継続性についての現実的な見通しはあまり明るいものとはいえない。宗片自身は二つの「正統」を保持するのに必要な技術・知識を有し、自分の独演用にバージョン改訂を続けてきたわけだが、彼以外の人間がその技術を継承するのは困難であることが予想されるからだ。

2 劇の再解釈

ハムレットの変容

『ハムレット』には多くの謎があるが、その一つが主人公の豹変である。ハムレット王子は、逡巡を繰り返すばかりでなかなか復讐に踏み切れない優柔不断の男。ところが、そんな彼が最終幕でとつじょ行為の人となり、復讐という大きな課題に立ち向かう。本悲劇の批評においては、いったい何が王子のそうした変容・変身を引き起こしたのかということが大きな論点となってきた。ロイ・ウォーカーやドーヴァー・ウィルソンらの批評家は、「海での変化」(“sea-change”)という言葉を用いながら、イングランドへの船旅こそがハムレットに大きな変化をもたらすのだと論じ、それが主流の見解となってきた。(30) 他にも、ポーランドの攻略に向かうフォーティンブラスとの遭遇およびその直後の独白がハムレットの転機だとする説もある。(31) 論にばらつきはもちろんあるものの、いずれも第五幕第一場すなわち「墓掘の場面」に現われるハムレットが、すでに過去の彼からは決別し、変貌を遂げているという点で一致している。さて、宗片翻案が提案する能的アプローチによる「股のぞき」は、この批評的問題にも、ひとつの新しい「景色」を切り開いてくれる。

宗片の解釈

こうした主流の見解に対して、宗片は異なる立場をとる。「オフィーリアの死を契機に、ハムレットは生死の迷いを乗り越え、一種の「悟り」の体験を得るのではないか」[32]と述べる宗片は、ハムレットの転機が船旅よりも後のタイミング、つまり彼がオフィーリアの死を知る第五幕第一場で訪れると解釈するのだ。同場は大きく三つに分かれる。まずはじめに墓掘たち（道化）が人間の死や髑髏についてナンセンスな会話を繰り広げ、中盤では、船旅から戻ったハムレットがホレイショーを伴って登場。掘り出された髑髏、とくにヨリックの髑髏を介して、過去の英雄の生と死に思いをはせ、土に帰すべき人間の定めと無常を語る。そして場の終盤でハムレットは、オフィーリアの亡骸とその埋葬を目撃することになる。このように各部分がいずれも「死」という主題に喜劇的・悲劇的な角度から光を当てる重要な場面となっている。宗片は、ここでの主人公の「死」との対峙、とくにオフィーリアの死を認識することこそが、ハムレットにとっては決定的な――船旅やフォーティンブラスとの遭遇よりもはるかに決定的な――体験であると解釈し、それをドラマの「本質」として抽出したわけである。たしかに、オフィーリア埋葬の直後にハムレットの態度が一変すること――「われこそがデンマーク王子ハムレット」と王家の名乗りをあげ、墓の中にいるレアティーズに挑んでゆくこと――を考えると、オフィーリアの亡骸との対峙に大きな転換点を見出す宗片の解釈にも説得力が感じられる。

まるでオフィーリアの死がハムレットに新たな生を与えたかのようである。

能における死者

この宗片の解釈には、彼の能への造詣の深さが反映されている。というのも、能作品の大半が分類される「夢幻能」というジャンルにおいては、死者との接触というものがドラマの根幹にあるからだ。能に精通する宗片が『ハムレット』を眺めたときに、原作の複雑な主題群やプロット展開のなかでも、おそらく能的な関心に合致する側面がドラマの「本質」として浮かび上がることになり、従来のシェイクスピア批評とは異なる独自の解釈が可能になったのであろう。さて、『ハムレット』における死者との接触といえば、まずはハムレット先王の亡霊が頭に浮かぶであろう。じっさい宗片は、五幕物では父王の亡霊も登場させている。原作では、番兵やホレイショーが甲冑姿のハムレット父王の霊を目撃するのみならず、ハムレットが亡霊と会話をした結果、「時代の関節が外れているのだ。ああ、なんといやなめぐり合わせか。それを直すために生まれてきたとは！」と復讐を誓う[33]。たしかに、この霊との遭遇は復讐プロットの構築には必須のものではあるが、二幕物、独演版と短縮してゆくにあたり、宗片は復讐プロット自体を割愛することになる。というのも彼にとってドラマの「核」は、あくまでもオフィーリアの死との対峙を契機とする主人公の悟りであったからだ。だからこそ彼は、二幕物に切り詰める段階で、五幕物に登場させた二種の亡霊（父王とオフィーリア）のうち前者を捨て、後者のみを保持したわけだが、これを独演版に改訂するにあたり、さらなる工夫が必要になった。二幕物においてオフィーリアの霊は、舞台上で瞑想するハムレットを訪れ、祝福を与えて彼に悟りをもたらすのだが、独演となれば、亡霊を別の役者が演じるわけにはいかない。そこで宗片は、舞台上に小袖を置くという能のコンベンションを採り入れ、オフィーリアの霊がハムレットに働きかけて悟りへ導くことを象徴的に示したわけである。このように宗片は試行錯誤を重ねながら、主人公がオフィーリアの死と対峙することこそが劇の本質をなし、ドラマの動きを作るという、きわめて能的な『ハムレット』解釈を舞台化していった。新しい文化的枠組みからの視座が、なじみの作品に新たな解釈をもたらす可能性を力強く示してくれる例であるといえよう。

「悟り」の結晶化

第四独白の有名な文句に"no longer"を加えることで意味を反転させるという宗片の大胆な改変は、煮詰められたドラマのもっとも劇的な瞬間としての主人公の悟りを明確に示すべく、瞑想の直後に置かれる。この一行は、二三四ページで述べた段階的な改訂のなかでも、五幕物に採り入れられて以来すべての版に残されてきた。いや、単に「残される」というにとどまらない。バージョン改訂ごとに、徐々に全体量が縮小され劇プロットが削ぎ落とされてゆくにつれて、この反転された台詞と、およびその前後でのハムレットの変化にますますフォーカスがかかり、それが作品の「核」として前景化されることになるからだ。しかし宗片はこの「核」を強調するべくさらに手を加え、原作最終場でハムレットが親友に語る台詞を利用する。

HAMLET: We defy augury. There is a special providence in the fall of a sparrow. If it be now, 'tis not to come; if it be not to come, it will be now; if it be not now, yet it will come. The readiness is all. Since no man, of aught he leaves, knows aught, what is't to leave betimes? Let be. (5. 2. 215-20)

ハムレット：前兆など気にするものか。一羽の雀が落ちるのも神の摂理。今来るべきものはあとには来ない、あとには来ないならばいま来る、いまでなくてもいつかは来るもの。なにごとも覚悟だ。人間、死後に残すものについてなにも知らない。だから、早めにおさらばしたとして、どうだというのか？　かまうことはない。

いかに変容したからとはいえ、シェイクスピアのハムレットが第四独白で語った迷いをはっきり取り消す言葉を口にするわけではない。しかし、上の引用における「一羽の雀が落ちるのも神の摂理」や「覚悟」についての彼の言葉からは、最終場におけるハムレットがすでに「死後にくるものへの恐れ」を克服し、自分の運命と向き合う覚悟を固めていることが読み取れる。宗片のハムレットは、反転させた"To be or not to be……"にこの台詞を取り混ぜて詠じながら、「悟りの舞」を舞う。

To be or not to be: is no longer the question.
If it be now, it be now,
Tis not to come, not to come;
If it be not to come, it will be now;
If it be not now, not now,
Yet it will come, it will come;
The readiness is all, the readiness is all;
There is a special providence in the fall of a sparrow,
Since no man knows aught of what he leaves;
A man's life is no more than to say 'one',
The readiness is all, the readiness is all;
To be or not to be: is not the question.
To be or not to be: is not the question.

生か死か、もはや問題ではない。
今、来れば、後には来ない。

あとに来ないならば今来るはず。
今こなくても、いつかは来るのだ。
覚悟さえしておけば、それでよい。
一羽の雀でも、落ちるのは神の摂理。
人間は何ひとつあの世へ携えて行くことは出来ないのだ。
人間の一生は「ひとつ」と数えるほどのもの。
覚悟がすべて。肝腎なのは覚悟なのだ。
生か死か—それは最大の問題ではない。
生死などは、最大の問題ではない。（103—4）

原作では複雑な展開のうちに起こる主人公の内的変容を、宗片の翻案はものの一〇〇行足らずのテキスト内に結晶化させるのである。

ブライスの教えと禅

宗片が節づけを通じて、「悟りの舞」に『山姥』のもつ禅的な意味を重ねている点については先に述べたが、詞章そのものに凝らされた工夫もまた禅的なメッセージを強化している。宗片は「悟りの舞」の最終部に、原作にない数行を書き加えた。三行目の'We defy augury'（「前兆に挑戦しよう」）を除いて、宗片自身の加筆である。

But to live in the present: is the only way of living;
Infinity always resides in the finiteF;
We defy augury; By living in the present moment,
You may transcend this world, you may transcend present time. (emphasis mine)

いまこの時を生きること――それが唯一の生き方なのだ。
無限はいつも有限の中にある。
前兆に挑戦しよう。今、この瞬間を生きるときに
この世を超越することができる。この時を超越できるのだ。（イタリックは筆者による；104―105）

宗片によればイタリック体の一行「無限はいつも有限の中にある」（"Infinity always resides in the finite"）は、R. H. ブライスが講義中に「よく口にした言葉」であるという。ブライスとは、英文学ばかりか、禅や俳句に関する著書も多く著した研究者である。[34] 一九四〇年にイギリスから「敵国」日本にやって来て、収容所で三年半暮らしたりもしながら教育・研究・執筆活動を続けたが、戦後には学習院大学、

東京大学、日本大学、東京教育大学などで教鞭をとった。平成天皇が皇太子であった頃に英語の個人授業をしたことでもよく知られる。宗片は東京教育大学の学生時代にブライスに出会い、以来親炙に浴してきたという。著書『禅と英文学』においてブライスは、禅の精神というものは英文学のいたるところに見出されること、もちろんシェイクスピア作品も禅的な智慧に満ち満ちていることを論じる。

もしシェイクスピアのなかの禅的要素について尋ねられたとしたら、「ほら、ここ!」という風に、劇のあちこちを指し示すことしかできない。劇のいたるところに、生の容認、無我の自由、万物、万人、あらゆる出来事の平等性、そして天国と地獄の現前など、そうしたことが明示的暗示的に示されているのだ。[35]

図19 ● R. H. ブライス（1898-1964）

ある特定の作品が全体として何か禅的哲学を説いているというよりは、シェイクスピア作品の細部のそこかしこ（文章、段落）に禅的な要素や知見が遍在しているという考えである。禅とは国や文化を超える普遍的なものであると考えるブライスにとって、「無限はいつも有限の中にある」という一文も、東洋的・禅的なパラドックスというわけではなかったのであろう。宗片は、敬愛するブライスへのオマージュとしてこの文句を自身の『ハムレット』翻案に取り込み、普遍的見地にたつブライスの禅哲学をハムレットの悟りのなかに示唆した。
とはいえ、そのために宗片は、件《くだん》の第四独白の一行以外にもハムレットの詞章に手を加える必要があった。というのも、シェイクスピアの描いた王子には「禅的」とはいえない側面が少なからずあるからだ。ブライスによれば、禅とは本質的に意識も自意識も持たないものであるが、だとすればハムレットの自意識の強さ——これは批評でしばしば取りざたされる点である——は、あまりにも禅とは相容れないものということになる。その矛盾を解消すべく宗片は、王子と彼のもっとも有名な台詞とのあいだに距離を作ることにした。オフィーリアの小袖の前で瞑想する宗片ハムレットは、自身のこれまでのあり方を顧みて自己執着を反省する。

But you were concerned
With 'To be or not to be' *of your own*,
With 'To be or not to be' *of your own*' (emphasis mine).

だがお前は自分自身の
生死の問題にかかずらっていた。
自己の生死の問題に。(36)(強調は筆者による)

このように瞑想したのちにようやくハムレットは悟りを得る。つまり、ハムレットが「自我の殻」を破った——鈴木大拙によれば、これが無限に踏み出すための第一歩だという[37]——からこそ彼は"To be or not to be: is no longer the question"の境地にたどり着いたことが示唆される。それと同時に宗片ハムレットは、有限／無限、生／死、主体／客体、今／永遠などといった二項対立を超越する禅的な視点をも得たのである。

崇拝と不遜

第三章でも引用したように、翻案とは「明確で明示的な批評の一形態」であり、「シェイクスピアの原作をはっきり改変するということは、必然的に批評的立場の違いを表明すること」である[38]。たしかに、宗片が原作のもっとも有名な台詞について行った「明確な改変」は、『ハムレット』のいくつかの主題について我々の再考を迫るものである。しかし翻案とは、書き換え対象についての再考や再解釈を迫るだけのものではない。翻案者が自分自身について、および自らの翻案化についても再考を促される契機になりうる。多くの出版物やインタビューなどで宗片は（やや申し訳なさそうに）自らの「不遜」な書き換え——すなわち第四独白の一行を反転したこと——について何度も口にする。

私は不遜を承知で、シェイクスピアの最も有名なせりふを否定したのである。

ハムレットを能風に演じはじめて今年で八年、この研究は私に、何かを真に理解し、真に愛するためには、それを受け入れ理解した上で〝乗り越える〟必要のあることを教えてくれたらしい。[39]

崇拝するがゆえに何かを「乗り越える」必要があるという、この逆説的な表現のなかには、フィシュリン&フォーティアが「キャノンに対する複雑で両義的な関係性[40]」と呼ぶところのものが見てとれよう。こうした敬意と不遜の入り混じる相矛盾した態度は、シェイクスピアの翻案にはしばしば見られるものであるが、なかでもシェイクスピアのもっとも有名な台詞――いや、ひょっとすると英文学のなかでもっとも有名な台詞かもしれない――を書き換えるという経験は、宗片に自らの行為の両義性というものをひしひしと感じさせたようである。

3 二十世紀終盤と『ハムレット』

改変された一行の象徴的な意味

最後に、英語能の細かい内容からは離れて、日本における『ハムレット』受容史という大きな文脈のなかで、宗片の第四独白第一文の書き換えのもつ象徴的な意味について触れておきたいと思う。あの有名な一文に否定辞をつけて反転させたこと、それは上で述べてきたように、宗片が劇の「本質」と思う部分を取り出して、それを能として表現した結果であった。しかし、この書き換えを、単に翻案者の批評眼や芸術的感覚といった個人的問題として考えるだけではなく、時代的・文化的要因、つまり二十世紀終盤における日本と『ハムレット』との関係性や、日本での第四独白の受容の経緯といったことと関連づけて捉えることも可能だと思われるのだ。

次章で詳述することになるのでここでは要点のみに留めておくが、この台詞の受容に関して日本は面白い歴史を持つ。シェイクスピアが日本に広がりはじめた一八八〇年代以来、『ハムレット』はその最高峰とみなされ、とくに文人や知識人たちが"To be or not to be……"に始まる第四独白を西洋近代思想の縮図・シンボルとしてもてはやしたことは第一章でも触れた。しかしその一方で、演劇伝統の違いや役者の技術不足、理解不足ゆえに、この台詞は『ハムレット』上演の現場ではしばらく排除されることになる。つまり、十九世紀終盤から二十世紀初頭の日本人にとって、第四独白とは、未知の西洋文化や近代思想の放つ魅力、謎、先進性の象徴であると同時に、西洋文化や思想を受容する困難さや悩みをも象徴的に示すものでもあったということだ。[41] しかしながら、宗片の翻案が生まれた頃には状況はずいぶん変わっていた。敗戦後の荒廃から立ち直り、前例のない高度経済成長を遂げた日本には、すでに西洋と「肩を並べている」という自負も生まれ、長年の夢であった西洋化・近代化を達成したという実感もあった。当然ながらシェイクスピアに対する意識もその上演状況も変わっていた。シェイクスピア人気も上昇し、一九九〇年代には「日本でもっとも人気のある劇作家」と評されるほどに頻繁に上演されていた。[42] ミチコ・スエマツによれば、一九九〇年代までに日本人は、シェイクスピアを文化的に所有した（少なくとも共同所有した）という感覚を獲得しており、「シェイクスピアは日本の文化的・演劇的伝統の一部として十分に確立された」という暗黙の了解が生まれていたという。[43] それと同時に「本場イギリス」や「正統なシェイクスピア」に対するコンプレックスや呪縛からも解放され、より自由で創造的なシェイクスピア上演が生まれつつあった。[44] つまり、宗片が『ハムレット』能化を企てていた二十世紀終盤の日本においては、"To be or not to be" のフレーズに縮図化されたような近代化・西洋化をめぐる国家的課題も、それにつきまとう文化的不安やコンプレックスも、もはや日本人を悩ませなくなっていた、すなわち「もはや問題ではな」くなっていたのだ。やや詭弁めいた言い方を許してもらえるなら、当時の日本そのものが〈"To be or not to be" はもはや問題ではない〉という、改変された文句どおりの状況になってわけである。宗片の書き換えは、本人がそれを意識していたかどうかは別として、新しい時代の到来を告げる声でもあったということになる。

おわりに

本章のなかで、理想の『ハムレット』上演に関する漱石とコヴェニーの見解に触れた。漱石は、伝統的な日本芸能（能）に基づく翻案化によって『ハムレット』を日本人になじみのあるものとすべきだと考えた。他方コヴェニーは、外国語上演や異文化的演出によりなじみのないものにしたときにこそ『ハムレット』の魅力は引き出せると主張していた。二人の議論は逆方向を向いているようにも思われるのだが、実のところ、ともに『ハムレット』はなじみのある要素（漱石にとっての能、コヴィニーにとっての標準的『ハムレット』）となじみのない要素（漱石にとっての『ハムレット』とコヴィニーにとっての外国語や異文化的演出）を併せもったときにこそ最大の魅力を発すると考える点で共通している。この、なじみ深さと新奇さを併せもつことの重要性は芸術作品一般に当てはまることかもしれないが、とりわけ翻案作品においては重要であろう。たとえば、序論で紹介したデュシャン（*L.H.O.O.Q.*：5頁・図1）が、「モナリザ」ではなく、ダ・ヴィンチの師匠アンドレア・デル・ヴェロッキオの絵を素材にして同じような作品を作ったとしたら、その効果もインパクトもずいぶん減じられたはずだ。それはひとえに、ヴェルッキオの絵画のもつ文化的権威性がはるかに小さく、人々になじみがないからだ。同様に、シェイクスピアと同時代の劇作家トマス・デッカーの『靴屋の休日』の能バージョンに興味を抱く人がいるかどうかは疑わしい（というか、そもそもそういう翻案を作ろうと思う人がいるとは思えない）。むろん宗片とデュシャンでは創作目的も態度もまったく異なるが、『英語能ハムレット』と*L.H.O.O.Q.*はいずれも、なじみ深さと新奇さの絶妙のバランスを共有している。宗片の試みを「不遜だ」「理解不能だ」「上演不可能だ」といった言葉で片づけてしまう者もいるかもしれない。しかしながら、一方ではまがうことなく〈シェイクスピア〉のアイデンティティを保ちながら、他方では原作を極端に圧縮・デフォルメ・再解釈し、原詩を切り刻んで異国の演劇的枠組みに流しいれる、その手腕と実験的精神には驚嘆を禁じえない。この翻案は、異文化融合の領域のみならず、古典〈名作〉を前にした人間の創造と破壊の衝動といった、より根源的で普遍的な芸術活動に関わる問いをも突きつけてくる。漱石がこの舞台をどう評価したか……我々には知る由もないが、坪内の比較的忠実な翻訳上演に対して覚えたのよりは強い興味を示したのではないだろうか。

注

（1）Ken Takiguchi, p.451.
（2）Tetsuo Kishi, p.118.
（3）詳しくは Donald Richie, *The Films of Akira Kurosawa* (pp.117-18)、戸井田道三（18—19頁）、佐藤忠男（185—98頁）を参照のこと。近年の例では、ジョン・ケアード（John Caird）の『ハムレット』日本語上演（2017）も能の様式を利用したものであった（とくに能舞台を模したステージ）。
（4）第一幕第二場で、プロスペローは白糸を繰り出し、剣をかざしたファーディナンドを動けなくする。
（5）Tetsuo Kishi, pp.110-15.
（6）John Gilles, p.244.
（7）Ken Takiguchi, pp.451-55.

（8）りゅーとぴあの舞台には『リア王』(2004)、『冬物語』(2005)、『オセロー』(2006)、『マクベス』(2007)、『ハムレット』(2007)、『テンペスト』(2009)、『ペリクリーズ』(2011) がある。これらはすべて古典的な能舞台を使いつつ、現代日本語の翻訳と、ほとんどの場合には、自然なリアリズム式の演技スタイルを採用した。

（9）Ian Shuttleworth の劇評より引用。

（10）宗片自身は、本章で引用する多くの書籍で自らの活動を紹介するのみならず、国際融合文化学会の学会誌『融合文化研究』においても多くの論考を精力的に発表している。またごく最近では、Maret Nukke が博士論文で宗片の日本語による能（『英語能ハムレット』の副産物）を論じているが、本章の扱う『英語能ハムレット』のことは深く論じていない。〈https://helda.helsinki.fi/bitstream/handle/10138/231453/explorin.pdf?sequence=1〉[accessed 22 February 2019] を参照のこと。

（11）Kuniyoshi Munakata, *Nob Othello*, 82頁。本書は英語のセクションと日本語のセクションに別れる。区別するために、英語セクションのページ数は"p."で、日本語セクションは「頁」で示すことにする。

（12）宗片と彼の作る能シェイクスピアグループのメンバーは、原則としていつも英語能を上演するが、日本語上演から始まった『ロミオとジュリエット』は例外である。宗片はこれ以外にもT・S・エリオットの『聖堂の殺人』やイプセンの『人形の家』などの能も手がけている。

（13）これらの批判については、宗片『能・オセロー』、7—8頁、および *Nob Adaptation*, p.231を参照のこと。

（14）じつは二〇〇一年に④の短縮版も作られたのだが、実質的には④とほとんど同じであることもあり、ここでは議論から割愛する。

(15) Munakata, *Noh Adaptation*, p.21.

(16) 二〇一六年三月一四日に筆者が宗片氏に行ったインタヴューによる。

(17) 岡本靖正、129頁。

(18) 小袖を舞台に置く（出し小袖）のは能の手法である。『葵上』では病床にある葵上を表す。宗片は一九八六年と一九八八年の『能オセロー』ではこの手法で眠るデズデモーナを表現した。

(19) Munakata, *Hamlet in Noh Style*, pp.103-5. 英語、日本語ともに引用。以下、本作からの引用は本文中にページ数を記す。

(20) 原則として宗片はシェイクスピア劇を英語の能に仕立てた。なかには一九九二年の『能オセロー』のように、それをさらに日本語訳してプロ能楽師に演じさせる場合もあった。なお、彼の日本語による『能ハムレット』は二〇〇四年の初演。まず日本語上演から始まった『能ロミオとジュリエット』は例外的といえる。

(21) Munakata, *Noh Othello*, p.5.

(22) 筆者は宗片とのインタビューにおいてこの点を確認したが、経験豊かな観客であれば、有名場面の節づけを聴き取ることができるということであった。また宗片によれば、この手法には現実的な事情もある。つまり英語がかならずしも得意でない囃子方も、有名曲の節づけであれば演奏に困らないからである。また、能に関する様々な専門的知識については、筆者の同僚である増記隆介氏にも多くをご教示いただいた。ここに記して謝す。

（23）『江口』は観阿弥が原作を手がけ、それを世阿弥が改作したといわれている。宗片は『江口』の詞章から「思へば假の宿」という一行を採り入れ、世の無常と執着の空しさを伝える。

（24）能曲集を編集・翻訳したRoyall Tylerは「劇の定義を決めるのに尻込みしてしまうほど」に難解な劇であると述べつつも、山姥とは、手付かずの自然の象徴である（p.311）とし、また「芸術の源」（p.309）であるとも言う。一方、鈴木大拙は山姥とは「自然と人類の背後にある眼に見えぬ力」であると同時に「吾々誰の心にもひそかに動く愛の原理」を現していると考える（『鈴木大拙全集』第11巻、237―38頁を参照のこと）。

（25）鈴木『鈴木大拙全集』第11巻、241頁。

（26）『山姥』からの引用及び注釈は西野春雄校注『謡曲百番』164頁。

（27）Richie, "'Hamlet' Seen as Noh Drama'.

（28）鳴海四郎、67頁。

（29）Michael Coveney, p.37.

（30）こうした見解については、Walker, Wilson以外にもHarold C. Goddard, J. Gold, Bernard MacElroy, S. C. Sen Gupta, Fumio Yoshiokaらを参照のこと。ハムレットの変容は、水のイメージとの連想により「洗礼」と「再生」と描写されることもある。たとえばMarvin Rosenbergは、「海の旅はあらためて洗礼を受けることの象徴、より深い自己に向かう手段とみなされる」（p.834）と述べる。

（31）たとえばRosenbergは第四幕第四場のハムレットの独白を「ハムレットの性格の決定的転機」（p.747）と描写する。

(32) Munakata, *Nob Othello*, 78頁。
(33) 宗片はこの台詞をハムレットと地謡にくり返させる。Munakata, *Hamlet in Nob Style*, pp.36-37.
(34) とくに *Zen in English Literature and Oriental Classics*（『禅と英文学』1942）や *HAIKU*（『俳句』；1949-52）は名高い。
(35) R.H. Blyth, p.428. 拙訳による。
(36) Munakata, *Hamlet in Nob Style*, p.133. 英語、日本語ともに引用。
(37) 鈴木『禅』48頁。
(38) Fischlin & Fortier, p.8.
(39) Munakata, *Nob Othello*, 66頁。彼は同様の発言をテレビ番組やインタビュー、講演などでもしている。
(40) Fischlin & Fortier, p.6.
(41) この独白の文化的重要性については、河竹の著書が詳しい。
(42) 引用は Andrea J. Nouryeh (p.254) より。第二次世界大戦後のシェイクスピアの人気の変化については Kawai (pp.261-62) を参照のこと。
(43) Suematsu (pp.94, 98). 一九八八年に東京グローブ座が完成したことや、一九九一年に国際シェイクスピア学会が東京で開催されたことも、こうした感覚の醸成を助けたと考えられる。
(44) Suematsu 論考は統計的な資料も使ってこの点を実証する。Kawai もまた「シェイクスピアの翻案が普通のことになり、皆が独自のシェイクスピアを模索しはじめた」(p.262) として同様の論を展開する。

第8章……『ハムレット』受容史を書き換える——堤春恵と二十世紀末の日本

はじめに

二十世紀末の日本演劇には、世界各国の芝居が満ちあふれていた。前章でも述べたように、とりわけシェイクスピアは「日本でもっとも人気のある劇作家」として君臨し、その代表作である悲劇『ハムレット』にいたっては、一九九〇年の一年間で十八もの上演がひしめき合うという空前のブームさえ起こっていた。[1] そんな文化的状況のなかで堤春恵の戯曲『仮名手本ハムレット』(以下『仮名手本』)は産声をあげた。一九九二年に初演を迎え、九三年に出版された全二幕の喜劇である。[2] 一九九〇年東京での『ハムレット』上演における翻案率が高かったという話を第六章でしたが、堤の『仮名手本』

も、まちがいなくその勢いと流れの延長戦上にある。ただし、同時期に生まれた多数の翻案劇と比べて本作は、日本の『ハムレット』受容のたどり着いた一つの段階を指し示すという意味においても、日本的受容のあり方そのものを批評するという意味においても、とくに学術的注目に値するものである。本書のタイトルの文言「股倉」という言葉を用いて描写するなら、堤の翻案は、日本人が「股倉から」『ハムレット』をのぞいてきた過程をさらに「股倉」から見直すような作業、すなわち二重の股のぞきを行っているといえる。

1　堤春恵と「虚実ない交ぜ」のスタイル

「日本初」の『ハムレット』上演

堤春恵（一九五〇年―）は一九八七年のデビュー以来、十本の戯曲を執筆している。(3) 明治日本の西洋近代化と歌舞伎の関係について大学院で研究した経歴を反映するかのように、(4) 彼女の作品の大半は明治に時代設定がなされ、日本人が西洋文化と出会う際に生じる混乱や異文化理解の困難さなどを描き出す。作劇上の特徴としては、正確な史実に基づく時代設定の上に虚構のストーリーを重ね合わせ

図20●堤春恵脚本、東京グローブ座公演『仮名手本ハムレット』。
（左から）オフィリヤ役の滝川芝鳥、先王の亡霊役の中島半十郎、クローディヤス役の滝川徳次郎、ハムレット役の市川薪蔵。
Asian Theatre Journal, Vol.15 , No.2 (1998), p.191 .

るという、いわば「虚実ない交ぜ」のスタイル――堤本人の言葉を借りれば「歴史の空白を想像力で押し広げる」[5]という手法――を採る。『仮名手本』にもそうした堤らしい主題や作劇術ははっきりと見てとれる。時は一八九七年（明治三十年）、かつては演劇改良の最先端にあった東京・新富座では、座主の十二代守田勘弥が借金返済と名誉回復をめざして日本初となる『ハムレット』上演を企てている。主役に設定されている守田勘弥とは、天才興行師とも呼ばれた実在の人物で、その伝記的な事実――たとえば彼の死亡年や天覧劇への関与など――が戯曲にうまく利用されている一方、守田が一八九七年に『ハムレット』上演を企てた記録はない。このように、劇の大きな設定そのものが「虚実ない交ぜ」スタイルの典型的な一例となっている。

幕が上がると、新富座『ハムレット』の初日前総ざらいが行われているのだが、稽古は最初から難航している。そもそも旧弊な歌舞伎役者らは、西洋風の衣装をまともに身につけようとしない。ハムレット役の市川薪蔵は洋服姿に日本刀という奇妙ないでたちで登場し、ボタンの苦手なポローニアス役の梅松も「はばかり」の心配からズボン着用を拒む。父王亡霊を演じる半十郎も、西洋風の鎧兜ではなく、浅黄の裃に散切り頭で稽古に現れる。ちょうど楽屋にあった『仮名手本忠臣蔵』(以下『忠臣蔵』)の塩冶判官の死装束を身にまとったのだという。息子に復讐を命じる父王の亡霊と、大星由良之助に敵討ちを命じる判官なら「たいがい似たようなもの」(19)と考えてのことだ。さらに困ったことに、役者らは『ハムレット』の登場人物たちの言動や考え方がさっぱり理解できない。たとえばガートルードを演じる女形は、「二夫にまみえる役はいやだ」[6]と立ち去ってしまう。稽古のなかで彼らは、自分たちが得意とする『忠臣蔵』に各キャラクターや状況を当てはめて類推することでなんとか理解を試みるのだが、やはり東西演劇の拠って立つ思想的・演劇的基盤の溝は超えがたい。興行的・財政的な問題も手伝って、この『ハムレット』本邦初演のもくろみはあえなく頓挫、守田勘弥は失意のうちに舞台上で息絶える。基本的に劇全体が、なかなかはかどらない舞台稽古と、その合間に役者や関係者らが交わす演劇談義やおしゃべりから成り立つ。

受容史の「書き換え」

『ハムレット』の稽古を軸に展開するこの芝居は、同悲劇の台詞の日本語訳をぞんぶんに取り込んでいるという点においても、また志なかばで死んでしまう守田勘弥の「悲劇」がハムレット王子のそれと重ね合わせられている点においても、[7]シェイクスピア悲劇を土台にし、それを大胆に「書き換え」た、ゆるやかな意味での翻案作品といってよいだろう。しかし、どうやら堤はシェイクスピアの『ハムレット』そのものを翻案化し、明治日本版に「書き換え」る——たとえば仮名垣魯文が『葉武列土倭錦絵』（一八八六年）でそうしたように——ことには強い関心を示していない。では、堤は『仮名手本』においていったい何を「書き換え」ようとしていたのか？以下では、堤の関心が『ハムレット』という作品自体というよりは、あくまで二十世紀終盤の日本における同悲劇の受容のあり方や受容史のほうに向けられていたこと、そして彼女が翻案化を通じて「書き換え」ようとしていた対象も、悲劇『ハムレット』というよりは、むしろその日本的受容史のほうであることを示したい。

2　日本の『ハムレット』受容史へのまなざし

受容初期を振り返る

堤の関心が『ハムレット』の日本的受容に向けられていることは、架空のものとはいえ、同悲劇の本邦初演を核とする筋立てそのものにも明らかである。しかもこの劇は、一八九七年のある一日に設定されてはいるものの、実のところ、日本の『ハムレット』受容の初期過程にみられた、よく知られる出来事や状況、イメージなどを巧みに取りこみ、それらを際立たせる形で劇を作っている。大げさな言い方をすれば、本作は『ハムレット』受容史の初期を回顧するような形で書かれているのだ。

たとえば堤は、ハムレット役者・薪蔵が王子の第四独白の語り方に悩み、周囲と議論を交わす場面に長々とページを割くことで劇のひとつのクライマックスを設けている。[8] すでに触れたとおり、日本の『ハムレット』受容史において王子の第四独白は興味深いケースを提供する。明治初期から、日本の文人や知識人たちは『ハムレット』劇のなかに西洋の香りや近代性、哲学性を感じ、そうした資質を一身に体現するかのようなハムレット王子を熱烈に崇拝した。[9] なかでも彼の第四独白は、西洋思想や近代的自我をもっとも劇的に表出する台詞として高く評価され、『新体詩抄』（一八八二年）におけるこの独白訳の掲載をきっかけに「ハムレットはたちまち文学界の寵児」[10] となった。一方、それとは対照的に歌舞伎界は、はるかに保守的で時代遅れの反応を示すことになる。彼らはこの悲劇の醍醐味が分からず、なかでもとりわけ、人間心理や内面を表出する「独白」という台詞形態に手こずり続けたのだ。[11] 歌舞伎用の『ハムレット』翻案も三作書かれはしたものの、いずれにおいてもハムレットの独白は削除され、上演されぬまま長い年月が流れた。[12] そしてようやく一九〇三年に川上音二郎が日本で初めて舞台に載せたときも、元の翻案にはあった第四独白が上演でカットされてしまうという事件が起こる。[13]

第四独白をめぐる二つの反応

このような文学界と演劇界が示した態度や理解度における乖離は、明治期『ハムレット』受容の興味深い大きな特色であり、その差がもっとも端的に現れたのが第四独白であることも広く知られる。まさにその点を堤は劇の見せ場にふんだんに活用しているのである。少し長くなるが引用してみよう。

薪蔵《ハムレット》　存《ながら》ふるか……存《ながら》へぬか……それが疑問ぢゃ、残忍な運命の矢石《やだま》を、只管《ひたすら》堪《た》へ忍《しの》うでをるが大丈夫の志《こころざし》か、或いは海なす艱難《かんなん》を逆《むか》へ撃つて、戦《たたか》うて根を絶つが大丈夫か？死は……ねむり……に過ぎぬ。眠つて心の痛《いたみ》が去り、此肉《このにく》に附纏《つきまと》うてをる千百の苦《くるしみ》が除《のぞ》かるるものならば……それこそ上《うえ》もなう願はしい大終焉《だいしうえん》ぢやが。（全体に一本調子で生気にとぼしい）

宮内　いかんいかん、ここは「ハムレット」で一番有名な、名台詞なのですぞ。もっと感情をこめて生き生きと！

薪蔵　存《ながら》ふるか……存へぬか……それが疑問ぢゃ……。（もう一度くり返すが変らない）

勘弥　成田屋、あんたは長台詞が得意だったはずじゃあねぇか。もうちっとめりはりがつかねぇのかい。

薪蔵　それが……在来のお芝居の長台詞なら相方が入るか、つけが入るか、はたまた踊りになるかで芝居らしくなるんでござんすが……。
宮内　あなたにはまだ新しい芝居がわかっていないのですか。昔ながらの、形だけのお芝居ではなく、心をあらわすようにと口をすっぱくして言って来たではないですか。
薪蔵　実はその心というやつがもう一つわかりやせん。ハムレット王子は一体何を考えてこんな事を言い出すんだか、あっしにはさっぱり。
宮内　何ですって？
薪蔵　王子ハムレットはおとっつぁんの亡霊に会って、敵《かたき》討ちを心に決めた。それがどういう訳で自害するの、死んだらどうなるの、やたらに悠長な事を言い出すんでござんしょう。
［……］
宮内　わかった。薪蔵さん、よろしいか。ハムレットは何も、自殺しようと考えている訳ではない。生と死について、想像力と行動力について、すなわち人生について深遠なる哲学にふけるのでありますぞ。
花紅　どうして敵討ちの前に哲学なんぞにふけらなきゃあならねえんでしょう？
梅松　いっそぬいちまっちゃあいけねえか？すぐに家老の娘とのからみになった方が、いっそすっきりするんじゃないかね？
宮内　To be or not to be……をぬくんですって、とんでもない。「ハムレット」、いな、シェイクスピア全作品中で最も有名にして最も素晴らしいこの台詞をぬく位なら……「ハムレット」を上演しても仕方がない。ああ、もうおしまいだ。私の夢、「ハムレット」の日本初演はついに消え去ったのだ。（71—74）

第四独白の練習風景からの引用である。演出を担当する宮内男爵とは、本公演のスポンサーであり、洋行帰りの西洋演劇通でもある。彼は右のようにハムレット第四独白について熱弁をふるうだけでなく、埒の明かない薪蔵の演技に「たまりかね」、アメリカで惚れこんだエドウィン・ブースに「なり切って」実演してみせたりもする（75—76）。西洋かぶれの宮内が示す、ハムレット王子やその独白への崇拝と傾倒は、明治の文学者やインテリ層の姿を面白おかしく体現するのに対して、ハムレットの「やたらに悠長な」独白や、「敵討ちの前に哲学なんぞにふけ」る態度に対する薪蔵や花紅らの無理解と困惑は、明治歌舞伎界の反応を滑稽に戯画化するものとなっている。つまり、この架空の稽古の一風景は、明治時代の『ハムレット』受容において現実に見うけられた、歌舞伎界と文学・思想界の対照的な二つの反応をコミカルに縮図化したものということである。また梅松の「いっそ、ぬいちまっちゃあいけねえか？すぐに家老の娘とのからみになった方が、いっそすっきりするんじゃないかね？」という台詞も、先に触れたように、川上一座による本邦初の翻案上演（一九〇三年）で台本にあった第四独白が舞台では抜き去られたという実際のエピソードを当てこするものであると考えられ

図21 ● *Japan Punch* (January, 1874)

よう。第六章冒頭で述べた「三つのシェイクスピア」の類型を用いて考えるなら、西洋かぶれの宮内らは第一の「正統的シェイクスピア」型の上演を志向しているのに対して、日本の伝統文化になぞらえて『ハムレット』を理解しようとする役者たちは、第二の「土着化されたシェイクスピア」を目指しているといえよう。

「侍ハムレット」？

現実の受容史への言及は、役者たちの不統一な衣装にも見出せる。薪蔵のかかえる日本刀、クローディアス役の徳次郎のちょんまげ頭、梅松の羽織袴姿は、日本の『ハムレット』受容史上きわめて有名な挿絵へのアリュージョンと考えられるからだ。日本の『ハムレット』受容に関心のある者なら誰しも「アリマス　アリマセン、アレワ　ナンデスカ」に始まる奇妙な第四独白訳と侍姿のハムレットの挿絵から成る『ジャパン・パンチ』誌の諷刺記事（一八七四年）[14]の存在を知っているであろう。ちょんまげ頭に二本差しという奇妙ないでたちの「侍ハムレット」は、右手を頬にあて、口をへの字に曲げて思案顔で立ちつくす。この画をコラージュにしたかのように刀やちょんまげ、羽織袴を伴って現れる『仮名手本』の役者たちは、有名な「侍ハムレット」のイメージを想起させながら、それが視覚的に体現する『ハムレット』移入初期の文化的混乱や困惑をきわめて効果的に伝えるのである。

このように、堤は『ハムレット』の架空の舞台稽古のなかに、日本の『ハムレット』受容過程における象徴的状況や出来事、有名なイメージを面白おかしく盛り込み、そこへ観客の関心を引くことに成功している。日本の『ハムレット』受容史そのものを対象化・主題化する文学的な試みは、おそらく本作が初めてであろう。この作品が生まれた要因としては、明治歌舞伎に対する堤の個人的関心もさることながら、百年を超える『ハムレット』受容の歴史をすでに重ねていた二十世紀終盤という時代の特性も見逃せない。第六、七章でも述べたが、すでにシェイクスピアを文化的に所有したという自信を獲得していた日本人には、受容の過去をふり返る余裕もおのずと生まれ、そんななかで当然のことながら、日本的受容の過程や受容史そのものに対する意識や学術的関心も育っていた。[15] 八十年代終盤から九十年代にかけて、日本のシェイクスピア受容の歴史的変遷を考察したり、受容関係の資料を纏めあげるような研究書・資料が大量に出版されていることもその証左であろう。[16]

3 堤の「書き換え」と批評的まなざし

実を結ばなかった歌舞伎界の尽力

ただし堤の狙いは、観客に『ハムレット』受容の来し方をただ愉快に振り返らせようということだけではない。上でも触れたが、この作品は日本『ハムレット』受容史の「書き換え」を通じて、受容史そのものに対する、さらに二十世紀終盤の日本における『ハムレット』やシェイクスピアの受けとめられ方に対する批判的なまなざしを投げかけるのである。

では堤の作品は、具体的に受容史のどの部分を「書き換え」ようとしているのか？一般的に日本の『ハムレット』受容における最大の貢献者は、移入初期から同悲劇を評価し、積極的に取り入れようとした文人や知識人、翻訳者らとされ、舞台の領域においても坪内逍遥のようなインテリや、歌舞伎の伝統とはつながりのない新劇以降の動きであるという認識が一般的であり、歌舞伎界の貢献はほとんど認められていない。しかし、それがまったく皆無だったわけではない。閉鎖的で旧弊と思われがちな歌舞伎界であるが、それなりに西洋演劇へのアプローチを図った時期もあるからだ。たとえば『仮名手本』の主役に設定されている実在の十二代守田勘弥は、明治初期、歌舞伎の近代化にいち早く着手し、外国劇の翻案化や外国人による芝居も試みたのだが、一八七九年に『漂流奇談西洋劇』で大失敗をした後は近代化路線から方向転換してしまった[17]。演劇の欧化改良に積極的だった市川団十郎が福地桜痴に『ハムレット』の翻案執筆を依頼したというエピソードも残っている。『櫻痴居士と市川団十郎』を著した榎本虎彦は、当時の福地が忙しすぎて団十郎の依頼を引き受けられなかったことを悔やみながら、「此時モシ居士［福地］に作劇の暇があつて、その才筆で沙翁の傑作を翻案し、是を新富座の舞台に掛けたなら、モ些と劇が進歩したかも知れないのである否事に寄ると突飛の改革が出来たらうと思ふ惜いかな[18]」と一九〇三年の段階で記しているが、これは二十世紀末における堤の感慨にきわめて近いものであろう。こうした歌舞伎界の試みを反映するべく、実際に歌舞伎上演用『ハムレット』翻案が三つ執筆されたことはすでに述べた。しかし現実的には「西洋もの」を楽しめる観客もおらず、演じられる役者もなかったため上演はかなわぬまま、一八九七年ごろには歌舞伎界は完璧に保守化してしまう。その結果、すでに触れたように、『ハムレット』日本初舞台化の栄誉は歌舞伎界の外に位置する人々——具体的には「新派」の川上音二郎や、文人や知識人が中心となる「文芸協会」（とりわけその代表である坪内逍遥）——に持ち去られることになったのである。

伝統の「書き換え」

このように明治歌舞伎界の実験的試みが蔑ろにされている傾向を、堤は自身の博士論文のなかでも批判しているが[19]、『仮名手本』においても、歌舞伎への愛と無念の情をこめながら、歌舞伎界による『ハムレット』本邦初演の試みという架空の事件——もちろん、実際には起こりはしなかったけれど、歴史の展開によっては起こりえていたかもしれない事件を、受容史の間隙に書き入れたと考えられる。つまり、日本の『ハムレット』受容の伝統に形としてはなにも残せなかった明治歌舞伎界の悲喜劇的奮闘ぶりを、せめて虚構の、荒唐無稽なコメディとしてでも書き残すことで、日本の『ハムレット』受容史のささやかな「書き換え」、伝統の「書き換え」を試みているわけである。先にも触れたが、正確な歴史のあいだに虚構を混ぜ込むという堤の「虚実ない交ぜ」のスタイルが、虚構部分にもある程度のリアリティを加え、彼女の「書き換え」をより効果的なものにしていることはまちがいない。実際の歴史に基づきながら、ある時点からの展開を変えてゆく「歴史改変」という文学ジャンルがあるが、堤がここで行っていることは、それに近いといえるだろう[20]。

二十世紀末の日本に向けられる批判

さらに堤の作品は、二十世紀末日本における『ハムレット』やシェイクスピアのあり方、日本人の態度に対する問いかけをも行っている。すでに何度か触れたように、当時の日本演劇界でシェイクスピアは屈指の人気劇作家として君臨していた。彼の代表作・悲劇『ハムレット』は、教養のある人なら知っていて当然の存在であり、演劇界においても『ハムレット』の舞台はごくありふれたものであった。しかしそれは裏を返せば悲劇『ハムレット』そのものが、あまりにも当たり前になりすぎて、いささか新鮮味に欠けるものになってきたことをも意味した。そんななか、演劇のグローバル化やマルチ・カルチュラリズムの流行もあって、歌舞伎や能などの伝統芸能や和風趣味をシェイクスピア劇と混ぜ合わせる演出や翻案化が増える傾向にあったことは、本書第六、七章でも取り上げた。それらは、異文化融合の可能性を模索する真摯な試みとして評価されることもある一方で、飼いならしすぎたシェイクスピアに新鮮味を加えるための、あるいはグローバル化した演劇市場での付加価値を高めるための〈スパイス〉〈化粧〉にすぎないと批判されることもあった[21]。堤自身も博士論文のなかで、蜷川幸雄や野田秀樹らのように、流行の「インターカルチュラリズム」に乗ってシェイクスピアに日本的要素を加える八十年後半以降の演出傾向を指摘している[22]。宗片も、蜷川や黒澤の「能的」演出に批判的であったことは前章で確認したとおりである。

カルチャー・ショックとしての演劇体験

堤の喜劇は、そうした二十世紀末に生きる日本人の観客を、百年前の、まったく異なる文化状況へと放り込み、ある種のカルチャー・ショックを与える。そこでは『ハムレット』がごく一部の知識人のみの崇拝対象であり、一般大衆や歌舞伎役者らにとっては得体の知れぬ「異物」……はたして将来、日本に根づくのかさえも分からない、そんな存在であった。歌舞伎役者らは、その得体の知れない作品を前にして、それを自分らの精通する『忠臣蔵』と突き合わせ、ときに二作の相当部分を置き換えながらなんとか理解を試みるわけだ。つまり彼らにとって『ハムレット』を歌舞伎と融合させるということは、演出上の〈スパイス〉でも〈化粧〉でもなければ、ましてや多文化主義の流行に乗ることでもなく、既知のものを通じて未知のものをなんとか理解しようという、きわめて切実で現実的な異文化理解の方策なのである。架空のプロットとはいえ、劇に描かれるそんな明治の状況を目の当たりにした観客は、現在の自分たちと『ハムレット』との関係性を相対化せざるをえない。

相対化される二十世紀末日本のシェイクスピアと『ハムレット』

さらに堤は二十世紀末においては当然視されていた、シェイクスピアや『ハムレット』の文化的〈優越性〉や中心性にも揺さぶりをかける。作中の歌舞伎役者らにとって、シェイクスピアは有無を言わせぬ「ビッグネーム」でもなんでもない。梅松が「劇聖シェイクスピア」崇拝にとりつかれた宮内に対して投げかける「お前さんがごひいきのシェイクスピアとやら、西洋でこそおえらい狂言作者かもしれないが、日本でまで大きな顔をさせることはあるめえ」(30)という言葉は、盲目的な西洋信仰の態度を当てこすりながら、シェイクスピアの名声や〈優越性〉が本質的なものではなく(少なくとも日本では)あくまで明治以降の歴史的経緯のなかで構築されたものであることを強調する。また、ハムレットと大星由良之助が思いがけず似た立場にあることに感心した徳次郎(クローディアス役）は「てえしたもんだ。英国のシェイクスピア、とやらいう作者は、「仮名手本忠臣蔵」を読んでこの「ハムレット」を書いたんじゃなかろうか」（84）と言う。観客がここで笑うとすればそれは、シェイクスピアの名声や『ハムレット』劇の文化的ステイタスを知らずに、『忠臣蔵』が『ハムレット』に先んずる存在であると考える徳次郎の無知、非常識を笑っているわけであるが、その笑いは翻って、シェイクスピアや『ハムレット』を自動的に文化的中心・権威と決めてかかるような二十世紀末の観客にも跳ね返ってくるであろう。

観客の笑いの矛先にあるもの

堤の諷刺の矛先はさらに観客たち――その多くは中流階級のインテリ層であろうか――のとり澄ました態度にも向けられる。先の引用で薪蔵が「ハムレット王子は一体何を考えてこんな事を言い出すんだか、あっしにはさっぱり」と嘆きつつ第四独白を理解できないことを白状するとき、観客はこの役者の「愚かさ」を笑う。しかし彼らのなかには、じつは薪蔵の台詞が自分の「本心」を言い当てていることにギクリとし、ひそかに苦笑いする者もいるはずだ。世界文学の最高峰『ハムレット』の「本丸」ともいうべき王子の第四独白を理解できてしかるべきだ、そうでなければ恥ずかしい……そんなインテリ的な気取りや見栄を自分のなかに察知した観客は、「旧弊野蛮なる俳優達」（29）の馬鹿馬鹿しいやり取りを笑いながら、じつは自分自身をも笑うことになるのかもしれない。

このように堤は、シェイクスピア悲劇とその受容史のユーモラスな「書き換え」を通じて、過去に対する悔恨と歌舞伎への愛を表明するにとどまらず、二十世紀末日本に対して鋭い批評的視線を投げかけるのだ。つまり、あまりにも確立され、当たり前で「異質性」を失ってしまった悲劇『ハムレット』のあり方や、名作家として君臨するシェイクスピアの中心性・絶対性を相対化しつつ、この悲劇を生まれつき理解できる、楽しめると錯覚する日本人に、日本の演劇的・文化的ルーツやこれまでの受容の紆余曲折の道のり、さらには自分たちの受容のあり方をもあらためて考えさせるのである。その際、注目すべき堤のしたたかさは、明治以降の日本人が歌舞伎の伝統を蔑ろにして西洋演劇に肩入れした様子を一方では皮肉りながらも、実のところ、まさにその状況を劇的効果の面では利用している点にある。劇評類を見れば、『仮名手本』の舞台の成功は歌舞伎の演技や約束事が二十世紀末の観客の目には新鮮で斬新に映ったこととおおいに関係があるのが窺えるからだ。たとえば中村雄二郎は、「歌舞伎の約束事や型の思わざる新鮮さ、が浮かび上がって面白かった」と指摘する（『産経新聞』、一九九二年六月九日夕刊）し、また津田類も「当然ながら歌舞伎の役の方がなれていないが、これをむしろ見所としているフシがあって、なかなかに凝った作劇だ」と述べる（『東京新聞』、一九九二年六月二五日夕刊）。つまり堤は、まさに彼女自身が劇のなかで批判している状況を逆手にとって、劇場的な成功を手に入れたということである。「正統的シェイクスピア」派や「土着化されたシェイクスピア」派のせめぎ合う過去の受容史を対象化・戯曲化したというのみならず、現代人にはよりインパクトの強い土着演劇の即時性や活力を利用しているという意味でも、本作はまさに「インターカルチュラル・シェイクスピア」の舞台となり得ているわけだ。

最後に念のため断っておくと、歌舞伎に対する強い堤の深い愛着にもかかわらず、この劇は東西演劇のどちらかに肩入れしたり、軍配を上げたりするような性質のものではない。劇全体を通じて、日本文化にしがみつき続ける歌舞伎役者らも、西洋かぶれの宮内も、いずれの陣営もが共感と悲哀と諷刺をこめて描かれる。東か西か？『忠臣蔵』か『ハムレット』か？——その優劣や勝敗を決めるのではなく、東西演劇・文学の存在を意識すること、複数文化の衝突と競合、融合、あるいは非融合、妥協の延長線上に現在があるのを意識すること……そうした、ごく当たり前なことの重要性があらためて強調されているのである。劇のタイトル、つまり「仮名手本」「ハムレット」という東西古典の題名（の一部）を横並びにするタイトルそのものも、作者のそうしたメッセージを端的に表すものといえるだろう。

以上、第三部では二十世紀終盤に舞台化された三つの「インターカルチュラル・シェイクスピア」の例を取り上げ、各作品にこめられた意図や『ハムレット』の解釈・批判、さらに作品成立の経緯、文化的意義や受容史における位置づけを考えてみた。第一、二部に通じる議論も多い半面、演劇的受容に特有の関心や側面も浮き彫りになった。たとえば舞台ならではの、興行や集客、「分かりやすさ」といった現実的な課題や、シェイクスピアのテキスト（言語）と演劇の非言語的要素（様式・型）との調整や融合といった問題である。

注

（1）Kazuko Matsuoka, pp.229-30.

（2）一九九二年の初演以来、二〇〇四年には五度目の公演を迎え、ニューヨーク、ロンドン、モスクワなど海外でも上演された。

（3）デビュー作『鹿鳴館異聞』（1987年）で文化庁特別賞を受賞後、第二作『仮名手本ハムレット』では読売文学賞受賞。他にも『築地ホテル館炎上』（1993年）、『正劇・室鷲郎（オセロウ）』（1995年）、『音二郎　イン　ニューヨーク』（2001年）など。

（4）大阪大学に提出された修士論文は「九代目団十郎と五代目菊五郎——明治期の歌舞伎における演技の二つのスタイル」（1983年）。アメリカのインディアナ大学に提出された博士論文 *Kabuki Encounters the West: Morita Kan'ya's Shintomi-za Productions, 1878-79*は、十二代守田勘弥の歌舞伎近代化の試みについての研究である。

（5）堤春恵「あとがき」192頁。

（6）堤春恵『仮名手本ハムレット』35頁。以下、本作からの引用は本文中にページ数を記す。

（7）とくに、守田勘弥が自らの思いをハムレット第四独白のパロディの形で語る際（85頁）や、夢なかばで息絶え、手厚く弔われる幕切れにおいて「勘弥＝ハムレット王子」の図式が浮かびあがる。しかし、全体としてはこの比喩が明確にされないことは（堤の大学時代の指導教官でもあった）批評家・山崎正和も指摘するところである。山崎「芝居がかりと悲しみと」3頁。

（8）第一幕の二割以上に当たる一六ページ分が、第四独白の稽古シーンに割かれる。

（9）一九〇三年には、一高生の藤村操が『ハムレット』を引用した遺書を残して投身自殺をしたが、河竹登志夫はこれを、当時のハムレット崇拝のひとつの象徴的事件として捉える。河竹登志夫、192―94頁。

（10）河竹登志夫、147―48頁。『新体詩抄』には、当時の東大教授で親友同士だった外山正一と矢田部良吉が競うように訳したハムレット第四独白が掲載されている。河竹によれば、この『新体詩抄』をきっかけにハムレット崇拝が強まり、北村透谷や岩野泡鳴、島崎藤村らの文人が多大なる影響を受けた。

（11）歌舞伎にも独り台詞はあるが、それは語りや客観描写的な性質を強くもつため、主体的表白としてのハムレットの独白とは大きく異なる。河竹登志夫、318―24頁を参照。

（12）仮名垣魯文『葉武列土倭錦絵』（1886年）、河竹新七『葉武列土巧演劇』（1889年）、福地桜痴『豊島之嵐』（1891年）の三作。

（13）川上一座が本郷座で『沙翁悲劇　ハムレット』を上演した。この翻案を実質的には単独で執筆した山岸荷葉は、第四独白について「我が劇の生世話物としては最も無理、最も不自然なる独白を、わざと臆面なく意訳して本書には出して置いたが、上場するに当たっては優人の考察次第、或は削除するか、はた全く省略して仕舞ふ事になるか、今はまだいづれとも期し兼ねるので」（「緒書」3―4頁）と記していたが、実際の上演台本では、山岸が危惧したとおり第四独白はカットされていた。

長い独り台詞を節をつけずに語るだけの朗読術を持った役者がいなかったため削除されたのだと河竹は推論する（238—40頁）。

（14）*Japan Punch* (January 1874). 文、挿絵とも *The Illustrated London News* の特派員 Charles Wirgman による。

（15）とくに出口典雄率いるシェイクスピアシアターが、一九七五—八一年にかけてシェイクスピア全作品上演を達成したことがそうした感覚を促し、シェイクスピアは「日本の文化的・演劇的伝統の一部として確立された」という認識が広がっていた。Michiko Suematsu, p.94, p.98. 一九八八年の東京グローブ座完成もまたそうした感覚を促進したと考えられよう。

（16）たとえば佐々木隆編『日本のシェイクスピア』全二巻、安西徹雄編『日本のシェイクスピア一〇〇年』、Yoshiko Ueno, ed. *Hamlet and Japan*,『シェイクスピア研究資料集成』全三二巻、Tetsuo Anzai, Soji Iwasaki, Holger Klein and Peter Milward SJ, eds. *Shakespeare in Japan* などがある。

（17）Harue Tsutsumi, *Kabuki Encounters the West*, p.245; 中川右介、130頁。

（18）榎本、56頁。

（19）Harue Tsutsumi, *Kabuki Encounters the West*, pp.35-38.

（20）Julie Sanders は歴史的事実を用いる虚構 "historical fiction" について論じるなかで、背景として用いられる歴史的事実が、虚構部分にも信憑性を与える効果を指摘する (p.138)。この効果は堤の作品にも見てとれるだろう。

（21）出口典雄は、いわゆる伝統芸能の喚起する日本はステレオタイプ的な「いわゆる日本」にすぎないこと、日本的な演出は単純化されて表層的なものになってしまうことを指摘する（"Interview with

Deguchi Norio", p.190)。とくに蜷川はこうした批判を受けやすく、たとえば彼の『マクベス』(1980)は、外国人の異国情緒と日本人のノスタルジアに訴えかけるような理想化された(しかし本物ではない)「日本」を作り出したとして批判される。詳しくはJohn Gillies, p.243を参照のこと。

(22) Harue Tsutsumi, *Kabuki Encounters the West*, p.8.

結論にかえて

「股倉から見る」ということ

各章において、さまざまな日本人が『ハムレット』を「股倉から見」た例を取り上げてきた。対象作品を、鑑賞や書き換えに値するものとして認めつつも、それにまっすぐ向き合うのでも仰ぎ見るのでもなく、お尻を向けて両脚の間からのぞき込み、あえて逆向きに、あるいは角度を変えて捉えようという姿勢は、本書で扱う作家たちが『ハムレット』翻案化に際して示した複雑でアンビバレントな性質をうまく言い表している。そうした作家たちが作り上げた翻案は、あたかも「股のぞき」で眺めたときのように、思いがけぬ風景や、真正面からでは逃してしまったであろう「死角」をも指し示してくれることがある。しかし一方では、そうした見方ゆえに逃してしまう部分、見誤ってしまう部分があることも分かった。

「股倉から見る」という、この（あまり上品とはいえない）言葉を表題に掲げる理由は他にもある。なにより、この表現を用いた夏目漱石の偉大なる功績に対するオマージュという意味合いが大きい。十九世紀末にたった独りで西洋文明の真っ只中に飛び込み、それに感銘を受けつつも、おおいに打ちのめされた漱石。彼は生涯にわたって東西の文化について考え、イギリス文学を、シェイクスピアを、『ハムレット』を「股倉から」のぞきつづけた。そして、本書がみてきたように、そうした漱石の態度は日本文芸のなかに『ハムレット』翻案化の系譜として引き継がれていった。その意味で漱石は本書の起点でもあり支柱でもある。

しかしながら、じつは本書にはタイトルにも章立てにも現われていない、もう一つの「核」があることを指摘しておきたい。それは一九一一年の坪内逍遥演出による後期文芸協会『ハムレット』公演である。すでに述べたように、この帝国劇場での舞台が漱石の劇評を生み、そこでの漱石の提唱はのちに宗片の英語能『ハムレット』へとつながることになる。志賀直哉もまた、坪内の舞台に刺激されて翻案を執筆することになり、その志賀翻案が小林秀雄に影響を及ぼし、おそらく太宰治をも刺激することになった。さらに小林の翻案は、おそらく太宰と大岡の翻案化を後押しすることにもなる。こうした『ハムレット』翻案化の「玉突き」現象のスタート地点に逍遥の舞台があったことを改めてここに記し、その重要性を確認しておきたい。この舞台は、旧弊的な要素と近代的な要素が混在する点で物議を醸し、評価の分かれるものではあったが、日本の『ハムレット』受容史という観点から見たときに、やはり一つの大きな「画期」を成す出来事であったことはまちがいない。いや、話を一九一一年の舞台に限らなくともよいのかもしれない。日本のシェイクスピア受容における逍遥の存在の大きさは、たとえば志賀が翻案執筆にあたって逍遥訳を熟読したことや、太宰が翻案中で逍遥の権威や存在を揶揄した事実にも窺える。さらに堤の翻案も、日本の『ハムレット』受容史における逍遥の重要性を意識し、しかしそのせいで光が当たらなかった部分に思いをはせるところから生まれたと考えられるからだ。

なお、今触れたような作家間の影響関係については各章ですこしずつ言及したものの、大きくたどりきれなかったことが心残りである。他にも作家間や文壇でのさまざまな思惑や関係・影響の糸が四方八方にはりめぐらされ、『ハムレット』をめぐる日本文芸・演劇界の複雑な相関図が展開されるのではないか。また国文学など諸方面からのご教示を仰がねばならない。

日本の『ハムレット』翻案文学の系譜

ジョン・J・ジョインは『シェイクスピアと国民文化』において、シェイクスピアの体現する「英国性」を認めつつも、その一方でこの劇作家が「他のさまざまな文化やアイデンティティの構築・再形成・表現にも重要な役割を果たしてきた」ことを指摘する。[1] 日本においてもまた然りである。本書が扱った日本人たちは、シェイクスピアという作家を介して、それぞれが西洋（イギリス）と日本との関係性や力学を意識的・無意識的に察知したり測ったりしながら、日本の一表現者としての立ち位置やアイデンティティ、さらに具体的な表現戦略や主題、批評的スタンスを決定している。そして、その積み重ねが日本の『ハムレット』翻案（派生）文学の系譜を形成してきたのである。

本書が日本的『ハムレット』翻案の網羅的研究ではないことは冒頭でも断ったが、しかし扱った例でおおよその「型」は尽くされただろう。それと同時に、そうした多様性のなかに日本的な共通点を見てとることもできる。私見では、それはシェイクスピアや『ハムレット』といった権威ある文化的アイコンに対する複雑でアンビバレントな態度である。序論でも述べたように、一般的には明治以来の日本人は、西洋文化やシェイクスピア文学を「うやうやしく」享受してきたといわれているが、本書の扱った作家や作品はいずれも、もっと複雑な様相を呈している。ほとんどの場合は『ハムレット』に強い敬意や愛・崇拝心を表明しながらも、それと同時に不敬で挑戦的な態度（批判や競合心、劣等感、不安、ときには横領精神やまったく別の動機）を内包しているのだ。また（英文学の専門的知識を持っていた漱石や宗片などを除いて）ほとんどの者は英米主導の『ハムレット』批評の支配下になかったり、それを知らなかったりしたことも影響してか、全体としてハムレット中心主義やハムレット崇拝の伝統から逸脱した解釈を生み出していることが多いのも特徴である。

もちろん（これも序論で述べたように）原作に対するアンビバレントな態度というのは、「翻案」という受容形態全般に顕著なものでもある。しかしそれと同時に、明治以来の日本人が西洋・シェイクスピアを多層的、多義的なイメージのなかで――つまり一方では、追いつくべき憧れ・ロールモデルとして、他方では日本を脅かすライバル・敵・脅威として――認知したという経緯や、その後に日本がたどってきた歴史や西洋との関係性がそれを強化する結果になったと考えられる。西洋列強による植民地化を免れた日本人であればこそ、大英帝国の植民地としてシェイクスピア文学を押しつけられた国々とは明らかに異なる感情をこの劇作家に抱いたわけであるし、また、英米を中心とする連合軍に打ちのめされた敗戦経験は、その経験をもたぬ他国作家には起こりえないような独特の『ハムレット』翻案を生み出すことになったからだ。

とまれ、本書の最大の関心は日本的翻案の一般化ではなく、あくまで個別例の分析にこそある。ある日本人が『ハムレット』という異文化のテキスト、しかもある種の権威をともなうテキストに遭遇し、さまざまな感情や思惑、目論見を胸に抱く。そして自分の見知った文化と新奇な文化をつぎはぎ細工にしたり、取捨選択したり、混ぜ合わせたりしながら新たなテキストを織り上げてゆく……その「現場」をつぶさに検証してきた。結局のところ、「文化創造」や「異文化受容」といった大きな現象も概念も、そうした無数の事例を丁寧に読み解いてゆく地道な作業のなかにしか立ち現れないのではないか。

補足

本書は、日本における『ハムレット』翻案化という限定的な主題を扱ってきたが、最後に視野を広げて、それを包含するより大きな領域としてのシェイクスピア受容研究について、ごく大まかな流れと主要文献をすこしだけ紹介しておく。

結局のところ、シェイクスピアはどこかの国のものでも、誰かのものでもない。シェイクスピアは我々みなにとって異邦人である。(2)

批評家デニス・ケネディは論集『異邦人《フォーリン》シェイクスピア』(一九九三年)の序論でこのように唱え、シェイクスピア劇の国家的・文化的所有といった概念が神話にすぎないことを指摘した。たしかに、シェイクスピアの母国イギリスの人といえども、英語圏やキリスト教文化圏に暮らす人といえども、もはやシェイクスピアの生きた文化や用いた言語を共有しない今となっては、誰にとってもシェイクスピアは「異邦人」である。つまり、言語や国籍、文化圏によってその「正統性」を保証されるような、そんなシェイクスピア解釈も上演もありえないということであり、裏返しにいえば、どんな文化圏でのどんな言語による「シェイクスピア」もその各々が、独自の視点からの意義ある上演・解釈・翻案になりうるということである。

ケネディの先駆的な本の貢献もあり、シェイクスピアの異文化受容の研究——世界の国々や文化圏がシェイクスピアをどのように摂取受容していったか、そこにどんな力が作用し、どんな意図や意味があったのかを明らかにする研究——は二十世紀終盤から盛んになり、その勢いは現在も衰える様子を見せない[3]。世界の学会や出版の動向から判断しても、異文化受容は現在のシェイクスピア研究においてもっとも注目される分野の一つである。なかでも活況を呈したのは、ポスト・コロニアル批評の文脈においてである。アジア・アフリカなど旧英国植民地・旧西洋列強国植民地におけるシェイクスピア上演・解釈・翻案や、英語教育制度などが俎上に載せられて、帝国主義批判や政治批判とつなげられた[4]。さらにこうした関心は、植民地政策とは必ずしも直接関係のない国や地域、文化圏においても広がりを見せていった。折からの多文化主義の隆盛にも後押しされながら、日本、中国、アジア圏、イスラム圏、ロシア、東西ヨーロッパ、アメリカ……などさまざまな国や地域、文化圏においてシェイクスピアがいかに受容され、利用・横領されてきたか、いかなるイデオロギー的、政治的な意味を付与されてきたかなどが解析されてきた[5]。

序論でも触れたように、英国内における「シェイクスピア」のあり方も、一九八〇年代、九〇年代から問い直されてきた。つまり、11頁で引用したコールリッジやベン・ジョンソンの言葉が示唆するような、シェイクスピアの「本質的」価値や文学的卓越を大前提とするのではなく、むしろこの「国民的大作家」の地位や名声が、時代ごとの偶発的条件やイデオロギーなどにより構築され、制度化され、利用されてきた経緯に関心を向けられる傾向が強くなったのである。さまざまな時代区分を対象に、シェイクスピアが「シェイクスピア」になった過程を分析するすぐれた著作が生まれてきた。[6] それらは、ちょうど力を得ていた文化唯物主義や新歴史主義などの政治的批評と結びついて活発な議論を展開することになる。ここに網羅することはとうていできないが、現在もさまざまな領域（上演、映画、音楽、絵画、漫画、翻訳など）における受容研究が続々と生み出されている。[7]

シェイクスピアの受容研究が広く浸透している昨今の状況において、あらためて指摘するまでもないかもしれぬが、シェイクスピアの総括的理解とは、テキストの緻密な分析や歴史的・文化的背景の研究のみによって完成するものではない。さまざまな文化や時代がいかにこの作家を受容したかという側面をつぶさに考察し、それらを作品に逆照射することもまた、この作家と作品の全貌解明には不可欠な要素なのである。

注

（1） John J. Joughin, p.1. Hattaswayらの"Introduction"もまた、とくに悲劇『ハムレット』は「アイデンティティーに関する近代的議論の『教科書』的存在である」とする（p.20）。

（2） Dennis Kennedy, p.16.

（3） 研究分野としては二十世紀終盤に一気に花開いた感があるが、たとえばRuby Cohn, *Modern Shakespeare*

Offshoots (1976) のような早期のすぐれた研究があったことも指摘しておきたい。

(4) たとえば Harish Trivedi, "Shakespeare in India", *Colonial transactions: English literature and India* や Ania Loomba and Martin Orkin (eds), *Post-Colonial Shakespeares*, Poonam Trivedi and Dennis Bartholomeus (eds), *India's Shakespeare: Translation, Interpretation, and Performance*, *Thomas* Cartelli *Repositioning Shakespeare*（アメリカ、ウェスト・インド諸島やアフリカを対象とする）、Lemuel A. Johnson, *Shakespeare in Africa (and Other Venues): Import and the Appropriation of Culture* などを挙げておく。

(5) 日本における個別の受容例に関する研究は枚挙に暇がないが、まとまったものとしては、安西徹雄『日本のシェイクスピア一〇〇年』, Soji Iwasaki, Holger Klein and Peter Milward SJ (eds), *Shakespeare in Japan*、Sasayama, Mulryne and Shewring, *Shakespeare and the Japanese Stage*, Ryuta Minami, Ian Carruthers, and John Gillies, *Performing Shakespeare in Japan*, Kishi Tetsuo and Graham Bradshaw, *Shakespeare in Japan* などが代表的なところ。他のアジア諸国では、中国の例を論じる Xia Yang Zhang, *Shakespeare in Chana*, Li Ruru, Shashibiya: *Staging Shakespeare in China*, Murray Levith, *Shakespeare in China*, Alexander C. Y. Huang, *Chinese Shakespeare: Two Centuries of Cultural Exchange*、韓国は Jong-hwan Kim, "Shakespeare in a Korean Cultural Context", 上演については、Hyunjung Lee, *Performing the Nation in Global Korea: Transnational Theatre* など。さらにより広いアジア圏での上演については、すでに挙げた *Re-playing Shakespeare in Asia* の他に、Dennis Kennedy and Li Lan, *Shakespeare in Asia: Contemporary Performance* もある。ヨーロッパの受容は、Michael Hattaway, Sokolova, Roper (eds), *Shakespeare in the New Europe* (1994) も興味深い。これは主に東ヨーロッパが考察の中心となり、旧ソ連支配下の共産主義体制においてシェイクスピアが体制側・反体制側のいずれにもイデオロギー操作

に利用された模様の考察などが含まれる。アメリカについては Michael D. Bristol, *Shakespeare's America, America's Shakespeare* が代表的である。

（6）たとえば Gary Taylor の大著は、シェイクスピアこそ「文化的名声のメカニズムを考察するうえで最高の例」であるとして王政復古期から現在までの受容史をたどる。また Emma Depledge は一六四二年－一七〇〇年の期間、Michael Dobson は一六六〇年－一七六九年の期間、Margreta De Grazia は十八世紀終盤、Jonathan Bate は一七三〇年－一八三〇年の期間に照準を合わせた。他にも Howard & O'Connor, Jean Marsden, Desmet & Sawyer らの論集も、ルネサンスから現代にいたるさまざまな時代を扱って、「シェイクスピア」が作家の死後も文化的対話を通して生きつづけるさまを分析する。

（7）Barbara Hodgdon は、「文化資本」としてのシェイクスピアがいかに利用されているかを分析する。また Graham Holderness 編の論集 *The Shakespearean Myth* は、シェイクスピアの「本質的」価値に疑問を呈し、現代に焦点をあわせて教壇やテキスト、メディアなど多様な文化領域における、アイコンとしてのシェイクスピアの正典化を批判する。またフェミニズム的なアプローチにおいては Marian Novy が三冊の論集を編むなどして研究を牽引した。いずれも文献リストを参照されたい。

初出一覧

大幅な加筆修正を施した箇所も多いことを付言しておく。

第1章
「漱石の『ハムレット』受容？——『吾輩は猫である』の「溺死」を手がかりに」『神戸大学文学部紀要』第43号（2016），17—33頁。

第2章
「「クローディアスの日記」と志賀直哉の『ハムレット』批評」『西洋文学研究』（大谷大学西洋文学研究会）第19号（1999），20—41頁。

第3章
「“A document in madness”——小林秀雄「おふえりや遺文」における言葉と『ハムレット』批評」*Albion*（京大英文学会），第64号（2018），29—43頁。

第４章

「大岡昇平と太宰治——それぞれの『ハムレット』、それぞれのシェイクスピア」『大谷学報』（大谷学会）第90巻第1号（2010），30—48頁。

第５章

"Grave Relation——*Hamlet*, Jyuran Hisao's 'Hamuretto', the Emperor and the War", *Cahiers Élisabéthains* 87 (2015), pp.65-77. Manchester University Press.

第６章

「二つの『葉武列士倭錦絵』——〈東西文化融合〉の背後にあるもの」*Albion*（京大英文学会）第58号(2012)，1—18頁。

第７章

"Zen *Hamlet*——Kuniyoshi Munakata's Noh Adaptation of Shakespeare's Tragedy", *Shakespeare Studies* (Shakespeare Society of Japan), Vol.56 (2018), pp.1-17.

第８章

「『ハムレット』受容史を書き換える——堤春恵と二十世紀末の日本」日本シェイクスピア協会編『甦るシェイクスピア——没後四〇〇周年記念論集』（研究社、2016年），22—39頁。

あとがき

本書の萌芽となるような関心を最初に抱いたのはもう二〇年以上も前のことであろうか。黒澤明の映画『悪い奴ほどよく眠る』（一九六〇年）をたまたまレンタル・ビデオ店で見つけ、鑑賞してみたときのことだ。この映画は、現代日本（といっても映画製作当時のことであるが）を舞台にした、公団汚職をめぐるサスペンス仕立ての作品である。観たあと直感的に『ハムレット』と似ていると感じ、相似点をあれこれと頭の中で考えてみたりしたものの、当時手元にあった書物を見るかぎりでは、これが『ハムレット』を土台にしていると記しているものはなかった。ひょっとすると、これは一大発見では？などと胸を高鳴らせたのも束の間、さらに関連書を探してみると、この映画が黒澤版『ハムレット』としてすでに海外の批評家にとり上げられ、論じられていることが分かり、肩を落とした。しかしながら、そこで読んだ批評では納得のいかぬ部分も多々あり、自分なりに考えた末、黒澤は『ハムレット』のプロットを利用してはいるものの、彼の真の目的は日本製『ハムレット』を作ることではなく、あくまで日本独特の社会や思考のあり方——西洋的・近代型の行動原理や倫理と、旧態依然とした封建的な行動規範や倫理がない交ぜになり、それが腐敗構造を生み出している日本の実態——を批判することにあるのだという、自分なりの結論を導き出した。(1)

その後、日本のシェイクスピア受容という分野で研究をほそぼそと続けたことには多少の打算的な動機があったことも白状しておこう。イギリス留学中にシェイクスピア関係の授業を受けたり、国際学会に参加したりした際にしばしば抱く感慨がある。（昔風のいい方をすれば）「本場」の研究者、英語「ネイティブ」の人たちにはとうてい太刀打ちできない、英語の読解にしても、論文執筆やディスカッションにしても、敵うわけがない……そんな無力感にしばしば襲われたものだ。国境や言語の垣根がなくなりグローバル化が進む現代において、時代錯誤もはなはだしいとあきられるかもしれないのだが、ある種の絶望的な気分に陥ったことも一度や二度ではない。そんななか、留学先のセミナーで志賀直哉の翻案を紹介したときに先生や周囲の学生たちが口々に褒めてくれたことで調子に乗り、そうか、日本に関することを研究すれば、それなりに自分の「領域」「題材」「強み」を確保できるかもしれないという安直な思いが脳裏をよぎった。今から考えれば、落ちこぼれ留学生を励ますための褒め言葉だったのだろうが、当時はそんなことに気づきもしなかった。しかし、上述の黒澤論を書く際には、海外批評家たちが英語字幕（これは時間的制約により、かなりの〈意訳〉になっている）に頼らざるをえないのに対して、自分は日本語のセリフとその細かいニュアンスを聴き取れるという利点におおいに助けられたのも事実である。

　そんないくつかのきっかけや、やや不純な動機により、シェイクスピアの日本受容という領域に足を踏み入れたわけだが、まだ大学院生上がりであったこともあり、「そういう研究は引退した学者がやるものだ。今はしっかりシェイクスピア作品そのものや批評をしっかり読み込みなさい」とお叱りを受けることもあった。たしかに、作品の深い理解なくしては十分な翻案研究もあり得ないという意味で、それはとても有難いアドヴァイスであった。そして当時はまだ受容研究というものが、少なくとも日本の文学研究領域のなかではあまり認知されていない時期でもあった。しかし、ちょうどその頃から、シェイクスピア学界で受容研究への関心に火がつきはじめ、この二〇年ほどの比較的短い間に、シェイクスピアの異文化圏受容は、一大研究分野へとめざましい急発展を遂げている。国ごとの単位ではもちろんのこと、アジア圏、旧植民地国、英語圏など、世界のさまざまな地域や括りでの研究が現在もあちこちで進められており、今後もますます発展を遂げることが見込まれる。そんな活況を尻目にほそぼそと続けてきた日本の受容研究を、今回、拙いながらも思い切って一冊の本にまとめることにした。しっかりした比較文学の手法を学んだわけでもないし、日本文学や日本伝統演劇に精通しているわけでもないので、手続き的な不備や無知ゆえの誤りも多々あることかと思うが、ご意見やご批正を仰いだうえで、次なるステップにつなげたいと願う次第である。

グローバリゼーションが声高に叫ばれるにもかかわらず、なぜか「ガイブン」（外国文学）がまるで「害虫」であるかのように書店から駆逐されつつある現代の日本。本書は、シェイクスピアと日本文学・演劇との境界線上に位置し、両者をつなぎ合わせるような作品群を扱う点で、英文学や横文字を敬遠しがちな〈内向き〉志向の日本人に、シェイクスピアが意外と身近なものであること、そして現在の日本文化・文学が、異文化や外国文学との絶えざる接触・融合・妥協から形成されていることを再認識させ、その結果、読者の方々の意識や関心をすこしでも〈外なるもの〉〈異なるもの〉へ向けさせることもできるかもしれない、そんな願いも抱いている。いや、ひょっとすると、〈内〉だの〈外〉だのいっていること自体がそもそもナンセンスなのかもしれない。そうした境界はつねに破壊され、浸食され、また新しい境界線ができては、それがまた攪乱されているのだから……。文学は、文化は、つねに増殖し、変形し、循環しつづける。シェイクスピアというきっかけ、『ハムレット』という触媒を通じて、世界中の人々の想像力が掻き立てられ、新たな創作が生まれ、文化は広がり、めぐりつづける。

本書は多くの方々のご指導や鞭撻、お叱り、ご厚意のおかげで生まれたものである。シェイクスピア演劇の面白さ、研究への真摯な姿勢、そして（僭越ながら）いかに楽しく生きるかについて、ご自身の実践をもって示してくださる恩師・喜志哲雄先生、厳しくもユーモラスな言葉で叱咤激励してくださる佐々木徹先生をはじめ、京都大学でお世話になった多くの先生たち、さらにシェイクスピア文学や研究への深い愛と厳しい姿勢を示しつづけてくださる関西シェイクスピア研究会の先生方、貴重な文献や資料を送ってくださる先生方、頼りない私を温かく育ててくださった前任校・大谷大学の先生方、さらに、楽しくのびのび仕事をさせてくださる神戸大学人文学研究科の先生方や学生たちにも深く礼を述べる。また、出版のチャンスを与えてくださり、細やかで的確なアドヴァイスや温かい励ましを下さった京都大学学術出版会の編集部の國方栄二氏にも篤く御礼を申しあげる。

最後になるが、いつも私に最大限のサポートをしてくれる実家の家族、生命のたくましさと尊さを身をもって示してくれる九十九歳の祖母、日々の暮らしをユーモアと笑いで満たしてくれる夫と娘に心よりの感謝を述べたい。

本書は、二〇一二年度―二〇一五年度科学研究費補助金・基盤研究（C）「日本的『ハムレット』翻案作品の研究――〈書き換え〉のメカニズム研究」（代表　芦津かおり）(JP24520286)、および二〇一六年―二〇二〇年度科学研究費補助金・基盤研究（C）「シェイクスピア四大悲劇の翻案研究――日本的な「書き換え」メカニズムの解明」(JP16K02449) の成果の一部である。

注

（1）拙論 Kaori Ashizu, "Kurosawa's *Hamlet*?" を参照のこと。

人名索引

事項索引

文献リスト

序　論

Bate, Jonathan. *The Genius of Shakespeare* (London: Picador, 1997).

Bradshaw, Graham. *Shakespeare's Scepticism* (Ithaca: Cornell University Press, 1987).

Brandon, R. James. "Other Shakespeares in Asia: An Overview", in *Re-playing Shakespeare in Asia*, ed. Poonam Trivedi and Minami Ryuta (New York: Routledge, 2010), 21-40.

Clark, Sandra, ed. *Shakespeare Made Fit: Restoration Adaptations of Shakespeare* (London: Everyman, 1997).

Connor, Steven. *The English Novel in History 1950-1995* (London: Routledge, 1996).

Dionne, Craig and Parmita Kapadia, eds. *Native Shakespeares: Indigenous Appropriations on a Global Stage* (Aldershot: Ashgate, 2008).

Dobson, Michael. *The Making of the National Poet: Shakespeare, Adaptation, and Authorship, 1660-1769* (Oxford: Oxford University Press, 1994).

Fahmi, Mustapha. "Quoting the Enemy: Character, Self-Interpretation, and the Question of Perspective in Shakespeare", in *Shakespeare and Moral Agency*, ed. Michael Bristol (London: Continuum London, 2010), 129-41.

Fischlin, Daniel and Mark Fortier, eds. *Adaptations of Shakespeare* (London: Routledge, 2000).

Freilgrath, Ferdinand. *Gedichte* (Berlin: Hofenberg, 2014).

Garber, Marjorie. *Shakespeare's Ghost Writer: Literature as Uncanny Causality* (New York: Routledge, 1987).

Ghose, Indira. "Shakespeare's Legacy of Storytelling", in *Shakespeare's Creative Legacies: Artists, Writers, Performers, Readers*, ed. Peter Holbrook and Paul Edmondson (London: Bloomsbury Arden Shakespeare, 2016), 165-77.

Gibinska, Marta. "Polish Hamlets: Shakespeare's *Hamlet* in Polish Theatres

after 1945", in *Shakespeare in the New Europe,* ed. Michael Hattaway, Boika Sokolova and Derec Roper (Sheffield: Sheffield Academic Press, 1994), 159-173.

Habicht, Werner. "Shakespeare and the German Imagination", *International Shakespeare Association Occasional Paper*, No.5 (1994): 3-31.

Hattaway, Michael, Boika Sokolova and Derec Roper. "Introduction", in *Shakespeare in the New Europe* (Sheffield: Sheffield Academic Press, 1994), 15-19.

Howard, Jean and Marion O'Connor. "Introduction", in *Shakespeare Reproduced: The Text in History and Ideology,* eds. Howard and O'Connor (London: Routledge, 1987), 1-17.

Hutcheon, Linda. *A Theory of Adaptation* (New York: Routledge, 2006).

Johnson, Lemuel A. *Shakespeare in Africa (and Other Venues): Import and the Appropriation of Culture* (Trenton: African World Press, 1998).

Keats, John. *The Letters of John Keats* 1814-1821, vol. 1, ed. Hyder Edward Rollins (Cambridge: Harvard University Press, 1958).

Kott, Ian. *Shakespeare Our Contemporary*, trans. Boleslaw Taborski (New York: W. W. Norton & Company, 1964). [ヤン・コット、蜂谷昭雄・喜志哲雄訳『シェイクスピアはわれらの同時代人』(白水社、1968年)]

Lefevere, Andrè. "Why Waste Our Time on Rewrites?—The Trouble with Interpretation and the Role of Rewriting in an Alternative Paradigm", in *The Manipulation of Literature: Studies in Literary Translation*, ed. Theo Hermans (London: Croom Helm, 1985), 215-43.

Marsden, Jean I. ed. *The Appropriation of Shakespeare: Post-Renaissance Reconstructions of the Works and the Myth* (New York: St. Martin's Press, 1992).

Mulryne, J. R. "Introduction", in *Shakespeare and the Japanese Stage*, ed. Takashi Sasayama, J. R. Mulryne, and Margaret Shewring (Cambridge: Cambridge University Press, 1998), 1-11.

Nicklas, Pascal and Oliver Lindner. *Adaptation and Cultural Appropriation: Literature, Film, and the Arts* (Berlin: De Gruyter, 2012).

Paulin, Roger. *The Life of August Wilhelm Schlegel, Cosmopolitan of Art and Poetry* (Cambridge: Open Book Publisher, 2016).

Pfister, Manfred. "Hamlets Made in Germany, East and West", in *Shakespeare in the New Europe*, ed. Hattaway, et al., 76-91.

Sanders, Julie. *Adaptation and Appropriation* (New York: Routledge, 2006).

Shakespeare, William. *HAMLET*, ed. Ann Thompson and Neil Taylor, Arden Shakespeare (London: Bloomsbury, 2006).

Shaw, George Bernard. *Three Plays for Puritans* (London: Constable, 1931).

大岡昇平「わが文学に於ける意識と無意識」『大岡昇平全集』第十六巻（筑摩書房、1996年）、227-46頁.

大橋洋一「いつシェイクスピアはシェイクスピアであることをやめるのか？——アダプテーション理論とマクロテンポラリティ」『舞台芸術』6 (2004): 255-94頁.

河竹登志夫『日本のハムレット』(南窓社、1972年).

グンドルフ、フリードリッヒ、竹内敏雄訳『シェイクスピアと獨逸精神』上下巻（岩波書店、1941年).

鈴木康司「フランスにおけるシェイクスピア、あるいは、フランス人の見たシェイクスピア」、百瀬泉編『シェイクスピアは世界をめぐる』(中央大学出版部、2004年)、45-70頁.

太宰治「井伏鱒二宛書簡」、『太宰治全集』第十二巻（筑摩書房、1999年)、249-50頁.

常光徹『しぐさの民俗学』(角川ソフィア文庫、2016年).

夏目漱石『吾輩は猫である』、『漱石全集』第一巻（岩波書店、1993年).

早川敦子『翻訳論とは何か——翻訳が拓く新たな世紀』(彩流社、2013年).

正宗白鳥「明治文学総評」『日本現代文学全集30 正宗白鳥集』(講談社, 1980年)、311-27頁.

第一章

Bloom, Harold. *Shakespeare: Invention of the Human* (New York: Riverhead Books, 1998).

Gray, Thomas. "Ode on the Death of a Favourite Cat", in *The Poems of Thomas Gray, William Collins,and Oliver Goldsmith*, ed. Roger Lonsdale (London: Longmans, 1969).

Shakespeare, William. *HAMLET*, ed. Ann Thompson and Neil Taylor, Arden Shakespeare (London: Bloomsbury, 2006).

Takahashi, Yasunari. "*Hamlet* and the Anxiety of Modern Japan", in *Shakespeare Survey* 48 (1996): 99-111.

姉崎正治「現時青年の苦悶について」『太陽』9巻9号（1903年）：80-88頁.

安倍能成『我が生ひ立ち――自叙伝』（岩波書店、1966年）.

飯島武久「漱石の猫とグレイの猫」『漱石作品論集成』第一巻（櫻楓社、1991年）、181-87頁.

伊藤整『日本文壇史』7（講談社文芸文庫、1995年）.

越智治雄「猫の笑い、猫の狂気」『漱石作品論集成』第一巻、56-67頁.

斎藤栄『日本のハムレットの秘密』（講談社、1979年）.

坪内逍遥「自殺是非」『太陽』9巻9号（1903年）：56-71頁.

―「那珂博士の甥華厳の瀑に死す」『萬朝報』明治36年5月26日.

夏目漱石『吾輩は猫である』、『漱石全集』第一巻（岩波書店、1993年）.

―『草枕』『漱石全集』第三巻（岩波書店、1994年）.

―「文学論」『漱石全集』第十四巻（岩波書店、1995年）.

―「私の個人主義」『漱石全集』第十六巻（岩波書店、1995年）、581-615頁.

―「断片一八」『漱石全集』第十九巻（岩波書店、1995）、138-43頁.

―「断片三二」『漱石全集』第十九巻、192-218頁.

―「書簡446」『漱石全集』第二十二巻（岩波書店、1996年）、392-94頁.

―「蔵書に書き込まれた短評・雑感642」第二十七巻（岩波書店、1997年）339-55頁.
仁木久恵『漱石の留学とハムレット』（リーベル出版、2001年）.
野谷士、玉木意志太牢『漱石のシェイクスピア』（朝日出版、1974年）.
平岩昭三『藤村操　華厳の滝投身自殺事件』（不二出版、2003年）.
平岡敏夫『漱石：ある佐幕派子女の物語』（おうふう、2000年）.
平川祐弘『夏目漱石』（講談社学術文庫、1991年）.
藤原正「嗚呼亡友藤村操君」『第一高等学校校友会雑誌』128号（1903年）：74-83頁.
前田愛「世紀末と桃源郷――『草枕』をめぐって」『漱石作品論集成』第二巻、片岡豊, 小森陽一編（桜楓社、1990年）、260-68頁.
―「猫の言葉、猫の論理」『漱石作品論集成』第一巻、94-105頁.
矢本貞幹『夏目漱石――その英文学的側面』（研究社、1971年）.

第二章

Ashizu, Kaori. "Naoya Shiga's *Claudius' Diary*: An Introduction and Translation", *Shakespeare Jahrbuch* 140 (2004): 165-179.
Bradshaw, Graham. *Shakespeare's Scepticism* (Ithaca: Cornell University Press, 1987).
Coleridge, Samuel Taylor. *Coleridge on the Seventeenth Century*, ed. Roberta Florence Brinkley (Durham: Duke University Press, 1955).
Dawson, Anthony. *Hamlet: Shakespearean Performance* (Manchester: Manchester Uiversity Press, 1995).
French, A. L. *Shakespeare and the Critics* (Cambridge: Cambridge University Press, 1972).
Greg, W W. "Hamlet's Hallucination", *Modern Language Review* Vol. 12 (1917): 393-421.
Harbicht, Werner. "The Rat and the Mousetrap. The Theatre Art. And Its Limitations in *Hamlet* and *Hamlet* Performance", in *Hamlet: East-West*, ed. Marta Gibinska and Jerzy Limon (Gdansk: Theatrum Gedanense

Foundation, 1998), 54-63.
Kean, Donald. *Dawn to the West: Japanese Literature of the Modern Era [FICTION]* (New York: Holt, Rinehart and Winston, 1984).
Kliman, Bernice. *"Hamlet": Film, Television, and Audio Performance* (Associated Universities Presses, 1988).
Lawrence, D. H. *Twilight in Italy and Other Essays* (London: Penguin, 1994).
Madariaga, Salvador de. *On Hamlet* (London, Hollis & Carter, 1948).
Pennington, Michael. *Hamlet. A User's Guide* (London Nick Hern Books, 1996).
Robson, Wallace. *Critical Enquiries: Essays on Literature* (London Athlone Press, 1993).
Shakespeare, William. *HAMLET*, ed. Ann Thompson and Neil Taylor, Arden Shakespeare (London: Bloomsbury, 2006).
荒井均「志賀直哉論――「他者」と内面の関わり」『日本文学研究大成　志賀直哉』(図書刊行会、1992年)、69-75頁.
河竹登志夫『日本のハムレット』(南窓社、1972年).
菊池茂男「志賀直哉とメーテルリンク」『日本文学研究資料叢書　志賀直哉 II』(有精堂、1978年)、99-110頁.
キーン、ドナルド『日本文学の歴史11』(中央公論社、1996年).
コールリッジ『シェイクスピア論』桂田利吉訳（岩波文庫、1939年).
志賀直哉「クローディアスの日記」『志賀直哉全集』第二巻（岩波書店、1973年)、3-23頁.
―「創作余談」『志賀直哉全集』第八巻（岩波書店、1974年)、3-14頁.
―「「クローディアスの日記」について――舟木重雄君へ」『志賀直哉全集』第八巻、95-98頁.
―「未定稿128 ハムレットの日記」『志賀直哉全集』第九巻（岩波書店、1974年)、477-83頁.
―「日記一」『志賀直哉全集』第十巻（岩波書店、1973年).
高田瑞穂「解説」『青兵衛と瓢箪・網走まで』(新潮社、1968年)、267-75頁.

坪内逍遥「ハムレット劇の梗概」『シェイクスピア研究資料集成』第2巻（日本図書センター、1997年）、270-73頁.
―訳『ハムレット』『ザ・シェイクスピア』（第三書館、1989年）、720-52頁.
羽仁新五「志賀直哉」『日本文学研究資料叢書　志賀直哉 II』（有精堂、1978年）、1-17頁.
本多秋五『「白樺」派の文学』（講談社、1954年）.
―『群像　日本の作家9　志賀直哉』（小学館、1991年）.

第三章

Bloom, Harold. *Shakespeare: The Invention of the Human* (London: Fourth Estate, 1998).
Fiedler, Lisa. *Dating Hamlet* (New York: Henry Hold & Company, 2002).
Fischlin, Daniel and Mark Fortier. *Adaptations of Shakespeare* (London: Routledge, 2000).
Foakes, R. A. "The Reception of *Hamlet*", *Shakespeare Survey* 45 (1992): 1-13.
Jorgensen, Paul A. *Redeeming Shakespeare's Words* (Berkeley: University of California Press, 1962).
Kishi, Tetsuo and Graham Bradshaw. *Shakespeare in Japan* (London: Continuum, 2005).
Klein, Lisa. *Ophelia* (New York: Bloomsbury USA Children, 2006).
Madariaga, Salvador de. *On Hamlet* (London, Hollis & Carter, 1948).
Maher, Mary Z. *Modern Hamlet and Their Soliloquies* (Iowa: University of Iowa Press, 1992).
Rosenberg, Marvin. *The Masks of Hamlet* (Cranbury: Associated University Press, 1992).
Shakespeare, William. *HAMLET*, ed. Ann Thompson and Neil Taylor, Arden Shakespeare (London: Bloomsbury, 2006).
Showalter, Elaine. "Representing Ophelia: Women, Madness, and the Responsibilities of Feminist Criticism", in *Shakespeare and the Question of*

Theory, ed. Patricia Parker and Geoffrey Hartman (London: Methuen, 1985), 77-94.
Trafford, Jeremy. *Ophelia* (Cornwall: House of Stratus Ltd., 2001).
芦津かおり「"A document in madness"――小林秀雄「おふえりや遺文」における言葉と『ハムレット』批評」*Albion* Vol.64（2018年）: 29-43頁.
永藤武「小林秀雄『おふえりや遺文』――書くという秘儀の行方」『信州豊南女子短期大学紀要』第2巻（1985年）：53-67頁.
楠明子『シェイクスピア劇の〈女〉たち――少年俳優とエリザベス朝の大衆文化』（みすず書房、2012年）.
小林秀雄「アシルと亀の子 IV」『小林秀雄全集』第一巻（新潮社、2002年）、222-30頁.
―「おふえりや遺文」『小林秀雄全集』第二巻（新潮社、2001年）、154-70頁.
―翻譯「ランボオ詩集」『小林秀雄全集』第一巻、263-383頁.
島村輝「小林秀雄の女性観」『国文学解釈と鑑賞』第57巻6号（1992年）：39-44頁.
高橋康也『橋がかり　演劇的なるものを求めて』笹山隆編（岩波書店、2003年）.
根岸泰子「他者としての〈女〉たち――小林秀雄『オフェリヤ遺文』を読む」『男性作家を読む　フェミニズム批評の成熟へ』（新曜社、1994年）、97-126頁.
ラフォルグ、ジュール、阿部良雄訳『ハムレット――別題　親孝行の結末』『世界文学全集』55（講談社、1981年）、331-67頁.

第四章

Bate, W. Jackson. *The Burden of the Past and the English Poet* (Cambridge: Harvard University Press, 1970).
Bloom, Harold. *The Anxiety of Influence: A Theory of Poetry*. 2nd ed (New York & Oxford: Oxford University Press, 1997). ［ハロルド・ブルーム、小

谷野敦、アルヴィ宮本なほ子訳『影響の不安』(新曜社、2004年).]
Brecht, Bertolt. *Brecht on the Theatre: The Development of an Aesthetic* (London: Methuen, 1964).
Fischlin, Daniel and Mark Fortier. "General Introduction", in *Adaptations of Shakespeare,* ed. Fischlin and Fortier (London: Routledge, 2000).
Kott, Jan. *Shakespeare Our Contemporary*, trans. Boleslaw Taborski (New York: W. W. Norton & Company, 1964).
Sanders, Julie. *Adaptation and Appropriation* (London: Routledge, 2006).
Shakespeare, William. *HAMLET*, ed. Ann Thompson and Neil Taylor, Arden Shakespeare (London: Bloomsbury, 2006).
赤木孝之『戦時下の太宰治』(武蔵野書房、1994年).
大岡昇平『わが文学生活』(中公文庫、1981年).
—「作家の言葉」『大岡昇平の世界』(岩波書店、1989年)、75-77頁.
—『野火』『大岡昇平全集3』(筑摩書房、1994年)、3-135頁.
—『ハムレット日記』『大岡昇平全集4』(筑摩書房、1995年)、189-295頁.
—『現代小説作法』『大岡昇平全集14』、367-518頁.
—「わが文学に於ける意識と無意識」『大岡昇平全集16』(筑摩書房、1996年)、227-46頁.
—「アメリカのシェイクスピア」『大岡昇平全集20』(筑摩書房、1996年)、4-19頁.
—「旅の初め」『大岡昇平全集20』(筑摩書房、1996年)、132-41頁.
—「後記」『大岡昇平全集23』(筑摩書房、2003年)、124-26頁.
奥野健男「太宰治文学入門」『新文芸読本 太宰治』(河出書房新社、1990年)、6-14頁.
—「解題」『新ハムレット』(新潮文庫、1974年)、285-93頁.
—『太宰治論』(新潮文庫、1984年).
尾崎一雄「志賀文学と太宰文学」『太宰治全集11』(筑摩書房、1999年)、571-80頁.

小田島雄志「『新ハムレット』――太宰化の過程」『国文学　解釈と教材の研究』12（1967年）: 51-56頁.
開高健「マクロの世界へ」『人とこの世界』（中公文庫、1990年）、77-107頁.
亀井勝一郎「太宰治覚書」『国文学　解釈と鑑賞』25（1960年）: 2-4頁.
小谷野敦「前口上」『影響の不安』（新曜社、2004年）、7-18頁.
関井光男「解題」『太宰治全集5』（筑摩書房、1998年）、471-89.
太宰治「あとがき」『猿面冠者』（現代文学選23）（鎌倉文庫、1947年）、289-90頁.
―「鷗」『太宰治全集4』（筑摩書房、1998年）、153-69頁.
―「十二月八日」『太宰治全集6』（筑摩書房、1998年）、14-25頁.
―『新ハムレット』『太宰治全集5』（筑摩書房、1998年）、185-322頁.
―「如是我聞」（一）～（四）『太宰治全集11』（筑摩書房、1999年）、341-73頁.
―「(井伏鱒二宛）書簡」『太宰治全集12』（筑摩書房、1999年）、249-50頁.
塚越和夫「『新ハムレット』」『国文学　解釈と鑑賞』64（1999年）: 100-105頁.
津久井秀一「『新ハムレット』論――〈演じる者〉達――」『宇大国語論究』13（2002年）: 68-81頁.
堤重久『太宰治との七年間』（筑摩書房、1969年）.
鶴谷憲三『充溢と欠如　太宰治論』（有精堂、1995年）.
土居健郎『甘えの構造』（増補普及版）（弘文堂、2001年）.
―『続「甘え」の構造』（弘文堂、2001年）.
ファーガスン、フランシス、山内登美雄訳『演劇の理念』（未来社、1958年）.
山崎正純「『新ハムレット』論――表現の虚妄を見据える眼」『近代文学論集』12（1986年）: 1-12頁.

第五章

Dower, W. John. *War Without Mercy* (New York: Pantheon Books, 1986).

久生十蘭「刺客」『定本　久生十蘭』第二巻（国書刊行会、2009年)、93-112頁.

—「戦場から来た男」『定本　久生十蘭』第一巻（国書刊行会、2008年)、617-48頁.

—『だいこん』『定本　久生十蘭』第六巻（国書刊行会、2010年)、61-202頁.

—「ハムレット」『定本　久生十蘭』第六巻、22-47頁.

—「モンテカルロの爆弾男」『定本　久生十蘭』第二巻、123-27頁.

江口雄輔『久生十蘭』(白水社、1994年).

奥武則『論壇の戦後史』(平凡社、2007年).

川崎賢子『蘭の季節』(深夜叢書社、1983年).

—「久生十蘭論――ハムレットの系譜」『早稲田文学』82（1983年)：50-71頁.

武井孝文「久生十蘭と戦後――「ハムレット」と「だいこん」を中心に」『文芸研究』6 (2009年) : 25-51頁.

堀切直人「戦争の影の下で」『定本　久生十蘭』第十巻月報、5-7頁.

吉田裕『昭和天皇の終戦史』(岩波新書、1992年).

「昭和天皇の苦悩、克明に　侍従日記『細く長く生きても』」『毎日新聞』2018年8月23日朝刊.

「『戦争責任いわれる』昭和天皇の苦悩　晩年の心情、侍従日記に」『朝日新聞』2018年8月24日朝刊.

第六章

Brandon, R. James. "Other Shakespeares in Asia: An Overview", in *Re-Playing Shakespeare in Asia*, ed. Poonam Trivedi and Minami Ryuta (New York: Routledge, 2010), pp. 21-40.

Gillies, John. "Afterword: Shakespeare removed: some reflections on the

localization of Shakespeare in Japan", in *Performing Shakespeare in Japan,* ed. Ryuta Minami, Ian Carruthers, and John Gillies (Cambridge: Cambridge University Press, 2001), 236-48.

Kadono, Izumi. "The Kabuki Version of *Hamlet*: *Hamlet Yamato Nishikie*", in *Shakespeare in Japan,* ed. Tetsuo Anzai, Soji Iwasaki, Holger Klein and Peter Milward SJ (New York: Edwin Mellen, 1999), 105-21.

Kawai, Shoichiro. "More Japanized, Casual and Transgender Shakespeares", *Shakespeare Survey*, 62 (2009): 261-72.

Kishi,Tetsuo. "When Suicide Becomes an Act of Honour: *Julius Caesar* and *Hamlet* in Late Nineteenth- Century Japan", *Shakespeare Survey* 54 (2001): 108-14.

Matsuoka, Kazuko. "Metamorphosis of *Hamlet* in Tokyo", in *Hamlet and Japan*, ed. Yoshiko Uero (New York: AMS, 1995), 227-37.

Rycroft, David. "A Japanese Print of *Hamlet*", in *Hamlet: East-West*, ed. Marta Gibinska and Jerzy Limon (Gdansk: Theatrum Gedanense Foundation, 1998), 196-219.

Suematsu, Michiko. "The Remarkable Licence: Shakespeare on the Recent Japanese Stage", in *Shakespeare in Japan*, ed. Tetsuo Anzai, et al. (New York: Edwin Mellen Press, 1999), 92-104.

Takahashi, Yasunari. "*Hamlet* and the Anxiety of Modern Japan", *Shakespeare Survey* 48 (1996): 99-111.

市川染五郎『ハムレットはしなやかに舞う』(廣済堂出版, 1999年).

興津要『仮名垣魯文——文明開化の戯作者』(有隣新書、1993年).

仮名垣魯文『西洋道中膝栗毛』(萬笈閣、1870年).

—『牛店雑談安愚楽鍋』(誠之堂、1871-1872年).

—「稗官者流」『芳譚雑誌』398号 (1884, 9) : 4頁.

—『西洋歌舞伎　葉武列土倭錦絵』『ひと』(銀座天金、1936年)、12-42頁.

—織田紘二脚本『西洋歌舞伎　葉武列土倭錦絵』(東京グローブ座台本、1991年).

河竹登志夫『日本のハムレット』(南窓社、1972年).
倉田喜弘『芸能の文明開化』(平凡社、1999年).
末松謙澄『演劇改良意見』(文學社、1886年).
扇田昭彦「英国のジャパンフェスティバル　難しい現代芸術紹介」『AERA』1991年11月5日号: 67頁.

第七章

Blyth, R. H. *Zen in English Literature and Oriental Classics* (Tokyo: Hokuseido Press, 1942).

Brandon, R. James. "Other Shakespeares in Asia: An Overview", in *Re-playing Shakespeare in Asia*, ed. Poonam Trivedi and Ryuta Minami (New York: Routledge, 2010), pp. 21-40.

Coveney, Michael. "Will's Power", *Theatregoer* (August 2004): 32-37.

Gillies, John. "Afterword: Shakespeare removed: some reflections on the localization of Shakespeare in Japan", in *Performing Shakespeare in Japan*, ed. by Minami Ryuta, et al., 236-48.

Goddard, Harold C. *The Meaning of Shakespeare* 2 vols (Chicago: University of Chicago Press, 1960).

Gold, J. "Hamlet's Sea-change", *English* 15 (1964): 53-55.

Gupta, S. C. Sen. *Aspects of Shakespearian Tragedy* (Oxford: Oxford University Press, 1974).

Kawai, Shoichiro. "More Japanized, Casual and Transgender Shakespeares", *Shakespeare Survey* 62 (2009): 261-72.

Kishi, Tetsuo. "Japanese Shakespeare and English Reviewers", in *Shakespeare and the Japanese Stage*, ed. Sasayama, et al., 110-23.

MacElroy, Bernard. *Shakespeare's Mature Tragedy* (Princeton: Princeton University Press, 1973).

Munakata, Kuniyoshi. *Noh Adaptation of Shakespeare — Encounter and Union* (Tokyo: Hokuseido, 2001).

—. *Hamlet in Noh Style* (Tokyo: Kenkyusha, 1991).

Nukke, Maret. "Exploring the Limits of *Nō* Theatre: Adapting the Traditional Elements of *Nō* in *Shinsaku* Plays" 〈https://helda.helsinki.fi/bitstream/handle/10138/231453/explorin.pdf?sequence=1〉 [accessed 22 February 2019].

Nouryeh,Andrea J.. "Shakespeare and the Japanese Stage", in *Foreign Shakespeare*, ed. Dennis Kennedy (Cambridge: Cambridge University Press, 1993), 254-69.

Richie, Donald. "'Hamlet' Seen as Noh Drama", *Japan Times*, 30 March 1985.

—. *The Films of Akira Kurosawa* 3rd edn, expanded and updated (Berkeley and Los Angeles: University of California Press, 1996).

Rosenberg, Marvin. *The Mask of Hamlet* (Newark: University of Delaware Press, 1992).

Shuttleworth, Ian. "The Bard Reinterpreted", *Financial Times*, 3 May, 2006. 〈https://www.ft.com/content/2d12fcae-dac7-11da-aa09-0000779e2340〉 [accessed 20 October 2018].

Suematsu, Michiko. "The Remarkable Licence: Shakespeare on the Recent Japanese Stage", in *Shakespeare in Japan*, ed. by Tetsuo Anzai, et al. (New York: Edwin Mellen Press, 1999), 92-104.

Takiguchi, Ken. "Translating canons: Shakespeare on the Noh stage", *Shakespeare,* 9:4 (2013): 448-61.

Tyler, Royall ed. and trans. *Japanese No Dramas* (London: Penguin Books, 1992).

Walker, Roy. *The Time Is Out of Joint* (London: Andrew Dakers, 1948).

Wilson, Dover. *What Happens in Hamlet* (Cambridge: Cambridge University Press 1951).

Yoshioka, Fumio. 'Hamlet's Miraculous Sea-change', *Studies in English Literature*, 64. 2 (1987): 181-95.

岡本靖正「宗方［ママ］、能、ハムレット」『英語青年』129-3（1983年）: 129頁.

河竹登志夫『日本のハムレット』(南窓社、1972年).

佐藤忠男『黒澤明解題』(岩波書店、1990年).
鈴木大拙『鈴木大拙全集』第11巻（岩波書店、1968-71年).
一. 工藤澄子訳『禅』(筑摩書房、1987年).
戸井田道三『能　神と乞食の芸術』(せりか書房、1982年).
鳴海四郎「『能・ハムレット』を拝見して」『能・オセロー　創作の研究』(勉誠社、1998年)、67頁.
西野春雄校注『謡曲百番』新日本古典文学大系57（岩波書店、1998年).
宗片邦義『能・オセロー　創作の研究』(勉誠社、1998年).

第八章

Anzai, Tetsuo, Soji Iwasaki, Holger Klein and Peter Milward SJ, eds. *Shakespeare in Japan* (New York: Edwin Mellen, 1999).
Gillies, John. "Afterword: Shakespeare removed", in *Performing Shakespeare in Japan,* ed. Ryuta Minami, et al., 236-48.
"Interview with Deguchi Norio", in *Performing Shakespeare in Japan*, ed. Minami et.al, 183-95.
Matsuoka, Kazuko. "Metamorphosis of *Hamlet* in Tokyo", in *Hamlet and Japan*, ed. Yoshiko Ueno (New York: AMS, 1995), 227-37.
Sanders, Julie. *Adaptation and Appropriation* (New York: Routledge, 2006).
Suematsu, Michiko. "The Remarkable Licence: Shakespeare on the Recent Japanese Stage", in *Shakespeare in Japan,* ed. Anzai, et al, 92-104.
Tsutsumi, Harue. *Kabuki Encounters the West: Morita Kan'ya's Shintomi-za Productions, 1878-79* (Diss. Indiana University, 2004).
—. "*Kanadehon Hamlet*: A Play by Tsutsumi Harue", trans. Faubion Bowers with David W. Griffith and Hori Mariko *Asian Theatre Journal*, 15. 2 (1998): 181-229.
Ueno, Yoshiko, ed. *Hamlet and Japan* (New York: AMS Press, 1995).
Wirgman, Charles. "Extract from the new Japanese drama Mr Hamlet, 'the prince of Denmark'", *Japan Punch,* January 1874.

安西徹雄編『日本のシェイクスピア一〇〇年』(荒竹書店、1989年).
榎本虎彦『櫻痴居士と市川団十郎』(国光社、1903年).
河竹登志夫『日本のハムレット』(南窓社、1972年).
佐々木隆編『日本のシェイクスピア』全二巻 (エルピス、1987年).
『シェイクスピア研究資料集成』全三十二巻 (日本図書センター、1997-98年).
津田類「『仮名手本ハムレット』 なかなか凝った作劇」『東京新聞』、1992年6月25日夕刊.
堤春恵「九代目団十郎と五代目菊五郎——明治期の歌舞伎における演技の二つのスタイル」(修士論文、大阪大学、1983年).
—『仮名手本ハムレット』(文藝春秋、1993年).
—「あとがき」『仮名手本ハムレット』、192-95頁.
中川右介『歌舞伎座誕生』(朝日新聞出版、2013年).
中村雄二郎「面白かった「仮名手本ハムレット」」『産経新聞』、1992年6月9日夕刊.
山岸荷葉「緒書」『ハムレット——沙翁悲劇』(富山房、1903年).
山崎正和「芝居がかりと悲しみと」『仮名手本ハムレット』、2-5頁.

結論にかえて・あとがき

Ashizu, Kaori. "Kurosawa's *Hamlet?*", *Shakespeare Studies* No. 33 (1998): 71-99.

Bate, Jonathan. *The Genius of Shakespeare* (London: Picador, 1997).

Bristol, Michael D. *Shakespeare's America, America's Shakespeare* (New York: Routledge, 1990).

Cartelli, Thomas. *Repositioning Shakespeare* (London: Routledge, 1999).

Cohn, Ruby. *Modern Shakespeare Offshoots.* (Princeton: Princeton University Press, 1976).

Depledge, Emma. *Shakespeare's Rise to Cultural Prominence: Politics, Print and Alteration, 1642-1700* (Cambridge: Cambridge University Press, 2018).

Desmet, Christy and Robert Sawyer, eds. *Shakespeare and Appropriation*

(London: Routledge, 1999).

Dobson, Michael. *The Making of the National Poet: Shakespeare, Adaptation, and Authorship, 1660-1769* (Oxford: Oxford University Press, 1994).

De Grazia, Margreta. *Shakespeare Verbatim* (Oxford University Press, 1991).

Hattaway, Michael, Boika Sokolova and Derek Roper, eds. *Shakespeare in the New Europe* (Sheffield: Sheffield Academic Press, 1994).

Hodgdon, Barbara. *The Shakespeare Trade: Performances and Appropriations* (Philadelphia: University of Pennsylvania, 1998).

Holderness, Graham, ed. *The Shakespeare Myth* (Manchester: Manchester University Press, 1988).

Howard, Jean and Marion O'Connor, eds. *Shakespeare Reproduced: The text in history and ideology* (London: Routledge, 1987).

Huang, Alexander C. Y. *Chinese Shakespeare: Two Centuries of Cultural Exchange* (New York: Columbia University Press, 2009).

Iwasaki, Soji, Holger Klein and Peter Milward SJ, eds. *Shakespeare in Japan* (New York: Edwin Mellen, 1998).

Joughin, John J.. *Shakespeare and National Culture* (Manchester: Manchester University Press, 1997).

Johnson, Lemuel A. *Shakespeare in Africa (and Other Venues): Import and the Appropriation of Culture* (Trenton: African World Press, 1998).

Kennedy, Dennis. *Foreign Shakespeare* (Cambridge: Cambridge University Press, 1993).

—, and Yong Li Lan, eds. *Shakespeare in Asia: Contemporary Performance* (Cambridge: Cambridge University Press, 2010).

Kim, Jong-hwan. "Shakespeare in a Korean Cultural Context", *Asian Theatre Journal,* Vol. 12, No. 1 (Spring, 1995): 37-49.

Kishi, Tetsuo and Graham Bradshaw. *Shakespeare in Japan* (London: Continuum, 2006).

Lee, Hyunjung. *Performing the Nation in Global Korea: Transnational Theatre* (Basingstoke: Palgrave Macmillan, 2015).

Levith, Murray. *Shakespeare in China* (London: Continuum, 2004).

Li, Ruru. *Shashibiya: Staging Shakespeare in China* (Aberdeen: Hong Kong University Press, 2003).

Loomba, Ania and Martin Orkin, eds. *Post-Colonial Shakespeares* (London: Routledge, 1998).

Marsden, Jean I., ed. *The Appropriation of Shakespeare: Post-Renaissance Reconstructions of the Works and the Myth* (New York: St. Martin's Press, 1992).

Minami, Ryuta, Ian Carruthers, and John Gillies, eds. *Performing Shakespeare in Japan* (Cambridge: Cambridge University Press, 2001).

Novy, Marian, ed. *Women's Re-Visions of Shakespeare* (rbana and Chicago: Univ of Illinois Press, 1990).

—, ed. *Cross-Cultural Performances: Differences in Women's Re-Visions of Shakespeare* (Urbana and Chicago: University of Illinois Press, 1993).

—, ed. *Transforming Shakespeare: Contemporary Women's Re-Visions in Literature and Performance* (New York: St. Martin's Press, 1999).

Sasayama, Takashi, J. R. Mulryne and Margaret Shewring, eds. *Shakespeare and the Japanese Stage* (Cambridge: Cambridge University Press, 1998).

Taylor, Gary. *Reinventing Shakespeare: A Cultural History from the Restoration to the Present* (Oxford: Oxford University Press, 1989).

Trivedi, Harish. "Shakespeare in India", in *Colonial transactions: English literature and India* (Manchester: Manchester University Press, 1993), 10-28.

Trivedi, Poonam and Dennis Bartholomeus, eds. *India's Shakespeare: Translation, Interpretation, and Performance* (Cranbury: Associated University Press, 2005).

Trivedi, Poonam and Minami Ryuta, eds. *Re-playing Shakespeare in Asia* (New York: Routledge, 2010).

Zhang, Xia Yang. *Shakespeare in China: A Comparative Study of Two Traditions and Cultures* (Newark: University of Delaware Press, 1996).

安西徹雄編『日本のシェイクスピア一〇〇年』(荒竹書店、1989年).

芦津かおり（あしづ　かおり）

神戸大学人文学研究科教授（英米文学）。京都大学文学部卒業後、シェイクスピア・インスティテュート（バーミンガム大学）、京都大学大学院文学研究科修士、博士課程（英語学英米文学専攻）にて学ぶ。その後、日本学術振興会特別研究員、オックスフォード大学リサーチ・アソシエイト、大谷大学を経て2010年より神戸大学に勤務。

主な論文・翻訳

"Kurosawa's *Hamlet*?", *Shakespeare Studies*, Vol.33 (1998). "Grave Relation---*Hamlet*, Jyuran Hisao's 'Hamuretto', the Emperor and the War", *Cahiers Élisabéthains* 87 (2015).「『ハムレット』受容史を書き換える――堤春恵と二十世紀末の日本」、日本シェイクスピア協会編『甦るシェイクスピア――没後四〇〇周年記念論集』（研究社、2016年）、バーバラ・ピム『よくできた女』（みすず書房、2010年）、『幸せのグラス』（みすず書房、2015年）

学術選書

股倉からみる『ハムレット』
――シェイクスピアと日本人　学術選書 092

2020 年 8 月 20 日　初版第 1 刷発行

著　　者…………芦津　かおり
発 行 人…………末原　達郎
発 行 所…………京都大学学術出版会
京都市左京区吉田近衛町 69
京都大学吉田南構内（〒 606-8315）
電話（075） 761-6182
FAX（075） 761-6190
振替 01000-8-64677
URL http://www.kyoto-up.or.jp

印刷・製本…………㈱太洋社
装　　幀…………鷺草デザイン事務所

ISBN 978-4-8140-0286-3
定価はカバーに表示してあります

学術選書［既刊一覧］

＊サブシリーズ 「心の宇宙」↓[心] 「諸文明の起源」↓[諸]
「宇宙と物質の神秘に迫る」↓[宇]

001 土とは何だろうか？ 久馬一剛
003 前頭葉の謎を解く 船橋新太郎 [心]1
006 古代アンデス 権力の考古学 関 雄二 [諸]12
009 ヴァイキング時代 角谷英則 [諸]9
015 恋愛の誕生 12世紀フランス文学散歩 水野 尚
016 古代ギリシア 地中海への展開 周藤芳幸 [諸]7
021 熱帯林の恵み 渡辺弘之
024 旅の地中海 古典文学周航 丹下和彦
025 古代日本 国家形成の考古学 菱田哲郎 [諸]14
026 人間性はどこから来たか サル学からのアプローチ 西田利貞
031 アメリカ南部小説を旅する ユードラ・ウェルティを訪ねて 中村紘一
035 ヒトゲノムマップ 加納 圭
036 中国文明 農業と礼制の考古学 岡村秀典 [諸]6
038 イネの歴史 佐藤洋一郎
044 江戸の庭園 将軍から庶民まで 飛田範夫
047 古代朝鮮 墳墓にみる国家形成 吉井秀夫 [諸]13
048 王国の鉄路 タイ鉄道の歴史 柿崎一郎
050 書き替えられた聖書 新しいモーセ像を求めて 秦 剛平
056 大坂の庭園 太閤の城と町人文化 飛田範夫
057 歴史と事実 ポストモダンの歴史学批判をこえて 大戸千之
062 近代社会とは何か ケンブリッジ学派とスコットランド啓蒙 田中秀夫
064 インダス文明の謎 古代文明神話を見直す 長田俊樹
065 南北分裂王国の誕生 イスラエルとユダ 秦 剛平
068 景観の作法 殺風景の日本 布野修司
078 文化資本論入門 池上 惇
080 京都の庭園 御所から町屋まで㊤ 飛田範夫
081 京都の庭園 御所から町屋まで㊦ 飛田範夫
083 京都学派 酔故伝 櫻井正一郎
086 ？👁！ 哲学の話 朴 一功
087 今からはじめる哲学入門 戸田剛文 編
091 発酵学の革命 マイヤーホッフと酒の旅 木村 光
092 股倉からみる『ハムレット』 シェイクスピアと日本人 芦津かおり